Venise

Jean-Paul Kauffmann

Venise
à double tour

Gallimard

Cartes : Stéphane Rozencwajg.

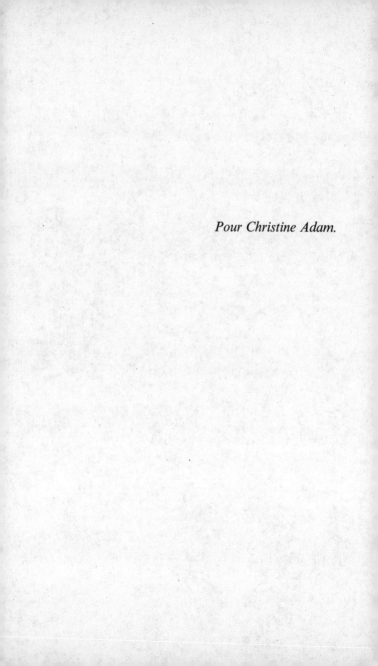

Pour Christine Adam.

« Nous ne cherchons jamais les choses, mais la recherche des choses. »

PASCAL, *Pensées*,
Le Guern, fragment 647.

CARTE DU RÉCIT

San Bonaventura

Penitenti

CANNAREGIO

Misericordia
Scuola vecchia
San Leonardo
Scuola Crocifisso
San Geremia Palais Labia

Gare de
Venise Santa Lucia

SAN POLO

Sant'Andrea
della Zirada   Piazzale Roma   Pont du Rialto

SANTA CROCE   Frari

Santa Maria Maggiore

DORSODURO   SAN MARCO

Terese

Musée de l'Accademia   La Salute
Visitazione Gesuati
Zattere

Santi Cosma e Damiano   Santa Croce

GIUDECCA
Jardin
d'Eden

Cimetière
San Michele

Gesuiti

San Lazzaro dei Mendicanti

Scuola Grande
di San Marco

Santa Maria del Pianto

Giovanni e Paolo

San Lio

San Lorenzo

Campo della Celestia

CASTELLO

Patriarcat

Musée diocésain

San Pietro di Castello

Basilique Saint-Marc

Arsenal

Palais des doges

Sant'Anna

San Giorgio Maggiore

Zitelle

1

Le bateau-taxi tangue exagérément sur le canal de la Giudecca. Le pilote m'avertit qu'il est impossible de débarquer à quai nos impedimenta, la houle est trop forte. En catastrophe, il nous dépose sur le ponton de la station de vaporetto avec tous nos paquets, conduite réprouvée par le règlement de l'ACTV (Azienda Consorzio Trasporti Veneziano). La plate-forme flottante est réservée aux seuls passagers, mais tous les bateaux s'en servent pour décharger subrepticement hommes et marchandises. L'action d'interdire est ici plus subtile qu'en France, où l'autorité cherche toujours à intimider l'usager et le considère comme un délinquant en puissance. En Italie, pas de menaces, l'administration *avertit*, les débonnaires notifications qu'elle porte à la connaissance du public ne sont pas culpabilisantes. Simplement, il ne faut pas se faire pincer.

Tout commence ici, après ce débarcadère sur le quai de la Giudecca. Dans quelques instants je vais ouvrir la porte de l'appartement sur lequel j'ai jeté mon dévolu, il y a quelques mois. Je l'ai peut-être choisi dans la précipitation, je vais en avoir le cœur net.

J'ai emporté avec moi livres et objets familiers dont je peux d'ordinaire me passer en voyage. Mais ce n'est pas exactement un voyage : je vais habiter cette ville plusieurs mois, un vieux rêve. Il devenait pressant de le réaliser. J'ai trouvé un pied-à-terre à la Giudecca. À l'origine, je ne voulais pas en entendre parler : trop éloigné de la Venise historique.

J'ai longtemps préparé ce séjour. Plusieurs allées et venues furent nécessaires pour choisir mon repaire. Lors d'un de ces voyages d'exploration, alors que j'étais sur le point de quitter Venise, je me suis décidé à traverser le canal de la Giudecca, uniquement pour faire plaisir à une amie qui m'avait vanté les agréments de cette résidence. Même si, il est vrai, elle l'utilisait rarement.

Tout de suite, j'ai aimé cet appartement. Ceux que j'avais visités jusqu'alors n'existaient plus. S'offrait à moi la vue la plus saisissante de Venise. Depuis la terrasse presque aussi vaste que l'habitation, on aperçoit quelques-uns des monuments et édifices dont je me suis entiché depuis ma première visite dans les années 60 : la façade des Gesuati, les clochers jumeaux de l'Ange Raphaël, l'hôpital des Incurables, les coupoles de la Salute. On découvre aussi Saint-Georges Majeur et les Zitelle. La place Saint-Marc échappe à la vue. Je n'en suis pas frustré.

Cette fois, quand j'ai franchi avec ma voiture le pont de la Liberté, mince cordon qui relie depuis 1933 Venise à la terre ferme, j'ai senti les larmes me monter aux yeux. La ville aux cent clochers a surgi dans la brume. *Je suis à Venise !* Henry James affirmait que le fait seulement d'écrire ou de prononcer le mot Venise était déjà en soi source de volupté.

Avec l'âge, je montre une sensibilité excessive dans des moments qui, je le sais, n'auront plus jamais lieu – c'est d'ailleurs peut-être à cet instant que j'ai attrapé une contravention. Oui, une contredanse à Venise. Je ne reviendrai jamais dans cette ville par la route. Il ne suffit pas d'y arriver en voiture, encore faut-il dénicher un parking pour l'entreposer.

Sur le pont de la Liberté, j'ai eu conscience que je touchais enfin mon rêve, habiter Venise. À l'approche du départ, des événements imprévus sont survenus. L'épreuve la plus récente et la plus douloureuse fut la disparition d'un ami rare, Milan, avec lequel j'avais remonté la Marne. Je l'ai enterré récemment dans son village de Champagne. Aurais-je imaginé un jour prononcer son oraison funèbre ? Dans nos randonnées, il se plaisait à me distancer, mais quel compagnon ! Photographe janséniste, fin amateur de champagne, d'une fierté d'un autre temps qu'on pouvait prendre pour du dédain, maître de ses choix, intransigeant, gai et sans illusions, insondable, pratiquant avec ironie une diététique de l'existence. Il m'était devenu indispensable. Je m'en veux terriblement de ne le lui avoir jamais dit. Aussi bien m'aurait-il ri au nez.

Depuis la perte de Milan, il me semble être passé ailleurs, dans ces hautes régions où le chemin est de plus en plus aride. Néanmoins j'avance confiant, mais à pas comptés. J'affecte de croire que je peux continuer la montée comme si de rien n'était et que je connaîtrai l'autre versant.

Pourquoi choisir Venise ? Pour mesurer le chemin

parcouru. Venise n'est pas « là-bas » mais « là-haut », selon le mot splendide de Casanova. Il existe sans doute bien des hauteurs de par le monde où l'on peut jouir d'une vue étendue sur le passé, mais je n'en connais pas d'autres où l'histoire nous saisisse à ce point pour nous relier à notre propre vie.

Pour l'ancien enfant de chœur de Corps-Nuds (Ille-et-Vilaine), « la ville contre-nature », selon l'expression du Malouin Chateaubriand, souligne la vérité d'une présence et l'expérience de ce qui va disparaître. Ou de ce qui est déjà perdu.

Comment vais-je m'y prendre avec Venise, la ville au monde sur laquelle on a le plus écrit ? C'est peut-être sa meilleure protection. Elle nous tient ainsi à distance. Le cauchemar babélien, l'hégémonie marchande mettent en valeur ce miracle esthétique.

Que deviendrait cette beauté si rayonnante sans cette exhibition ? Elle serait seule, livrée à elle-même. Venise a besoin de la présence d'un Disneyland. Loin de la déparer, il la rehausse. Comme les paradoxes, les superlatifs sur Venise s'introduisent avec tant de naturel et de profusion qu'on ne les voit pas venir. Difficile d'échapper à l'exaltation. On attend beaucoup de Stendhal lors de son premier voyage à Venise en 1813. On va se régaler. Cette ville est tellement faite pour lui. Eh bien, il n'y arrive pas. Rien. À sec. Impossible pour lui de la décrire : « Il ne me vient que des superlatifs sans grâce qui ne peignent rien à qui n'a pas vu. »

Je n'adhère en aucune façon à l'image mortifère de Venise, la chute, les affres de la décadence (vieille lune romantique qui continue à faire des ravages), pas plus qu'à la vision d'une beauté faisandée et factice. Comme toute chose ici-bas, Venise va vers sa disparition. C'est un achèvement qui n'en finit pas, un terme toujours recommencé, une terminaison inépuisable, renouvelée, esquivant en permanence l'épilogue. La phase terminale, on l'annonce depuis le début. Elle n'a pas eu lieu. Elle a déjoué tous les pronostics. Cette conclusion ne manquera pas de survenir pour nous tous ; Venise, elle, passera à travers.

Voilà pourquoi la Sérénissime représente pour moi la ville de la jouvence et de l'alacrité. C'est la première et la dernière fois, j'en fais le serment, que j'utilise le mot Sérénissime pour désigner Venise. Ce synonyme passe-partout est bien commode, mais a vraiment trop servi. Avec ce mot, les guides sur Venise ne laissent aucune chance au visiteur. D'entrée de jeu, il sait qu'il n'échappera pas à l'irradiation de cette ville. Sa radioactivité culturelle est dangereuse car absolue, sans concession. Présente partout, dans l'air et l'art, elle contamine le touriste qui reçoit sa dose maximale. Il éprouve une peur panique : comment vais-je résister à cette intensité de rayonnement, venir à bout de cette beauté surabondante. Les œuvres d'art serrent le voyageur de toutes parts. Il est sommé de ne rien rater.

Je crois avoir exploré toutes les églises ouvertes au public. Une investigation menée à chacun de mes nombreux séjours. Je n'affirmerai pas que je les connais toutes par cœur. Il est pratiquement impossible de venir à bout d'une telle profusion. Chaque nouvelle visite se révèle imprévisible. Ces trésors ne sont pas cachés. Bien sûr, des chapelles, certaines absidioles mal éclairées peuvent rendre invisibles une toile ou une statue, mais presque toujours cette beauté innombrable est exhibée, présentée *en gloire*, avec sa «densité insurmontable», comme dirait Merleau-Ponty, de façon à être remarquée immédiatement. Cela saute aux yeux et, pourtant, cette proximité absolue du tableau, de la sculpture devant soi n'opère pas. On dirait que l'apparition qui s'impose avec force au regard ne veut pas être vue. Phénomène typiquement vénitien. Le beau se cache de lui-même, peut-être parce qu'il paraît *déjà vu*. La volonté de regarder finit par se perdre. Parce qu'il y a trop à voir, on finit par ne plus voir.

Telles sont à Venise les églises ouvertes à tous. J'en aime l'odeur, la sonorité, l'intempérance surtout. Quoi de plus désirable que ce grand déballage violemment offert à la vue une fois la porte franchie ? Il va falloir ouvrir l'œil pour en débusquer les merveilles.

Cette recherche méthodique, je la pratique depuis des lustres. Je prends mon temps. Je laisse venir. Pour attraper quoi ? Seulement un souvenir. Une forme imprécise et fragile, une impression ancienne. Cette image mal consolidée, je l'interroge, elle ne veut pas répondre. Depuis cinquante ans, je ne cesse de revenir bredouille. Je sais que la poursuite exigerait d'être menée plus rondement. La chasse n'a rien donné jusqu'à présent. On n'attrape pas une ombre.

En tout cas, je m'obstine. L'obstination plus que la force d'âme m'a permis dans le passé de résister à l'enfermement. Des coups ont failli me faire lâcher pied. Ils auraient pu m'engloutir. Que de fois étais-je sur le point de couler ! Je me suis cramponné au début à une bouée : le monde d'où je venais avec ses images heureuses et rassurantes. Elles étaient nettes et lumineuses. Bientôt, cela n'a plus suffi. Il a fallu chercher plus loin. Plus loin, c'était plus flou. Cependant je devais à tout prix identifier ces épaves de la mémoire. Ce jeu me permettait de tenir. Il consistait à mettre un nom sur des moments, des scènes, des événements qui n'étaient que des flashs. Ces impressions, je les avais vécues naguère mais leur contour s'était estompé. Des visages aux traits confus que je cherchais à reconnaître. Une traque dans la mémoire ? Plutôt un jeu de patience, une sorte de remise en ordre. En m'absorbant, ce travail interminable me sauvait.

Prétendre que, pendant ma détention au Liban, toute ma vie a défilé, que j'ai réussi à tout étiqueter serait mensonger. Exercice impossible. Dans le déroulé de ce passé, Venise a certainement occupé une place de choix. À la vérité, je ne m'en souviens plus. Oubli regrettable, je le reconnais, pour qui prétend retrouver un événement d'un autre temps. Après l'épreuve, tous les minutieux échafaudages de la mémoire se sont écroulés. Dans l'enchaînement des séquences qui ont composé ce séjour, de nombreux espaces vides, en tout cas mal comblés, m'ont toujours empêché de localiser avec précision l'image disparue : une peinture qui miroite.

Qu'avais-je vu exactement ? Je n'ai cessé de chercher.

Les églises ouvertes n'ayant rien donné, je vais à présent me tourner vers les églises fermées. L'objet de ma quête y est enfoui. Mais on ne déverrouille pas si facilement une église, surtout vénitienne, avec ses tableaux, ses autels incrustés de gemmes, ses sculptures. Venise a thésaurisé un patrimoine artistique d'exception. Réglementé et surveillé jalousement. Déjà, du temps de la fastueuse et sévère République, la surabondance n'autorisait pas le laisser-aller. Le nom même de Venise se révèle trop général pour désigner la puissance sophistiquée et disparate qui détient et contrôle aujourd'hui cet ensemble monumental.

Beaucoup d'églises sont fermées à jamais, faute de prêtres et de fidèles. Certaines, menaçant ruine, soutenues par des étais, sont interdites pour des raisons de sécurité. Quelques-unes ont changé d'affectation. Elles sont transformées en musées, bureaux, entrepôts, appartements ou encore salles de spectacle.

Les églises closes de Venise, surtout celles qui s'ouvrent de temps à autre, suscitent chez moi un état de frustration insupportable. Impossible de prévoir leur accès. Elles se déverrouillent à l'occasion d'une cérémonie privée (baptême, mariage), d'une fête patronale, d'une exposition liée à la Biennale, mais le plus souvent elles béent pour une raison inconnue. Il y a aussi des églises seulement accessibles lors de la célébration de la messe le dimanche. Aussitôt l'office terminé, les portes ferment.

Mon séjour à Venise, je vais le consacrer à forcer les portes de ces sanctuaires. Approcher des administrations réputées peu localisables, régentées par une hiérarchie aussi contournée qu'insaisissable. La *burocrazia*.

J'ai déjà repéré depuis longtemps diverses églises toujours cadenassées. À chacun de mes séjours, je les ai retrouvées sur mon chemin. Leur cartouche couleur aluminium sur la façade indiquant la présence d'œuvres du Tintoret, de Véronèse, de Tiepolo ou d'artistes moins notoires tels que le Pordenone, Pâris Bordone, Bassano, Palma le Jeune ou Piazzetta, excite ma curiosité. J'ai appris à aimer ces peintres qui autrefois m'étaient moins familiers.

Leurs tableaux accrochés au-dessus d'autels déserts sont devenus à jamais invisibles. Cette occultation me désespère. Je les imagine plongés dans le silence inaltérable d'une chapelle avec son plafond à caissons, indistincts dans l'obscurité, peut-être cachés par un voilage protecteur. Que de fois suis-je resté, l'air stupide, devant ces portes d'églises condamnées, essayant d'imaginer dans les veines du bois et la desquamation des enduits un motif caché ou un ramage dessiné par les intempéries : arabesque, ligne, hachure grenée. Ces représentations abstraites me dédommagent de ma déception. Rien n'est plus beau à Venise que le battant d'une porte d'église. Dans la richesse et la variété de ses nervures colorées et sinueuses, le bois lavé par l'écoulement du temps se présente dans toute sa nudité avec ses cernes et ses rayures gris argent, ses mouchetures pelées, ses dépôts minéraux de couleur blanche laissés par les pluies séculaires. Certaines parties plus exposées à l'air et aux rigueurs atmosphériques, généralement la région inférieure, noircissent, présentant des îlots écorcés avec des nuances cramoisies.

Dans la basilique des Frari, on peut voir une mystérieuse porte noire. Elle apparaît dans un monument funéraire dédié au sculpteur Canova. Le mausolée, riche de symboles maçonniques, inhabituels en un tel lieu, a la forme d'une pyramide. Un personnage voilé, qu'on peut prendre pour la Mort, porte un vase. En réalité, c'est l'allégorie de la Sculpture suivie de la Peinture et de l'Architecture. La porte noire est entrouverte. Mais, à Venise, les portes ne fonctionnent pas comme ailleurs. Elles peuvent être entrebâillées sans jamais s'ouvrir. D'où sans doute l'hésitation de la femme voilée à franchir le seuil qui permet d'accéder à la crypte.

Canova n'y est même pas enterré. Néanmoins, il y a laissé son cœur. « Le tombeau de Canova est le tombeau de la sculpture », a écrit Stendhal qui y voyait l'expression du mauvais goût. Quand même, choisir de laisser son cœur dans une église de Venise n'est pas anodin.

À côté du décor de pierre et de marbre accessible à tous se tient un monde caché et impénétrable, la signature même de la cité dogale qui avait fait du secret un mode de gouvernement. Les inquisiteurs d'État n'étaient-ils pas appelés aussi inquisiteurs contre la propagation des secrets ?

2

Non sans mal, j'ai trouvé à Piazzale Roma pour quelques jours seulement un parking aérien où l'on m'a assigné une place au dernier étage, le huitième. Les tarifs eux aussi sont élevés. Piazzale Roma est un lieu intermédiaire, tête de pont où bateaux et voitures cohabitent une dernière fois dans une confusion très italienne, c'est-à-dire mystérieusement organisée. Dans ce grand déballage où les voitures sont vidées, valises à roulettes, sacs à dos, cabas disparaissent miraculeusement par voie d'eau.

Du sommet, je contemple la ville, entouré de mes nombreux bagages. Il va me falloir les descendre un par un à l'aide d'un minuscule ascenseur toujours occupé. Il fait déjà très chaud. Sur mon toit je me sens soudain grisé par le vent tiède et le panorama qui s'offre à moi, un frémissement de toitures de couleur orangée. La pigmentation des tuiles flétrie par l'ardeur du soleil fait ressembler Venise à une pelouse brûlée. Le Grand Canal et sa forme de S dessinent un tuyau d'arrosage. Il s'insinue et se dévide au cœur de la ville.

J'aperçois au pied du parking Sant'Andrea, une église fermée, avec son clocher en forme de bulbe à huit faces. Je me suis déjà renseigné : celle-ci sera difficile à ouvrir. Elle dépend du Patriarcat de Venise. Le sanctuaire contenait un Tintoret, un Véronèse et un Pâris Bordone. J'ignore ce que ces peintures sont devenues. Pendant des années, l'édifice a servi d'atelier à un sculpteur vénitien. En 2015, lors de la Biennale d'art, il a entrebâillé ses portes pour une exposition sur la réfrigération. Le visiteur était invité à ouvrir des frigidaires où était rangée de la nourriture.

Pour l'heure, il me faut trouver un porteur. Joëlle, ma femme, surveille nos innombrables paquets déposés en vrac sur le trottoir. Je reviens accompagné d'un portefaix pakistanais qui a accepté de transporter notre attirail vers un bateau-taxi. Le nombre de valises, sacs, colis et cantines s'élève à quatorze. J'ai même apporté une caisse de bordeaux que je ne parviendrai pas à finir pendant mon séjour. Le bagagiste arrive à empiler la totalité de notre fourniment qui tient en équilibre sur son diable à deux roues.

Quand, dans *Venises*[1], Paul Morand parle de lui, il dit « ma minime personne » alors qu'il pense tout le contraire. Les temps ont bien changé. Moi bataillant avec mes caisses et mes sacs. Morand aux prises avec ses souvenirs de Diaghilev, du baron Corvo, de Marcel Proust. Lui au moins nous épargne les détails domestiques. Pendant ses séjours vénitiens, il descendait entre autres au Bauer Grünwald ou chez le comte Volpi, un condottiere de la finance, le « dernier doge de Venise », créateur de la Mostra[2]. Le

---

1. Gallimard, 1971, « L'Imaginaire », 2004.
2. Bernard Poulet, *Volpi, prince de la Venise moderne*, Éditions Michel de Maule, 2017.

livre de Morand, publié en 1971, fit longtemps partie de « ma bibliothèque de cœur » – lui qui en avait si peu. Il décrit bien la fin du voyageur et l'apparition du touriste avec son modèle le plus achevé, le hippie, « bouddha incurieux, indélogeable ». Morand hait le hippie. Il aurait détesté ce très petit-bourgeois moyennement anticonformiste que j'étais, sans cheveux longs, raisonnable amateur de pétards, mettant en pratique avec une audace toute relative le slogan « tout est possible ».

J'arrivai par hasard à Venise pour la première fois à la fin des années 60 : 1968, 1969 ? Deux années pourtant qui ne se ressemblent pas. La confusion est regrettable. Je n'arrive toujours pas à trancher. Déjà obsédé par la trace : que peut-il bien subsister d'une chose disparue ? Mais à Venise, l'empreinte du passé n'existait pas. Il n'y avait aucun exercice de reconstitution à effectuer. Nul besoin de se livrer à une gymnastique de la mémoire. Le passé était là, devant moi, intact. Depuis des siècles le bâti vénitien n'avait pas changé. À cette époque, je ne connaissais pas l'extraordinaire vue de Jacopo de' Barbari qui représente Venise à vol d'oiseau en 1500. La gravure, d'une extrême précision, permet de constater que l'organisation de la cité n'a pratiquement pas bougé. Elle est déjà installée *physiquement*, déployant autour du Grand Canal, dessiné avec désinvolture, un corps souple et déjà élégant. La *sprezzatura*[1] vénitienne. Une mise en scène du naturel. Cacher l'effort

1. Mot à peu près intraduisible forgé par Baldassare Castiglione (*Le Livre du courtisan*) exprimant la désinvolture, la grâce, la nonchalance, alliées à une forme de dédain.

de l'ingrate origine. On reconnaît exactement les palais, les églises, les jardins, les campos. Ce qui ailleurs était mort, ici était vivant, certes délavé, mais *en place*, immobile, en équilibre. Un agencement unique entre l'eau, la terre et l'air, des forces opposées mais égales.

Après de longues vacances en Crète et dans le Péloponnèse, je traversais la Yougoslavie en compagnie d'une fiancée canadienne – je vivais alors au Québec. Venise se trouvait sur le chemin du retour, pourquoi ne pas s'y arrêter ? J'éprouvais pour cette ville une curiosité empreinte de méfiance. Nous ne rêvions alors que de destinations lointaines. Venise était à portée de main, classique, convenue, trop lune de miel, écœurant répit pour les couples bourgeois avant l'enfer conjugal. Un vieux meuble de cet Occident dont nous vomissions les valeurs.

Après avoir vécu à grandes guides en Grèce, nous étions à sec. Le centre historique était hors de prix. Nous dénichâmes un hôtel à Mestre. Réduits à nous restaurer dans notre chambre, ce qui était interdit, nous fûmes expulsés au bout de deux jours. Il n'y avait plus d'autres recours que l'auberge de jeunesse, ultime expédient. On y séparait les couples. Nous aurions aimé rester ensemble pour finir en beauté notre périple. Il me semble aujourd'hui irréel. Chaque jour nous gagnions Venise en chemin de fer pour revenir à Mestre *in extremis* avec le dernier train. À part Saint-Marc, dont il est difficile de ne pas se souvenir, je ne me rappelle qu'un édifice (une église ? un palais ?). À chacun de mes séjours, je me suis efforcé de l'identifier. Efforcé est sans doute exagéré, car au début je ne me donnais guère de peine pour y parvenir. Cela a commencé par un jeu, une devinette sans conséquences, dont il est amusant de trouver la réponse. Cet instant mystérieux est associé à un épilogue : la fin de l'insouciance ; ce délectable moment de vacance avant le passage à l'âge adulte.

Nous avons tous été victimes de ces impressions. Par la suite, on ne sait trop pourquoi, elles nous poursuivent sans que pour autant cet intérêt devienne une obsession : un film, un visage, un tableau, une ville, une maison, un roman. Nous les connaissons mais aimerions les *reconnaître*. Par envie de savoir, par curiosité. Ce besoin de retrouver dans notre mémoire le souvenir perdu de vue rumine en nous. Il finit par nous intriguer. Nous voudrions démasquer cette image qui se cache, confondre cet objet qui se dérobe, pour enfin lui donner un nom, une origine.

Tel fut le point de départ de cette histoire. Je n'imaginais pas qu'au fil des années ce mystère allait s'épaissir jusqu'à me décider à vivre à Venise pour enquêter. Projet impensable, et, pour tout dire, assez imprudent. « Les canaux de Venise sont noirs comme l'encre. » Ce mot de Morand a toujours sonné pour moi comme un avertissement, lui qui déclarait : « Je reste insensible au ridicule d'écrire sur Venise. » Je m'attaque à un cliché. Faut-il tomber dans le panneau ? Cette ville a fait beaucoup trop couler d'encre. N'allais-je pas me noyer à mon tour en contribuant à la montée de ces eaux toutes littéraires ?

Morand ! Il est difficile de s'en débarrasser quand

on l'a porté aussi haut. Sur les quais de la Seine, dans les années 70, j'avais raflé tout un lot de *Venises* dans l'édition cartonnée du Cercle du nouveau livre. J'en offrais un exemplaire à ceux de mes amis que je croyais aptes à apprécier ce style dédaigneux et crépitant qui m'enchantait. À l'époque, je m'étais même rendu à Trieste pour y recueillir le témoignage des cousines de sa femme et visiter sa tombe : « Paul Morand, de l'Accadémie française ». Les deux *c* fautifs gravés sur le marbre, traduction de l'italien *Accademia*, m'avaient ravi : l'ancien ambassadeur de Vichy s'était en fin de compte bien vengé de cette Académie que le général de Gaulle lui avait d'abord interdite.

J'ai trouvé un remplaçant pour Venise à Morand, Sartre. Sartre si décrié aujourd'hui, au point que pour l'abaisser on se plaît à affirmer que Simone est bien meilleure que lui, bien plus observatrice, bien plus inspirée, bien meilleure romancière, bien plus tout ! Sartre aimait Venise, il l'a prouvé en écrivant *La Reine Albemarle ou le Dernier Touriste*[1]. Sartre a parlé de l'eau de Venise comme personne. Il en parle avec une telle intelligence et une telle délectation – c'est aussi beau que du Bachelard – qu'il est décourageant de s'attaquer après lui à un tel sujet. Ce texte inachevé est un pas de côté dans son œuvre. Il révèle un Sartre inattendu, loin de l'image de l'écrivain engagé. Il prend un vrai plaisir à nommer, à ressentir, à faire entendre le relief sonore de la langue.

---

1. Gallimard, 1991. Voir la notice de *La Reine Albemarle* (1951-1953, p. 1491) in *Les Mots et autres récits autobiographiques*, « Bibliothèque de la Pléiade », 2010.

Expérience unique du corps où tout fait sensation. Il s'est désencombré, *dégagé*.

Sartre l'Italien. Le livre total, « anti-touristique », qu'il voulait écrire sur ce pays, on ne le lira jamais. Un projet colossal de mille pages. Il avait l'ambition de composer une nouvelle *Nausée*. « L'idée, c'était de prendre l'Italie au piège des mots », confiera-t-il. Il ne nous reste que ces fragments, mais quels morceaux !

La partie sur Venise est une tentative d'épuisement de la ville amphibie. Elle fut pour lui une sorte de *querencia*, refuge mental, repli permettant de tout observer. Il s'est posté à la fenêtre de son hôtel, choisissant de *tout* enregistrer de l'eau vénitienne, ne lui laissant aucune échappatoire. Bourbeuse, saumâtre, vénéneuse, folle, croupie, l'eau décrite est l'élément insaisissable par excellence. Il l'inventorie sous toutes ses formes, il n'oublie pas le spongieux, le flasque, avec une fascination pour la vie aquatique immonde, « ces mousses verdâtres, ces anémones, ces moules fangeuses, ces horribles salsifis ». Cette eau, il veut l'amener à résipiscence, il la presse de partout, comme s'il avait le projet de lui enlever sa substance aqueuse. « L'eau, c'est le *trop* », écrit-il. Il faut l'amener au niveau le plus bas.

Je soupçonne Sartre d'avoir poursuivi un dessein insensé : mettre Venise à sec. Il n'y est pas tout à fait parvenu – elle a encore de la ressource ! – mais il a essayé. C'est cela qui me plaît chez lui, son intrépidité.

Aussi vite subjugué, aussi vite dépris. Le lendemain de notre départ, j'avais déjà oublié Venise.

Beaucoup plus tard je m'aperçus que j'avais été contaminé. Une substance inconnue s'était introduite en moi. Elle allait travailler jusqu'au second voyage au début des années 70. Ensuite cela n'a plus cessé…

L'un de mes derniers séjours, avant de passer à la trappe, fut effectué en compagnie d'Hugo Pratt, l'inventeur de Corto Maltese. C'était en 1983. J'étais alors journaliste au *Matin de Paris*. Un séjour mémorable. J'ai appris avec lui à entrevoir une autre Venise, celle des cours secrètes, des passages condamnés, des ruelles aux noms étranges (pont de la Nostalgie, place de l'Arabe-d'Or, sérail des Belles-Idées, etc.). La Venise cabalistique. Il voyait des indices et des symboles magiques partout. Au besoin, il en inventait. Il est le premier à avoir attiré mon attention sur ces édifices scellés que sont les églises closes : « Il ne faut surtout pas les nommer. La Venise fabuleuse est là. Ce sont des lieux d'ombre et de silence. Ils doivent le rester. » Il aimait bien mystifier ses interlocuteurs, mais ces mots retentissent en moi aujourd'hui à la fois comme une invitation et une mise en garde.

Les séjours se sont succédé puis accélérés après ma libération en 1988. Et cette église, ce palais que je ne réussissais pas à retrouver… Au départ, c'était sans importance. Cela devint de moins en moins anodin. Il importait de combler ce trou. Un obstacle qui en entravait l'identification, une image *obstruée*.

Je me vois contemplant un mur dans la pénombre… La peinture qui l'illumine… Oui, mais Venise est remplie de ces boîtes précieuses à fond noir et or. Les palais et les églises enflammés par l'incrustation d'une peinture. L'étincelle qui jaillit dans le demi-jour. Le miroitement tapi dans l'ombre. Il n'y a que cela à Venise. La basilique Saint-Marc en est l'exemple éclatant. L'or des mosaïques perfore les ténèbres.

Je pense de plus en plus que je me trouvais dans une église mais je n'en suis pas absolument sûr.

Pourquoi avais-je ressenti cette impression d'étrangeté, de douceur ?

3

J'ouvre la porte. L'odeur… J'adopte ou répudie une maison en fonction des effluves qu'elle dégage. On peut tromper momentanément l'olfaction au moyen de parfums artificiels, de bougies aromatiques, mais cela ne dure pas. Une habitation revient toujours à son haleine d'origine. Elle est imprimée dans les murs. Les meubles, les lampes, les tapis, les livres de la bibliothèque répandent leur bouquet propre qui donne une odeur générale plus ou moins harmonieuse. Tout est dans l'harmonie. Une fragrance dissonante, un relent désagréable même infime peut indisposer puissamment le sens olfactif.

J'ai retrouvé aussitôt dans l'appartement de la Giudecca l'empreinte que j'avais aimée la première fois. Rien d'exceptionnel pourtant. Cela sent le vieux tissu, un fond de bois de santal, un parfum poudré, hors du temps. Cette prise de possession par l'odorat d'un appartement qui n'est pas le mien est de bon augure. Tendues de tissus Fortuny, ces pièces vont constituer mon poste de contemplation opérationnel pendant plusieurs mois.

L'affaire se présente mal. Une amie italienne,

Giulia, m'a aidé depuis Paris à la préparation de mon enquête. Nous avons travaillé pendant des semaines pour trouver les adresses électroniques et tenter d'établir sur place des contacts. À quelle autorité s'adresser pour se faire ouvrir ces églises ? Je ne mesurais pas que c'était si compliqué.

J'ai écumé pendant des années tous les lieux de culte à la recherche de cette église et surtout de cette peinture. Dans mon souvenir, elle apparaît de plus en plus comme une boule de feu éclairant fugitivement une image. Revenu bredouille, j'en suis arrivé à la conclusion que ce mur et ce tableau ne peuvent que se trouver dans un édifice qui n'est plus accessible. Il l'était dans les années 60. On a compris pourquoi ces sanctuaires cadenassés provoquent en moi un sentiment de frustration.

La plupart de ces édifices relèvent du Patriarcat de Venise – l'évêque porte depuis 1451 le titre de patriarche. Cependant certains sanctuaires appartiennent à d'autres instances : à des ordres religieux comme les Frari, le Redentore ou les Gesuiti, à des associations de bienfaisance comme l'IRE (Istituta di Ricovero ed Educazione). Ils peuvent être aussi la propriété de l'État italien ou de la mairie de Venise. L'Italie ne connaît pas le régime de séparation des Églises et de l'État comme la France où, depuis 1905, les biens religieux sont la propriété des communes.

Tous mes efforts se sont concentrés sur le Patriarcat. Évidemment, j'ai essayé de me faire pistonner en me recommandant auprès de prélats français bien introduits à Rome. En pure perte ! Venise n'est pas Rome, je m'en suis vite aperçu. *Veneziani, poi*

Cristiani (Vénitiens d'abord, chrétiens ensuite). L'adage paraît toujours vrai. Entre la République de Venise et la papauté, les relations furent longtemps difficiles, pour ne pas dire exécrables, le Sénat s'efforçant de limiter l'autorité de Rome sur son territoire et de séparer strictement le pouvoir spirituel du temporel. En 1606, le pape Paul V alla jusqu'à excommunier la République et jeter l'interdit sur la ville. Elle ne se laissa pas intimider par une mesure aussi extrême, qui suspendait la célébration de la messe et l'usage des sacrements. Un décret menacera de mort tout membre du clergé vénitien qui se soumettrait à la sentence pontificale.

Ma priorité est de trouver au sein du Patriarcat le sésame qui m'ouvrira les églises. Comme dans toute organisation hiérarchisée, il existe un personnage qui détient le pouvoir magique de lever ou de créer les obstacles. Giulia, qui a mis à contribution tous ses réseaux, est parvenue finalement à identifier notre homme. Il occupe la fonction de *Delegato patriarcale per i beni culturali e turismo*. Il est aussi directeur de l'Office pour la pastorale du tourisme. Nous l'appellerons le Grand Vicaire. Cette dignité est bien la sienne. Il seconde le patriarche de Venise pour l'administration du patrimoine religieux. *Il Gran Vicario*, procurateur ecclésiastique, va hanter mes jours – et parfois mes nuits, il m'est arrivé d'en rêver !

Dans un courriel, le contact de Giulia a évoqué prudemment auprès du Grand Vicaire mon projet de livre. Très obligeamment, celui-ci lui a aussitôt répondu – ils entretiennent, j'imagine, des relations amicales. Je me dis que ça se présente bien. J'ai l'impression pourtant que le terme « églises fermées » (*chiese chiuse*) fait tiquer le prélat. Pour lui, une « église fermée » est un lieu de culte qui a cessé d'être utilisé pour la liturgie. Aussi préfère-t-il employer le mot « désacralisée » (*sconsacrata*). Il explique qu'aux yeux de l'Église, un sanctuaire reste de toute façon consacré.

Il y en a un, par exemple, les Zitelle (les jeunes filles), qui depuis toujours excite ma curiosité. Tous ceux qui sont allés à Venise le connaissent. Ils peuvent ignorer son nom, mais pas son grand dôme flanqué de deux clochetons, qui se voit de partout. Je l'aperçois de notre terrasse. Paradoxalement cette église située sur le canal de la Giudecca ne se remarque pas car ses portes sont toujours closes. Que de fois depuis l'autre rive, observant la ligne mélodique de la Giudecca tracée depuis Saint-Georges Majeur jusqu'à l'hôtel Hilton, mon regard s'est arrêté sur cette mystérieuse église. À chacun de mes voyages, je me suis rendu au pied des Zitelle, j'ai voulu en avoir le cœur net. Qui sait ? Le hasard joue-rait peut-être en ma faveur.

Un jour, j'ai cru que mon opiniâtreté allait être récompensée : une porte ouverte. Mais c'était l'entrée d'un hôtel de luxe qui venait de s'installer. Un hôtel à la place de l'église ! En vérité, le palace s'était établi dans la partie de l'ancien couvent enserrant les Zitelle. De loin, on ne peut les distinguer. Ils ont été édifiés à la même époque (fin du XVIe siècle) et ne font qu'un. Le bâtiment religieux est enchâssé dans le couvent devenu par la suite un hospice.

Je suis entré dans l'hôtel en demandant si l'on pouvait visiter l'église. Je connaissais d'avance la réponse. Devant ma déception, le concierge m'indiqua que le sanctuaire ouvrait parfois, mais qu'il fallait réserver sans être assuré d'une réponse positive. « C'est très cher », précisa-t-il. Il faut croire que je ne suis pas tombé à la bonne période. Je n'ai jamais pu profiter de ces visites pour privilégiés.

Aux dernières nouvelles, j'ai appris d'ailleurs qu'elles avaient cessé. On n'a plus accès aux Zitelle, mais ça peut changer. Une certitude : le bâtiment n'entre pas dans la catégorie des églises déconsacrées. On y célèbre encore la messe, très rarement, il est vrai. Alors pourquoi un tel édifice conçu par Palladio est-il fermé ? Mystère. L'idée de l'ensemble, due au plus grand architecte de la Renaissance, est remarquable. Le plan carré, arrondi aux angles pour des raisons d'acoustique, a été imaginé pour la musique. Les jeunes filles pauvres de Venise éduquées dans cette institution y donnaient des concerts. Avec les Zitelle s'instaurera la tradition vénitienne de l'instruction musicale des jeunes filles qu'Antonio Vivaldi illustrera plus tard avec éclat. En outre, l'église renferme des trésors, des tableaux de Palma le Jeune et de Bassano.

Dans le courriel de l'ecclésiastique, une phrase à mon sujet me laisse perplexe : « Il faudrait que ce monsieur m'écrive avant d'affronter un voyage qui ne pourrait lui offrir les possibilités de recherche qu'il espère. » Comment cela ! Maintenant, il est trop tard. Le voyage, je l'ai affronté, comme il dit. À l'évidence, le délégué patriarcal se réserve la possibilité de ne pas déférer à ma demande. Je suis à présent sur place, il ne peut refuser tout de même de me rencontrer.

Joëlle et moi dînons à la trattoria Altanella, « le restaurant de Mitterrand », qui y avait ses habitudes. Cachée dans une ruelle minuscule de l'île de la Giudecca, l'entrée ne paie pas de mine. Quoique banale et pauvrette vue de l'extérieur, la terrasse bien abritée et attrayante ne ferme qu'aux premiers frimas. On y sert les plats habituels vénitiens : pâtes aux vongole, sardines in saor, petits poulpes, poissons accompagnés de la polenta grillée. Située tout près de notre appartement, cette adresse confidentielle est fréquentée par ceux que j'appelle les *introduits*. Ce sont des touristes avertis, effrayés par les mangeoires pour tour operators. Ils prennent la gastronomie au sérieux et croient avoir déniché la bonne adresse secrète. Mais la bonne adresse secrète n'a pas cours à Venise, pas plus que « le restaurant pour Vénitiens ». Il en existe encore pourtant quelques-uns, mais les touristes finissent par en prendre le contrôle. Rien à faire : le touriste est partout, hardi et prépotent.

À la table voisine, un riche Italien d'une soixantaine d'années, belle chevelure flottante et argentée, veste matelassée en losanges, dîne avec une jolie fille d'à peine trente ans. Elle est vêtue avec élégance. À l'évidence, il vient de la rencontrer. Elle a l'air triste et s'ennuie. Il s'essaie à la dérider et finit par renoncer. Pendant tout le reste du repas, il pianote sur son iPhone. Au dessert, elle demande la permission de s'absenter pour fumer ou aller aux toilettes. Les minutes passent, elle ne revient pas. Il hèle le serveur.

À sa mimique je comprends qu'elle est partie.

4

Giulia m'appelle depuis Paris et me presse de rédiger rapidement un courriel à l'intention du Grand Vicaire :

— Il faut lui expliquer qui vous êtes. Lisez sa lettre. Vous êtes un écrivain, il vous prend pour un chercheur. D'après ce que j'ai lu de vous, chercheur, vous l'êtes un peu, non ? Vos livres ne sont pas des romans, mais ce ne sont pas non plus des essais. Faites-lui comprendre nettement le genre de livres que vous écrivez.

Je suis souvent confronté à ce problème d'étiquette. Je n'y attache aucune importance. « Ma seule certitude est que je n'écris pas de romans. » Un jour, au cours d'un débat à Thionville, Olivier Rolin corrigea ma véhémence : « Le roman, tout de même, ce n'est pas honteux ! » Il avait raison. Longtemps, j'ai cru à cette illusion de la non-fiction. Mais tout est fiction dès lors qu'on se met à raconter. Mes livres entremêlent l'essai, l'histoire, l'autobiographie, le récit de voyage, le reportage, l'enquête, la chronique. Ce n'est pas un assemblage de toutes ces catégories, mais une forme qui tente de fusionner le tout. Claude

Simon a raison quand il affirme qu'aucune reconstitution du réel n'est possible : « Ce que l'on constitue, c'est un texte et ce texte ne correspond qu'à une seule chose : ce qui se passe en l'écrivain au moment où il écrit. »

Comment expliquer cela à un prélat du Patriarcat de Venise ? Le Grand Vicaire ne connaît pas mes livres. Mon seul ouvrage traduit en italien est *L'Arche des Kerguelen*, paru au début des années 90. Je crois savoir qu'il a obtenu dans la Péninsule un succès modéré.

J'envoie à Giulia un projet de lettre. Elle répond aussitôt :

— Vous avez oublié l'essentiel.

— Quoi donc ?

— Votre emprisonnement au Liban.

— Non, Giulia. Je ne vais pas à chaque fois parler de cette histoire.

— Vous l'écrivez vous-même. Elle est constitutive de votre personne et de vos livres. Les églises fermées, on est au cœur du sujet, l'emmurement, la séquestration. Vous devez le dire dans la lettre.

— Parce que vous croyez que, par compassion pour mon passé, on va m'ouvrir les portes ?

— Je n'ai pas dit ça, mais c'est une information qui peut être précieuse pour lui.

— Cette information peut aussi être utilisée contre mon projet. Quel besoin ce Français a-t-il de vouloir se servir du problème de nos églises fermées pour construire Dieu sait quelle histoire ? Vous connaissez la chanson : les écrivains déforment toujours la réalité. Mettez-vous à sa place. Je suis pour lui un parfait inconnu. Je débarque dans une ville sur laquelle tout le monde délire. Ce prêtre a lieu d'être méfiant.

— Délirer, qu'est-ce que ça veut dire?

— Une façon d'être indifférent au réel, mais comment dire, une façon jouissive. Tout le monde, Giulia, fantasme sur Venise.

— Une lettre courte, simple, honnête. Voilà ce que vous devez écrire.

Lorsque je relis aujourd'hui cette lettre, je me demande si elle était conforme aux exigences de Giulia. Simple? J'ai mentionné l'épisode libanais comme elle le souhaitait. «Je désire me lancer dans ce projet sans idée préconçue», écrivais-je. Encore heureux! Une telle remarque ne ressemble-t-elle pas à une dénégation, l'aveu évident que j'avais une idée derrière la tête et pas des plus innocentes? Et cette proposition finale: «Je me propose d'établir une liste de ces églises que je souhaiterais visiter. Je vous la soumettrai d'ici une quinzaine de jours.» Je ne me doutais pas que ce courriel pourrait être contre-productif. Je m'apercevrai vite de ma bévue. Rien ne se passera comme prévu.

Pour la dernière fois, Giulia m'assiste dans ces démarches.

— Vous êtes maintenant sur place. Moi je suis à Paris. Je ne sers plus à rien. Il faut que vous trouviez un fixeur.

— Un fixeur. Mais c'est pour les zones de guerre! C'est si dangereux, Venise?

— Un accompagnateur, si vous préférez. Ce qui

vous attend ne sera pas facile. L'Église italienne est un monde compliqué et les Vénitiens ne sont pas simples. La bureaucratie, les autorisations, toute cette paperasserie… Croyez-moi, je connais les deux. Vous allez en baver. C'est encore plus lent, plus sournois que votre administration. J'allais dire plus raffiné. Il faut bien connaître la langue italienne…

Elle a raison de le rappeler. Je lis assez facilement l'italien et peux à peu près me faire comprendre. C'est insuffisant pour s'introduire dans les arcanes de la curie vénitienne et dans tous ces bureaux.

Quand Giulia affirme que les Vénitiens ne sont pas simples, il faut préciser qu'elle est milanaise. Depuis toujours les Italiens jalousent les Vénitiens. Pas uniquement les Italiens, d'ailleurs. Au temps de la splendeur, l'anomalie que constituait Venise suscitait l'envie de toutes les cours d'Europe. Aujourd'hui, c'est différent, il n'y a vraiment pas de quoi être jaloux des Vénitiens. C'est une espèce en voie de disparition. Chaque année leur nombre diminue – 1 000 par an. Ils ne sont plus que 54 000 faisant face à 30 millions de touristes qui déferlent sur la ville chaque année.

Le déferlement. Peut-être ce qui caractérise le mieux la cité. La peur d'être submergée. Elle existe depuis le début. Submersion liquide. Submersion touristique. Cette angoisse de la disparition est constitutive de l'histoire de la ville. Son existence même est liée à cette crainte. Sans cette menace et l'ingéniosité qu'il a fallu pour la conjurer – cette invention, on la retrouve dans un système politique hors du commun, impraticable ailleurs –, Venise n'aurait jamais atteint ce lustre et donné le jour à un décor aussi étincelant.

Comme l'a démontré l'historienne Élisabeth Crouzet-Pavan[1], la ville amphibie n'est aucunement née d'un miracle. Elle n'a rien de providentiel. L'auteur du *Moyen Âge de Venise*[2] a changé notre regard sur la cité. Encore faut-il la lire pour se débarrasser de cette représentation d'un passé imaginaire fabriqué par les Vénitiens eux-mêmes. Mensonge qui continue d'arranger tout le monde aujourd'hui. Touristes et écrivains ont besoin de cette fiction. Détricoter la légende n'est pas chose aisée car, comme le relève Crouzet-Pavan, « le mythe de Venise même déconstruit continue à produire du mythe ». Elle établit ainsi que tout a commencé à l'île de Torcello et non au Rialto, comme la fable aimerait nous le laisser croire[3].

Aujourd'hui en ruine, Torcello avait tout pour connaître le même destin que Venise, imposer cet exemple presque surnaturel d'apparat, de beauté et de domination « voulue par Dieu ». Étouffée dès la fin du Moyen Âge par sa voisine qui, pour prospérer, avait besoin que l'humble rivale meure, Torcello a vite retrouvé la boue, l'herbe et les marais de l'origine. Cette image fantomatique, « symbole d'un possible toujours possible », reste la mauvaise conscience de la Dominante. Un miroir aussi qui lui est renvoyé, avertissement d'un futur qui ne cesse de la hanter. On comprend qu'elle ne souhaite pas le contempler.

1. *Venise triomphante, les horizons d'un mythe*, Albin Michel, 2004.
2. *Des eaux salées au miracle de pierres*, Albin Michel, 2015.
3. *La Mort lente de Torcello, histoire d'une cité disparue*, Albin Michel, 2017.

5

J'ai mes habitudes à la Giudecca. Sur le quai, au pied de notre appartement, tous les commerces qu'on trouvait jadis dans le centre historique sont à disposition : un marchand de primeurs, une quincaillerie, une salumeria (charcuterie), une poissonnerie, une boucherie, sans oublier une poste et un restaurant, La Palanca, où nous prenons vite nos quartiers. Tout est à portée de main. J'allais oublier une entreprise de pompes funèbres et, ce qui ne gâte rien, deux églises fermées depuis la nuit des temps : Santa Croce et Santi Cosma e Damiano. La Giudecca, c'est la Venise populaire telle qu'elle existait encore dans les années 70. Elle se gentrifie peu à peu.

J'aime me perdre dans le labyrinthe de ses ruelles. Regarder la lagune de l'autre côté de l'île avec son chapelet d'îles. Mes explorations m'amènent souvent à un jardin mystérieux situé près de la prison. On y accède par un pont privé strictement surveillé par un gardien. Son nom, le jardin d'Eden.

J'ai établi une liste sommaire des églises fermées et me propose de quadriller la ville à l'aide de la carte

Global Map 1 : 6 000 (7,50 euros), selon moi le meilleur descriptif de Venise. Je les ai toutes essayées. Cette représentation est loin d'être parfaite. Elle se lacère vite aux pliures. Néanmoins elle reste la plus claire et la plus détaillée, même si aucun plan de la cité ne réussira à reproduire exactement cet enchevêtrement de *calle*, de *campi*, *corti*, *rami* qu'est Venise.

En ce début d'automne l'air est doux, la lumière, comme toujours ici, sensuelle et indéfinissable, une brillance si délicate et charnelle que, pour se tirer d'affaire, on ne peut que s'en rapporter aux couleurs des grands peintres de Venise, en particulier Véronèse même si son opulent jaune soleil tirant sur le safran est sans doute moins notoire que son vert.

La station de vaporetto est au pied de l'appartement. De la terrasse, on voit les bateaux arriver de loin, portés dans la lumière de l'étendue liquide. Il suffit de dégringoler d'un étage, de pousser la porte à tambour dont l'un des battants, forcé depuis des lustres, est toujours ouvert, pour se retrouver sur le ponton.

Longtemps, j'ai cru que les horaires de passage affichés ne pouvaient être respectés. Le désordre italien… Et le désordre français alors ! Les Italiens sont décidément plus fins que nous. Dans la pagaille ils crient, s'impatientent et donnent l'impression d'être dépassés mais un fonctionnement invisible se met habilement en place. Nous nous pensons les rois de l'improvisation alors que les Italiens sont beaucoup plus ingénieux, moins système D, justement sans esprit de système. Ils se moquent de la cohérence et de la méthode mais, à force d'expédients, parviennent à se tirer d'embarras momentanément, sans d'ailleurs se tirer d'affaire. De désordre à Venise, il n'y en a guère et plutôt moins que dans d'autres hauts lieux touristiques.

Très tôt, sur ce sol fragile et boueux, attaqué aussi bien par l'érosion que par l'incivisme des particuliers, la République a étendu son emprise dans tous les domaines et réglementé l'eau, la terre, l'air – ainsi les mauvaises odeurs étaient sévèrement traquées, nous précise Élisabeth Crouzet-Pavan.

Direction la station Sant'Alvise dans le sestiere de Cannaregio. Par recoupements et par une reconnaissance régulière sur le terrain effectuée lors de mes précédents séjours, j'ai procédé à un relevé plus ou moins exact des églises fermées. Mais fermées depuis quand ? C'est là toute la question. L'étaient-elles déjà quand je suis venu ici pour la première fois en 1968 ou 1969 ? Sur leur fermeture les dates données ici et là sont approximatives, souvent contradictoires pour ne pas dire inexistantes.

J'ai puisé une large part de mes informations dans deux ouvrages en italien. L'un de Giulio Lorenzetti[1] publié pour la première fois en 1926 et remis à jour en 1974 – Sartre s'en est servi et le cite dans *La Reine Albemarle*. L'autre d'Umberto Franzoi et de Dina Di Stefano[2] datant de 1976, très volumineux. Ce dernier livre, jamais réédité, est remarquable quant à l'histoire des édifices religieux de la ville, abordée pour l'essentiel sous l'aspect architectural. À la différence du

1. *Venezia e il suo estuario. Guida storico-artistica*, Erredici, 2010.
2. *Le Chiese di Venezia*, Alfieri.

guide de Lorenzetti, très exhaustif, les peintures et les sculptures qui ornent ces sanctuaires y sont rarement mentionnées.

Sant'Alvise. Un coin apparemment perdu de Cannaregio. Même si la notion de coin perdu n'a pas vraiment cours dans cette ville. Désert oui, ou peu fréquenté, mais jamais tout à fait à l'écart. Les quais sont vides. Ils le sont presque toujours dans cette partie de Venise, mais une présence invisible fluctue au gré du vent et des impulsions de l'eau. Je suis à la recherche de l'église San Bonaventura, qui n'est certes pas le sanctuaire le plus notoire de la ville. Lorenzetti la qualifie de *chiesetta* (petite église), Franzoi-Stefano d'« oratoire ». Le seul intérêt qu'elle présente pour moi est d'être fermée, mais je dois vérifier. Des ouvriers maçons travaillent dans une cour, l'un d'eux m'indique San Bonaventura. Je suis passé devant sans la remarquer. Comme je m'y attendais, les portes sont closes. Un examen plus approfondi me permet de comprendre que la petite église fait partie d'un monastère, les Carmélites déchaussées, ordre contemplatif de religieuses cloîtrées.

Je me décide à sonner à l'une des portes. Après une longue attente dans le parloir, une voix féminine consent à répondre derrière un hygiaphone. La personne est invisible. La pièce a cette odeur de confinement des lieux sans lumière. L'intonation est ferme.

— Que voulez-vous ?

J'ai bien préparé ma phrase en italien. J'explique que je travaille à un ouvrage sur les églises sans préciser que je ne m'intéresse qu'à celles qui sont fermées.

— Puis-je visiter San Bonaventura ?

Un long silence puis un soupir. Elle chuchote à toute vitesse des phrases que je ne comprends pas.

— Parlez plus lentement, s'il vous plaît.

— C'est impossible, Monsieur Français (les deux derniers mots dans notre langue). Ici, c'est l'enceinte d'un monastère. Nous consacrons notre vie à la prière.

— Vous n'ouvrez donc jamais ?

— Si, chaque jour. Très tôt, répond la voix.

Elle ajoute d'un ton que je sens à la limite de l'enjouement, ironique même :

— À 6 h 30 du matin, pour la messe. Après, nous fermons.

Comment sait-elle que je ne pourrai jamais me lever si tôt ? Il paraît évident que l'église qui m'avait tant marqué lors de mon premier voyage n'est pas San Bonaventura. Je m'aperçois aussi que ce n'est pas la bonne méthode.

Vers 3 heures du matin, je suis réveillé par le vaporetto qui assure le service nocturne, le N. Le choc étouffé du bateau sur le ponton n'est pas désagréable. Dans le calme de la nuit, il donne un semblant d'animation qui se termine par l'accélération du moteur.

Avant de me rendormir, je pense à l'église des Carmélites.

Il faut que je procède autrement.

6

La personne que je vais rencontrer est une guide française. Elle vit à Venise depuis des années. Elle m'a été recommandée par des amis. Elle a fait des études d'histoire, et la ville, m'a-t-on dit, n'a pas de secret pour elle. Seul hic, elle est très demandée. Acceptera-t-elle de m'aider ?

J'arrive toujours avant l'heure pour voir apparaître la personne que je ne connais pas, mais elle m'a devancé. En m'asseyant je surprends un regard avisé, légèrement défiant. Des amoureux de Venise, elle en a vu défiler de toutes sortes. Inutile de lui faire des boniments. D'une voix douce, elle annonce la couleur :

— C'est très bien que des églises restent fermées. Au moins, elles sont protégées. Elles ont droit au secret. Pourquoi voulez-vous les faire ouvrir ?

J'essaie de lui expliquer ma démarche sans trop entrer dans les détails. J'insiste sur la frustration qu'on éprouve face à ces trésors qui se dérobent.

— C'est le fantasme actuel, la « Venise insolite et cachée », désapprouve-t-elle. Il faut à tout prix aujourd'hui voir ce que les autres ne voient pas. Sans doute le plaisir de la comparaison… Savoir qu'autrui ne puisse tirer agrément de ce qu'on a le privilège de connaître. Se dissocier de la multitude ! Ou la vanité de se croire plus malin que les autres. Surtout, ne pas passer pour un touriste. J'ai sans arrêt des demandes sur les « adresses secrètes » de Venise. Mais les secrets doivent être respectés !

Je me sens visé par ces « adresses secrètes » – mots qu'elle prononce avec une évidente ironie. Je sens que nous ne ferons pas affaire. Dommage… Elle n'est nullement agressive. D'un ton suave, elle se justifie avec un souci d'exactitude et un désir de convaincre.

— Vous ne vous rendez pas compte ! Surtout en haute saison touristique, c'est un viol collectif que subit la ville.

Je lui fais remarquer que c'est peut-être excessif.

— Je vous assure, c'est la vérité. Je le constate d'année en année. Elle est avilie. On ne peut rien y faire.

J'apprécie ce choix du mot avili. Venise est-elle souillée à ce point ?

C'est une rousse du genre délicat. Elle se tient droite. Elle possède cette carnation de porcelaine, un teint blanc de lait, diaphane, un air de princesse asiatique. La voix posée et inflexible émane de quelqu'un qui connaît le sens des mots et sait depuis toujours ce qu'il veut. Elle s'appelle Alma.

— Venise a connu jusqu'aux années 80 un tourisme qu'on pourrait qualifier de bon enfant.

Elle fait la moue et rectifie :

— Non, pas bon enfant, paisible. Ce qui symbolise le mieux la violence actuelle, c'est le passage des *grandi navi* sur le canal de la Giudecca, les bateaux de croisière… Les Vénitiens sont exaspérés.

Elle est sceptique quant à l'interdiction annoncée pour 2019.

— En fait, ça ne s'arrêtera que le jour où il y aura un accident devant la place Saint-Marc.

Elle est sans illusion. À l'écouter j'ai l'impression que, depuis que notre ancêtre a goûté au fruit défendu, elle est persuadée que l'homme se plaira toujours à contrevenir et à choisir exactement l'option la plus dommageable pour lui. En 2004, raconte-t-elle, le *Mona-Lisa* a quitté sa route à cause du brouillard et s'est échoué à quelques mètres de la place Saint-Marc. Deux remorqueurs sont parvenus à le remettre à flot. Pour les compagnies maritimes, Venise est le point de départ ou d'arrivée des croisières et non pas une escale.

Nous sommes assis à la terrasse de Nico, l'un des meilleurs glaciers de Venise. L'établissement est situé sur les Zattere, la plus belle promenade de la ville. Le seul endroit où les touristes s'attardent, reviennent sur leurs pas, s'arrêtent. Ils sont détachés et donnent l'impression de profiter d'une accalmie au milieu du branle-bas esthétique qui du matin au soir agite cette ville. Elle les contemple d'un air songeur :

— Regardez-les ! Je les connais bien, ce sont pour la plupart mes clients. Je ne leur jette pas la pierre. On n'aura guère le temps de leur expliquer Venise. D'ailleurs, ils ne sont pas forcément venus pour la comprendre. Ils l'ont choisie parce que l'avion n'est pas cher. Depuis Paris, c'est plus économique que d'aller à Bordeaux ou à Lyon. En général il n'y a pas une volonté profonde de connaître la singularité de cette ville. Vous savez, là ou ailleurs… Ce qui est important, c'est d'avoir «fait» Venise. On coche des cases. Seule consolation, une fois sur place, personne ne reste indifférent à la ville.

En l'écoutant, je me dis qu'elle correspond en tout point à la personne qu'il aurait fallu pour m'accompagner dans mes recherches. Elle n'est pas conforme. Elle pense par elle-même. Mais, hélas, ma façon d'aborder Venise à travers ses églises fermées ne lui plaît pas.

— Il est difficile de venir à bout de celles qui sont ouvertes, morigène-t-elle. Moi-même, je n'y suis pas parvenue.

Je rectifie :

— Mais c'est un prétexte ! Un MacGuffin.

Pourquoi me suis-je mis à évoquer le MacGuffin ? Un acte désespéré ? L'allusion un brin pédante du type qui n'a plus rien à perdre et qui lance le mot avec un sentiment de découragement, à peu près persuadé qu'auprès de l'interlocutrice cette mention tombera à plat ? Elle me regarde l'air incrédule, presque goguenard.

— Alors si c'est un MacGuffin, ça change tout.

Les admirateurs d'Alfred Hitchcock savent que le MacGuffin est l'élément matériel qui sert de mobile à l'intrigue, par exemple le collier ou le document à récupérer, ressort qu'on finit par oublier. Seule importe l'action, où nous sommes tenus en haleine par le héros pourchassé par des tueurs.

Le mot de MacGuffin a tout fait basculer. Elle idolâtre Hitchcock. Toutefois, je ne voudrais pas qu'elle s'imagine que la quête de ces églises fermées serve d'excuse à je ne sais quel dessein caché. J'y tiens à ces sanctuaires qui ont mis la clé sous la porte. Et je ne désespère pas de retrouver ce miroitement survenu lors de ma première visite en 1968 ou 1969.

Je n'ai pas cru bon d'y faire allusion. Cette histoire aurait ajouté au manque de clarté qu'elle attribue à ma démarche. C'est une affaire compliquée, sérieuse, étrange, presque inavouable. Jusqu'à présent je ne l'ai révélée à personne. J'ignore où je vais atterrir, je sais que ces sanctuaires morts mettent en jeu le registre du secret vis-à-vis de moi-même. Le secret, mot-clé. Il fait remonter à la surface non seulement ce qui est oublié, mais aussi ce qui a été séparé ou mis à part. L'injonction de lever le voile.

— Vous savez, les films d'Hitchcock tentent aussi de forcer un sanctuaire.

— Je vous écoute, dit-elle avec défi.

— Eh bien, le sanctuaire hollywoodien… Le *studio system*. Il l'a déverrouillé. Le rapport avec le spectateur. La censure. Cette façon de se mettre lui-même en scène. Et j'allais oublier, la sexualité.

Bon, j'avoue que c'est un peu tiré par les cheveux, mais je suis prêt à tout pour qu'elle accepte.

Elle se lève et déclare :

— Je vais voir ce que je peux faire. À bientôt.

Je reviens à la Giudecca en empruntant le vaporetto de la ligne n° 2. Mon appartement est situé dans l'axe de Nico. Pour franchir le canal et aborder l'autre rive, le bateau ne suit pas une ligne droite. Il utilise le courant et trace une élégante trajectoire en

S sur l'eau si bien qu'au début on croit qu'il rate la station Palanca.

L'entassement est ici la condition naturelle du touriste. Sur le bateau, comme dans les rues étroites, il permet aux humains de s'examiner à la loupe. Venise est l'un des seuls endroits au monde où l'on a tout loisir d'étudier ses semblables sans paraître indiscret. Je ne me lasse pas d'observer avec avidité l'émerveillement du voyageur qui découvre la ville pour la première fois. Ce spécimen est facile à identifier. Son incrédulité. Un effet de saisissement empreint de naïveté. Il ne cherche pas à dissimuler son enthousiasme. Son visage retrouve l'innocence. Impossible de contempler le prodige de la ville flottante autrement qu'au pied de la lettre. Cet éblouissement du premier regard est l'un des plus beaux spectacles à Venise.

Pour moi, le comble de la vie luxueuse : dévisager sans qu'on fasse attention à vous. Avoir tout son temps pour observer son prochain. Le temps n'a pas de prise sur ces scènes qui se répètent sans cesse.

7

Pour l'instant, aucune réponse du Patriarcat. Le siège de la curie vénitienne est situé tout près de la basilique Saint-Marc, sur la piazzetta dei Leoncini. Les touristes aiment à se faire photographier à cheval sur les deux lions en marbre rouge de Vérone. La posture n'est pas du goût des vigiles municipaux, qui leur font la guerre : enfourcher le griffon de Saint-Marc constitue une manière de sacrilège.

Le palais patriarcal est une belle construction néoclassique édifiée au XIXe siècle. Sa position au centre de la cité, presque adossée à la basilique, avec les armoiries bien en évidence au-dessus de l'entrée, veut signifier la permanence et le prestige de l'Église vénitienne. Les apparences sont sauves, la réalité est moins glorieuse : les fidèles sont de moins en moins nombreux, les prêtres des trente-huit paroisses de la Venise historique vieillissent et meurent sans être remplacés.

Je passe chaque jour devant le Patriarcat. Je brûle d'y entrer et de demander à parler au *Gran Vicario* tout en sachant que ce n'est pas la meilleure manière de procéder. Avec son cadran bleu et ses indications astronomiques, la tour de l'Horloge, toute proche, me rappelle que si le compte à rebours n'a pas commencé, le moment zéro viendra plus vite que je ne le pense. Avec ce séjour, je jouis d'un délai plus que raisonnable, mais le temps fixe toujours une échéance. Je puis la dépasser. Mais pas indéfiniment. À présent il me faut un signe, une démonstration extérieure.

J'ai fait le calcul. Venise a compté cent quarante églises, quarante-deux ont été détruites. Difficile d'évaluer le nombre d'églises fermées ou affectées à des fins non religieuses car le chiffre change d'année en année. Néanmoins, sans trop de risque de se tromper, on peut avancer qu'il tourne autour de quarante. Quarante sanctuaires à forcer ! Je commence à me rendre compte que c'est une entreprise impossible et, pour tout dire, absurde. Par recoupements, je suis parvenu à établir qu'un peu moins de la moitié – une quinzaine – relève du Patriarcat. J'espère pouvoir affiner ce décompte au cours de mon enquête.

En fin d'après-midi, je suis entré dans la basilique. À cette heure de la journée, la pression touristique est retombée, il n'y a plus personne, mais on n'y voit goutte.

Tous les sanctuaires catholiques finalement se ressemblent. En Occident, même dans la plus modeste chapelle de campagne, est toujours présent ce souci de la grandeur, en tout cas de l'élévation, une manière de se surpasser qui peut friser parfois la grandiloquence. Mais on ne peut contester dans ces architectures un refus obstiné d'être borné ou parcimonieux. Cette préoccupation leur donne une *distinction* au sens non seulement de se distinguer, d'être différent, mais aussi d'avoir de la tenue.

J'ai retrouvé à Saint-Marc, pourtant si orientale, l'odeur subtilement catholique. Un parfum de confinement mais non pas de renfermé : cet espace odoriférant accepte et transforme toutes sortes d'autres effluves, avec un substrat de baume et d'aromates, l'empreinte si caractéristique laissée dans leur sillage par le décorum et la liturgie tridentine. Tridentin. Je ne sais pas pourquoi, mais j'adore cet adjectif relatif au concile de Trente, présenté à tort comme une contre-Renaissance, une poussée rétrograde, alors qu'il a donné le jour au catholicisme moderne. On aurait pu choisir l'épithète trentin. Mais tridentin est bien plus parlant et précieux. On l'imagine très bien, ce harpon trinitaire : trois têtes destinées à embrocher Martin Luther et les théories protestantes. Jacques Lacan, qui fréquentait avec assiduité Venise, avait raison : le catholicisme, dans sa capacité à donner un sens à peu près à tout, détient des ressources infinies.

Dans le « sentir catholique[1] », Venise donne l'impression paradoxale de remporter le match sur Rome par le mariage parfaitement accompli de l'art et de la foi, par son approche sensuelle de la peinture religieuse. S'il y a une ville qui a pratiqué somptueusement le culte des images prescrit par le concile de Trente, c'est bien Venise. Elle n'a cessé pourtant de battre en brèche l'autorité papale. La transfiguration esthétique à laquelle est parvenue cette ville relève de l'importance accordée aux sensations, aux couleurs,

1. Mario Perniola, *L'Identité catholique*, Circé, 2017.

aux textures, à tout ce qui procède du toucher, des sons, de la vue, de l'odorat. L'essence du catholicisme ne réside-t-elle pas dans cette ardeur à ressentir, à mettre le corps à contribution – quitte aussi à le mater ? Cette vivacité de la matière, l'enveloppe charnelle dans sa plénitude semble parfois, surtout en Italie, l'emporter sur le dogme et la croyance. Pénétrer dans les églises vénitiennes, n'est-ce pas s'introduire dans la substance même du catholicisme, dans sa part la plus vivante et la plus voluptueuse ?

Ce sont les églises qui, avant tout, confèrent à la ville sa beauté, non les palais dont s'est emparée la nouvelle caste planétaire pour ne les ouvrir qu'une semaine par an. Ces reliquaires jalousement gardés et devenus inutiles perdent peu à peu leur substance. Leur splendeur se fane.

En attendant, je ronge mon frein en parcourant la ville pour inspecter ces églises interdites. Chemin faisant, le spectacle de la rue me dédommage de la frustration grandissante que j'éprouve. Souvent le plaisir de voir et d'entendre m'absorbe plus que ma quête improbable. Je m'attarde sur des riens qui sont tout. Ainsi ce matin, les tables de restaurant en train d'être parées. Été comme hiver, qu'il pleuve ou qu'il vente, les serveurs s'affairent pour mettre le couvert dehors. En janvier, en pleine tempête de neige, j'ai vu les garçons de nombreux restaurants disposer comme à la parade nappes blanches et assiettes, verres et serviettes sur la terrasse. Ils savaient pourtant qu'il ne viendrait à l'idée de personne de s'attabler. Cette gratuité me touche infiniment. Ici, seul importe le lever de rideau, la scénographie. On va jouer une pièce. À Venise, le spectacle, le souci du cérémonial et la qualité de l'accueil importent plus que l'excellence de la cuisine.

À quelques exceptions près, la gastronomie y est d'un niveau moyen pour ne pas dire quelconque. Elle pourrait pourtant être variée, la lagune et l'arrière-pays sont plantureux, mais le menu des restaurants est presque toujours le même. Dans la pire des mangeoires, le client est bien accueilli, expression de l'urbanité italienne, proche sans doute de la comédie mais si reposante. Aussi oublie-t-on vite ce qu'on a absorbé. Les Vénitiens appliquent le fameux théorème du regretté journaliste gastronome, James de Coquct, trop souvent oublié en France : « Au restaurant l'accueil est le premier plat offert au client, il doit être succulent. »

J'en viendrais à négliger ma mission : vérifier si dans les églises verrouillées le dispositif de fermeture est au point. Le cadenas est-il bien mis, la barre est-elle parfaitement posée, le loquet dûment assujetti au chambranle ? Hélas, la plupart du temps on ne voit rien. La grande porte est condamnée. C'est tout. Aucune information si ce n'est le traditionnel cartouche sur la façade indiquant la date de construction et les œuvres d'art présentes à l'intérieur. Personne n'est donc en mesure de savoir si on les ouvrira un jour ?

Paradoxalement ce parcours frustrant entretient chez moi l'espoir. On ne sait jamais, les battants vont peut-être s'entrouvrir pour une raison inconnue.

Mon sestiere[1] préféré est Cannaregio, le moins fréquenté des quartiers de Venise. J'aime à m'attarder

---

1. Venise est divisé en six quartiers (*sestiere*).

dans un coin souvent solitaire qui m'intrigue, le campo de l'Abazia. La place conserve encore le pavement de briques en terre cuite disposé en arêtes de poisson. Je reste des heures appuyé sur la margelle du puits en pierre d'Istrie au centre. Ce puits émerveillait Hugo Pratt comme tous les puits de Venise. Pourquoi celui-là? Il ne contient aucun signe cabalistique. J'en suis arrivé aujourd'hui à la conclusion qu'il regardait ailleurs. Il observait la façade gothique de la Scuola Vecchia de Santa Maria della Misericordia. Elle comporte de curieux détails. Elle est décrépie mais si expressive avec sa collection d'enduits qui se sont succédé depuis le XIVe siècle. Les fêlures, les failles, soulignées par les tirants métalliques, barres destinées à soutenir la muraille, composent des signes, des caractères, des ratures qu'on peut déchiffrer comme une page imprimée. Mais avant tout, on y lit la pression du temps. Il appuie sur la surface usée, provoquant squames, saillies, bosselures et brèches de telle sorte que l'on sent le fronton proche de l'explosion. Contre ce phénomène de désintégration, l'Occident fauché n'a pas trouvé mieux que le filet pour protéger ses monuments. Un réticule coiffe l'un des clochetons de la façade. Voilà comment aujourd'hui l'on piège piteusement le poids des siècles dans ses filets.

Sous une pression proche de l'éclatement, la façade de la Scuola Vecchia rend assez bien compte de la présence implosive et pénétrante du passé. Ce passé nous picote à fleur de peau. Il se rappelle continûment à nous. Dire qu'il est mort n'a aucun sens. S'il y a un endroit où il nous harcèle, c'est bien à Venise. Non seulement les traces n'y sont pas effacées, mais elles sont exhibées avec impudence. Pour ne rien arranger, il se trouve qu'elles parlent, ces traces, et s'épanchent au-delà du raisonnable. En plus, elles nous somment de gloser sur elles. Ces signes si visibles ne cessent de nous relancer. Ils ne nous laissent jamais en paix. Ces marques, ces taches se glorifient de dégrader, d'endommager. Il faut les admirer. Dieu merci, nous sommes là, nous signifient-elles, c'est nous qui trans-figurons le présent.

Ce que j'ai toujours apprécié dans cette ville, c'est qu'elle ne dissimule ni ses plaies, ni ses fissures, ni ses crevasses, ni ses affaissements. Ce qui est rompu, entrouvert ou lézardé est exhibé. On bouche, on recolle, on colmate, on raccommode de telle sorte que le geste réparateur se voit toujours.

Venise pratique supérieurement la technique japo-naise du *kintsugi*, la plus belle des leçons : raccom-moder, oui, mais en montrant le bricolage, la trace de la réparation. Non seulement la signaler, mais souligner la cassure. Les Japonais ne cherchent pas à cacher les lignes d'une porcelaine brisée, ils mettent en valeur la fracture par des agrafes ou des jointures en or. Le temps a fait son œuvre. Pourquoi tricher ?

Ces palais, ces églises ne reviendront jamais à l'état originel. Depuis bien longtemps, Venise a compris qu'elle n'avait pas les moyens de se faire tirer le visage. « La ville la plus ville qui soit » (Sergio Bettini) en a pris son parti et se laisse envieillir, émouvante dans son délabrement, étalant ses rides, ses pattes-d'oie, ses fragrances douteuses.

Sur la porte en vieux damiers de la scuola, je regarde à travers la serrure. Plaisir de voir sans être vu. Je n'ai pas honte d'être un voyeur. Être vu à essayer de surprendre ainsi l'intimité d'un intérieur ne me gêne pas. Aussi bien, il n'y a pas âme qui vive sur le campo. Vision fugitive de ce que je crois être une table et d'un grand espace aux formes emboîtées dans la pénombre.

Un doux clair-obscur avec quelques minuscules éclats de lumière sur la corniche d'un meuble – une console, un cartonnier, un buffet? Le bâtiment est utilisé à présent comme centre de restauration d'art.

La scuola est un lieu profane. *A priori*, elle n'entre pas dans le champ de mes investigations. J'ignore pourquoi elle m'attire à ce point. Dans ce campo, il est vrai, tout excite la curiosité. Il n'est pas inaccessible sans pour autant être passant. On l'aborde avec difficulté. Les guides mentionnent la place, sans plus, en décrivant l'autre bâtiment qui lui fait angle, l'église Santa Maria della Misericordia. Elle, pour le coup, entre dans mes attributions. Voilà une église bien fermée. Même pas un cartel pour consigner les indications habituelles. À chacune de mes visites à Venise, je suis tombé sur un os. Un vrai os ! Le sanctuaire en a d'ailleurs la blancheur calcique, la minéralité spongieuse, l'aspect érodé. On dirait un monument funéraire. J'ai toujours imaginé ainsi le mausolée où a été enterré le Commandeur dans *Don Giovanni*. Malgré leur apparence léthargique, les statues baroques ont quelque chose de théâtral et de menaçant. Elles nous ont à l'œil comme pour nous interdire l'accès. Il ne faut pas se fier aux deux *putti* au-dessus de l'entrée, ils n'ont rien de chérubin. L'un est assis sur un crâne. Non sans hypocrisie, ils font semblant d'avoir la tête ailleurs et préparent en fait l'arrivée du fantôme de pierre, il va surgir de l'intérieur de l'église pour entraîner Don Giovanni aux Enfers.

Je ne connais pas à Venise d'endroit à l'aspect aussi inquiétant que ce campo, aussi peu rassurant que la façade du sanctuaire dont l'extraordinaire blancheur mortuaire apporte à la place une fulguration très étrange, comme si la lumière venait de l'intérieur de l'église. La pierre d'Istrie est responsable en partie de ce phénomène. La pierre précieuse de Venise. Son grain crayeux crépite de partout. À travers ce grain vibre l'énergie de la ville. Son histoire est inscrite dans cette pierre extraordinaire, elle passemente la moindre place et orne presque chaque église. Sans sa pierre d'Istrie aussi dure que le marbre, Venise aurait sombré. Ses fondations reposent sur cette roche d'origine calcaire, de faible porosité, très compacte, particulièrement résistante à l'infiltration de l'eau. Cette place est le seul endroit de la cité où j'ai l'impression que la terre va s'ouvrir. Un engloutissement pareil à celui de Don Giovanni précipité aux Enfers par l'invité de pierre.

Je me suis renseigné sur Santa Maria della Misericordia. La dernière messe y fut célébrée en 1969. Puis elle a été déconsacrée. Et vendue à un particulier. Comment déconsacre-t-on une église ?

J'ai appris aussi que le sanctuaire est parfois ouvert. En 2015, lors de la Biennale, on y a installé une mosquée pendant quelque temps. L'affaire a fait grand bruit. Cette bâtisse m'intrigue de plus en plus. Qu'y a-t-il derrière la porte noire ?

À chaque retour à la Giudecca, je retrouve la quiétude. Je ne suis pas survolté par ma recherche dans le centre historique, mais elle m'absorbe tellement que j'ai besoin de me détendre dans mon île à l'écart de l'agitation. Cette paix provient sans doute des nombreux parcs qu'elle renferme. Je me suis renseigné sur le lieu clos, le jardin d'Eden. C'est le plus vaste espace végétal de Venise. Il alimente les conversations des habitants de la Giudecca. Il serait, paraît-il, à l'abandon. Impossible de vérifier. Son dernier propriétaire, un peintre autrichien, est mort. À qui appartient-il aujourd'hui? L'entrée est située sur un pont qui enjambe le rio della Croce. Une grille en interdit tout accès.

Le calme de la Giudecca est rompu la nuit par le boom élastique du vaporetto N sur le ponton puis l'accélération comme un bruit lointain d'orage. Ce ronronnement n'a rien d'une effraction nocturne, il accentue la sérénité de cette partie de Venise. Son aspect immuable, rassurant.

8

Après dîner, alors que je déguste mon cigare, fenêtres ouvertes, assis dans la cuisine, placé exactement dans l'axe des Gesuati, le téléphone sonne. C'est Alma.

— Votre Grand Vicaire se cache bien. Il ne se trouve pas au palais patriarcal, comme vous le pensiez. J'ai identifié ses bureaux. Ils sont situés près de l'église San Lio, pas très loin du Rialto. J'ai le nom de sa secrétaire. Elle affirme qu'il n'est pas là.

Sur le moment, je ne me rends pas compte que ce coup de fil est un consentement. Nous allons faire équipe.

Elle marque un silence et ajoute :

— Si vous voulez mon avis, il faut le relancer ! Je me suis renseignée à son sujet. Une de mes collègues guides le connaît bien. D'après ce qu'elle m'a expliqué, c'est quelqu'un de très pratique, concret, et aussi très occupé. Vous voyez le genre : un personnage qui déteste perdre son temps.

— Il n'a toujours pas répondu au courriel que je lui ai adressé.

— Je connais bien ce genre de personne. Avec

elles, il ne faut pas avoir peur de se répéter. Oubliez votre premier message. Recommencez comme si de rien n'était. (Un nouveau silence.) Je me suis permis de vous préparer un projet de lettre. Dites-moi ce que vous en pensez.

Elle m'envoie aussitôt le document, il me paraît parfait. Avec déférence, elle sollicite le Grand Vicaire en évitant le ton un peu trop confiant de ma première demande. Je m'étais adressé à lui comme si son assentiment allait de soi. Elle suggère cette fois que je désire le rencontrer pour lui demander conseil, une manière de laisser entendre que lui seul est le maître du jeu.

Ce projet que j'approuve sans barguigner est en fait une critique à peine voilée à l'encontre de ma requête. Elle a dû la trouver littéraire, dans le mauvais sens du terme. Je n'ai pu m'empêcher de la relire. « Je suis hanté par les lieux clos et la part d'inconnu qu'ils peuvent parfois aussi renfermer. » Ridicule ! J'ai conscience qu'il ne faut pas craindre dans certains cas de braver une forme de grotesque pour convaincre, mais tout de même. Je me mets à la place de mon interlocuteur. Qu'a-t-il dû penser ? Et cette autre considération : « Je désire me lancer dans ce projet sans idée préconçue. » Un propos qui ressemble une fois de plus à une dénégation. La réalité est que j'ai une idée derrière la tête. Oui, mais laquelle ?

Je suis épaté par la réaction d'Alma, surtout par sa façon de prendre les choses en main. Alma la bienfaisante, selon la mythologie romaine. D'habitude je suis méfiant et admets difficilement ce genre de mainmise au nom de ma chère liberté. Je n'ai plus le choix. Depuis quelques jours, je me vois dans la situation du chasseur empêtré dans les filets qu'il aurait lui-même confectionnés. En territoire étranger, je me suis imposé un exercice difficile sans connaître les codes. J'ai toujours eu l'habitude d'arriver dans des lieux improbables comme une fleur. Je sais à chaque fois que je joue sur du velours car personne avant moi ne s'y est intéressé. Tout s'enclenche non pas par magie mais par défaut. Dans ces contrées négligées, tout visiteur est accueilli à bras ouverts, il n'a même pas besoin de manifester un intérêt. Bref, j'ai toujours été gâté par les sujets que j'ai choisis.

J'ai conscience cette fois que je vais avoir affaire à forte partie. À présent, je dépends du bon vouloir de personnages qui passent une partie de leur temps à contenir la pression de sollicitations identiques à la mienne. Leur ville est trop fameuse, elle suscite trop d'emballements. Aux protestations d'amour que lui prodiguent des adorateurs de plus en plus nombreux, elle ne sait plus où donner de la tête.

Le coup de fil d'Alma a mis en lumière, je l'avoue, mon manque de préparation. Remercions en tout cas le sésame, ce cher Hitchcock, le fin dialecticien du mal et de la grâce (si catholique !).

9

Je n'ai pu résister à l'envie de voir les bureaux du Grand Vicaire situés tout près de l'église San Lio, un sanctuaire tout ce qu'il y a de plus tranquille et accueillant, comme peuvent l'être à Venise les bâtiments religieux qui s'honorent d'être ouverts en permanence – ou, disons plutôt, durablement. Il faut dire que beaucoup d'édifices consacrés au culte pratiquent des horaires capricieux. San Lio fait partie de ces lieux hospitaliers où j'aime m'arrêter pour me reposer ou profiter de la fraîcheur. Il y en a d'autres. Je garde en mémoire toute une suite d'arrêts-repos soigneusement listés. La plupart sont des églises. Il me plaît de penser qu'elles renouent avec leur vocation première, à la fois refuge et réconfort. À Venise la foule va trop vite. Elle ne veut rien perdre et tout éprouver. Au milieu du flot qui menace souvent d'engloutir le promeneur nonchalant, il importe de trouver des îlots où il peut s'arrêter et souffler.

À San Lio, j'aperçois de temps à autre un prélat d'un âge avancé que je suppose être le curé de la paroisse. Il parcourt les travées avec un contentement visible, heureux, semble-t-il, que les touristes

69

fassent halte chez lui. Parfois je me demande : et si c'était lui, le Grand Vicaire que je recherche ? Mais depuis que j'ai vu ce dernier sur *YouTube* – un choc ! – mes espérances se sont évanouies.

Voici ce que j'ai appris : le maître des biens culturels de la curie vénitienne est né en 1962. Il apparaît vêtu avec élégance, mince, veste bien coupée, polo noir. Il fait plus jeune que son âge, moi qui imaginais un de ces dignitaires ecclésiastiques gras et à l'air roublard. Mine avenante, mais cela ne veut rien dire. J'ai repassé plusieurs fois l'interview pour l'examiner attentivement. Un front large pourrait indiquer un tempérament rêveur, démenti cependant par les yeux perçants. En chipotant, on le sent sur ses gardes, une intériorité qui rumine. Peut-être passe-t-il méticuleusement au crible les projets qu'on lui soumet.

Depuis mon plus jeune âge, je pratique le clergé catholique. Je ne dirais pas que ses membres ont appris à cacher leur jeu, mais le commerce des âmes exige un comportement circonspect. Il faut agir et garder pour soi ses émotions. Dans mon bled d'Ille-et-Vilaine, la componction affable de notre curé cachait une nature impérieuse et sectaire. Pour lui l'école laïque était l'école du diable. Il se plaisait à entretenir dans le village un climat de guerre religieuse. Néanmoins il faut reconnaître qu'il avait le sens de la mise en scène – très tridentin ! La messe, les vêpres, chaque cérémonie était un spectacle. Je lui dois beaucoup. Il m'a initié aussi au latin avant mon entrée en sixième de sorte que j'ai pris, grâce à lui, une avance décisive dans cette matière jusqu'au bac.

Une feuille collée sur la porte d'entrée vitrée : « *Curia Patriarcale di Venezia. Procuratore ecclesias-*

tico. Beni Culturali. Pastorale del Turismo. » Les
bureaux sont ouverts de 10 heures à 12 h 30. J'appuie
sur l'interphone. On me fait savoir que l'homme que
je poursuis est en mission au Japon. Au Japon ! Je suis
anéanti. Quand on va là-bas, ce n'est pas pour le
week-end. Je balbutie. Quand reviendra-t-il ? Dans
quelques jours... Mais encore ? Il est très occupé.
Impossible d'en savoir plus. Je reste quelques minutes
l'air stupide devant la porte hermétique et transparente. « Quelques jours », on sait ce que cela signifie :
dans deux jours, vingt jours. Ou jamais.

Je rentre à l'appartement de la Giudecca non pas
dépité, au contraire plein d'allant. C'est curieux. Au
lieu de me chiffonner, cette enquête qui n'arrive pas
à démarrer me stimule. Je crois en avoir trouvé
explication dans la nature hors du commun de cette
ville. En fait, elle ne crée aucun temps mort. Aucune
pause. Le spectacle de la beauté requiert le passant
de partout. Pas de repos – cette sollicitation continue peut même avoir quelque chose d'éreintant. Il a
suffi tout à l'heure que je quitte le campo San Lio
pour que disparaisse ma contrariété ! Ici tout doute,
tout flottement est aussitôt comblé par un sentiment
d'irréalité du monde extérieur, une saturation des
cinq sens qui procure un état proche de l'exaltation,
comme un léger état d'ivresse.

C'est une ville éprouvante. On y ressent trop. Elle
a trop de mémoire. Elle n'oublie rien et se charge
constamment de vous le rappeler. Le passé, qui
réclame jour et nuit l'attention, ne se contente pas de
montrer ses crocs, il les enfonce en nous. Il y a
quelque chose de paralysant dans cette capture, mais

71

cette saisie violente qui pourrait blesser, réconforte et communique un surcroît d'énergie.

Parfois le passé oppose une telle force belliqueuse qu'il oblige presque à se défendre. Voilà pourquoi le premier contact est un vrai choc. L'Histoire n'est pas mise à distance, elle est devant nous, derrière nous, enserre le visiteur de partout. Impossible de se dégager. Les palais, les églises qui apparaissent dans la crudité du temps ont tôt fait de vous cueillir : vous êtes pris. Rien n'a été perdu, tout est là, vieilli, délabré, plus de première fraîcheur. Mais sauf.

S'il y a une ville qui n'est pas dans la nostalgie, c'est bien Venise. Mon envoûtement vient peut-être de là. Elle fait totalement corps avec son passé. Aucun regret de l'autrefois. Aucune aspiration au retour. Pas besoin d'un déplacement. La translation du temps, on y est.

Ne pas faire le malin avec Venise. J'ai toujours gardé en tête ce conseil de Mary McCarthy. Dans son livre *En observant Venise*[1] paru en 1956, cette femme intelligente prévient qu'avec cette ville, il faut à tout prix éviter le piège de la sophistication contemporaine. Une attitude qui consiste à se démarquer, à vouloir à tout prix être paradoxal, à prendre le contre-pied de ce qui a été écrit auparavant. Mary McCarthy est formelle : tout ce qu'on peut ressentir a déjà été dit non seulement par Goethe ou Musset mais aussi, assure-t-elle, par le « touriste de l'Iowa flanqué de son épouse ». McCarthy suggère donc d'abandonner la lutte et de se soumettre à « un sentiment traditionnel ». Voici sa recommandation : ne

1. Petite Bibliothèque Payot, 2003.

pas craindre d'accepter la beauté de Venise telle qu'elle est.

Un autre Américain, Henry James, ne dit pas autre chose : impossible d'exprimer sur cette ville quelque chose d'original. Curieux tout de même de la part d'un esprit aussi brillant et subtil ! Il va même jusqu'à affirmer : « Il serait à coup sûr très triste, le jour où il y aurait quelque chose de nouveau à dire sur Venise. » Nous voilà prévenus.

Mary McCarthy fait malicieusement allusion à ces visiteurs qui croient avoir découvert pour eux seuls l'église inconnue. Cela n'existe pas. Elle trouve même pathétique un tel comportement. Elle-même avoue avoir cru inventer des points de vue inédits sur la ville, jusqu'à ce qu'elle les retrouve tels quels chez un écrivain qui l'avait précédée.

L'église inconnue. Inutile de préciser que je me suis senti visé.

10

Je suis appuyé sur le rebord de l'immense terrasse ensoleillée, rêvant à mes chances de réussite. C'est là que je travaille le matin. L'air à la Giudecca est plus vif qu'à Venise ; il ventile mélodieusement mon bel-védère. De temps à autre, je m'accorde une pause pour observer derrière la balustrade le manège des gens sortant du vaporetto. Ils ne me voient pas. Je reconnais aussitôt les étrangers, décontenancés par la vision d'une Venise inconnue, enfin délestée de l'hystérie touristique. Autour de la station où sont installés les commerces, les autochtones promènent leur chien et discutent débonnairement comme sur la place du village. Le quai de la Palanca est la seule agora de Venise.

À chaque fois, je me sens grisé par le ballet des bateaux sur le canal de la Giudecca. Le spectacle me dédommage des loupés qui se multiplient depuis mon arrivée. Dans un empressement contagieux, voiliers, bacs, remorqueurs, hors-bord, barques défi-lent et voltigent au gré des vagues qui étincellent. Il existe peu d'endroits où je me sente à ce point en communion avec le monde. Un sentiment d'unité et de plénitude, comme si tout mon être était concentré sur cette mer, en concordance avec le bruissement des embarcations, sans que rien vienne perturber cette harmonie. Ai-je raison de penser que le temps joue en ma faveur ? Dans ces moments-là, je me figure que tout me fait signe. Ce pur moment de présence s'appelle la joie.

Deux cent cinquante mètres me séparent des Zattere. Au XVIIIe siècle, les Vénitiens avaient projeté la construction d'un pont entre les deux rives[1]. Ils y ont heureusement renoncé.

La parfaite horizontalité des quais m'hypnotise. Elle traduit pour moi la stabilité émotionnelle de la ville amphibie, son caractère immuable et intime : les Zattere, la ligne de cœur de Venise, son maillon fort, lieu de promenade mais aussi d'apaisement même si l'étrange état d'apesanteur que dégagent ces quais longs de deux kilomètres me procure aussi un sentiment de frustration.

Depuis ma terrasse, deux églises fermées, voire trois, ne cessent en effet de me mettre au défi. Elles ne manquent pas de se rappeler à moi lorsque je contemple les Zattere en face de mon appartement : Spirito Santo, Santa Maria della Visitazione et Sant'Agnese. Je ne vois qu'elles. Ces trois-là, m'agacent au plus haut point, surtout Santa Maria della Visitazione dont la face extérieure est pratiquement mitoyenne des Gesuati (à ne pas confondre avec les Gesuiti). Les Gesuati fait partie de mes églises favorites. Elle est ouverte et se conforme à des horaires réguliers.

1. Projet Coronelli, 1714.

Chaque dimanche après-midi, je me rends avec Joëlle à un récital d'orgue intitulé *Elevazioni musicali*. La séance musicale ressemble plus à des vêpres qu'à un concert. En première partie on y joue Bach, César Franck ainsi que des compositeurs vénitiens. L'église est presque déserte. Nous ne sommes pas plus d'une quinzaine de personnes dans l'assistance. La plupart sont de vieilles femmes qui répondent avec ferveur aux chants du célébrant. Barbe élégamment taillée, un peu replet, le curé des Gesuati possède une voix magnifique, chaude, nette, excellemment timbrée ; elle subjugue par son pouvoir infini. Elle sait tour à tour être puissante, tendre, suppliante, impérieuse.

La vue des Gesuati s'impose familièrement à moi. J'aperçois à tout instant son architecture baroque depuis mes fenêtres. Des Zattere, c'est le repère visuel le plus facilement identifiable. Seul désagrément, il faut payer pour entrer – pour les messes et les concerts l'accès est libre. Une mauvaise habitude italienne. À Venise, une quinzaine de sanctuaires sont groupés au sein de l'association Chorus. Si le prix du pass est modique, l'initiative – émanant du Patriarcat – m'a toujours paru choquante. Le patrimoine religieux n'est-il pas notre bien commun, à nous Européens ? Une mémoire vivante quand bien même beaucoup d'entre nous ont cessé de pratiquer. Ces bâtiments, qui constituent l'âme et l'esprit d'une civilisation, dépassent selon moi le fait liturgique et sacramentel, ils doivent rester accessibles à tous. Cet héritage, même s'il possède un caractère sacré, n'est pas uniquement catholique.

Au moins avec la Visitazione, la question ne se pose pas. Je l'ai toujours vue close. Juste à côté se trouve une sorte d'auberge religieuse qui accueille les touristes. J'ai essayé de m'y introduire après avoir entrevu un cloître qui semble communiquer avec l'église. En pure perte. Un cerbère m'a fermement indiqué une autre entrée donnant accès à la *guest house*.

La Visitazione est un édifice religieux surprenant. L'une des premières églises Renaissance de la ville. Je l'ai continuellement en ligne de mire. Les fenêtres du salon se situent dans l'alignement de l'église. Pendant longtemps, j'ai été abusé par sa façade parfaite, intacte, absolument immaculée. Je croyais à un pastiche du XIXᵉ siècle. Une telle bourde, je l'ai commise bien des fois lors de mes premiers séjours. Naïvement je m'imaginais que, vu leur état, une bonne partie des constructions ne pouvaient être que des copies. Certes parfois un peu endommagées. Je ne pouvais imaginer une telle ancienneté. En apparence fragile, la ville flottante a mieux que d'autres résisté à l'érosion du temps. Finalement elle renferme peu de répliques architecturales. C'est elle qu'on n'a cessé de recopier.

Quelque chose d'inhabituel se passe du côté de la Visitazione. À l'œil nu, j'ai du mal à distinguer les détails de la façade, mais j'ai l'impression que la porte est ouverte. Le cœur battant, j'attrape mes jumelles. Avec netteté, j'aperçois une trouée à peine sombre, comme si le dedans happait la lumière du dehors. Pas de doute : les deux battants ont été écartés, d'où cet effet de trouée et de flou sur la façade.

Les passants s'arrêtent devant la porte, hésitent. Pourquoi n'entrent-ils pas ?

Le vaporetto de la ligne 2 qui traverse le canal pour aller aux Zattere est en vue. Je dévale les escaliers à toute vitesse et embarque aussitôt. Survolté, je me répète : « Ma première église. Ma première église »…

À mesure que le bateau se rapproche de la rive, je visualise de plus en plus distinctement la façade. Je ne m'explique pas pourquoi les badauds ne pénètrent pas à l'intérieur. Ils paraissent intrigués ou du moins intéressés, ralentissent le pas, s'arrêtent, examinent les abords puis repartent. Je ne tarde pas à comprendre les raisons de ce manège. Les deux vantaux sont bien poussés. Ils donnent sur un vestibule mais une seconde porte, en partie vitrée, fait obstacle. L'église Santa Maria della Visitazione est à moitié ouverte. L'intérieur est visible mais inaccessible.

Sur l'autel, une étrange mise en scène s'offre à la vue. Des personnages aux habits flottants sont accrochés à des cintres. On dirait des mannequins, mais dépourvus de visage ; un ovale vide dessiné par un fil de fer fait office de tête. Je les compte : ils sont douze. Sans doute les douze apôtres. Positionné sur la dernière marche de l'autel, un homme qui, je présume, représente le Christ, est dévêtu et lève les bras.

Bien qu'il contienne quelques toiles sur les murs, le sanctuaire apparaît nu, mais il est remarquable dans sa simplicité. Je ne parviens pas à identifier les peintures excepté une *Crucifixion* sur l'autel à gauche. Les pieds du Christ reposent sur une tête de mort.

Sur le moment, j'apprécie la douceur de ce dévoilement. Mais le voile n'est qu'à moitié levé. Il est en l'air, suspendu. Ce premier contact, je le ressens aussi comme une mise en garde. *Noli me tangere.* Ne me touche pas. Cette recommandation du Christ ressuscité à Marie de Magdala, qui pourrait aussi bien s'apparenter à une menace, veut-elle s'appliquer à moi ? Un avertissement en somme pour la suite. Ne me touche pas… En d'autres mots, tu as intérêt à te tenir à distance car je ne suis pas l'église que tu crois.

Cette injonction, je l'ai comprise quelques jours plus tard. Non sans m'être félicité entre-temps de cette prise de contact que je croyais inaugurale. La révélation m'est tombée dessus dans toute sa dérision.

Ma première église fermée ne l'était pas vraiment. Je m'étais tout simplement laissé abuser par la porte transparente. Elle était bien close ce jour-là, mais elle s'est ouverte trois jours plus tard. Pourquoi, avant l'ouverture complète, cet entrebâillement ? Ou plutôt cette mise en scène ? Une façon de ferrer le chaland ? De donner un avant-goût ?

J'ai appris que l'*installation* se nomme *La Dernière Cène*. Comme je le pressentais, elle est supposée représenter l'ultime repas partagé par le Christ avec ses apôtres avant son arrestation. Le geste d'ouvrir tout en fermant était-il prémédité ? Je n'en suis même pas certain.

Une certitude – un coup pour rien. Mais Alma, à qui je raconterai l'anecdote, n'est pas d'accord : l'église d'ordinaire fermée s'est quand même dévoilée. Selon elle, cette semi-ouverture est de bon augure.

11

Les églises ouvertes, je les fréquente aussi. Généralement l'après-midi. Nous quittons l'appartement après le déjeuner pris sur la terrasse. Désormais, nous connaissons par cœur les horaires des lignes 4.1, 4.2 et 2. Je procède par quadrillage de chaque *sestiere*, en essayant d'éviter l'axe Saint-Marc – Rialto. Il nous arrive de rester des heures dans une église. Tour à tour assis sur un banc puis investissant une à une chaque chapelle, sans oublier la sacristie. Le périmètre du maître-autel, qui renferme les peintures et les sculptures les plus remarquables, est presque toujours fermé par une barrière.

Je me dis parfois : ces bâtisses sont belles, fraîches, lumineuses. Ne suffisent-elles pas à ton bonheur ? Es-tu à même de trouver mieux avec tes sanctuaires invisibles et poussiéreux ? Tu perds ton temps.

Le temps justement s'est rappelé à moi à San Geremia, une église ouverte située près de la gare. La partie sud de l'édifice est prise sous les filets pour arrêter les chutes de pierres et le campanile, l'un des plus anciens de la ville, n'est pas en grande forme.

J'ai observé bien des horloges d'autrefois avec

leurs rouages à cliquet et leur mécanisme compliqué. Ces dispositifs hypnotisent par leur aspect à la fois rudimentaire et sophistiqué. À San Geremia, le temps émet un bruit indéfinissable, confirmant sans doute qu'il n'est plus unique et absolu. Au lieu de s'écouler, il martèle l'espace au moyen d'une machine qui est à l'honneur au même titre que le corps embaumé de sainte Lucie dont le visage a été recouvert d'un masque d'argent.

L'horloge date de 1500, l'année où Jacopo de' Barbari a représenté sa fameuse vue cavalière de Venise. C'est une pièce rare, elle est entourée d'une cordelette de protection. On ne peut se défaire du spectacle, de ces roues et ces pignons dentés qui tournent, pivotent dans un bruit de tic-tac infernal et envoûtant. Ce battement du temps emplit l'église comme un compte à rebours douloureux s'acheminant vers une conclusion inconnue digne de l'horloge de l'Apocalypse qu'on peut voir à Chicago. Le mouvement finit par devenir lancinant, pareil à un bruit de fouet. Il cingle l'espace d'un claquement à la fois rauque et métallique. La finale un peu usée n'est pas sans ressembler à un bruit de casserole.

Sans doute n'est-il pas judicieux de confondre le temps avec sa mesure, mais cette fustigation qui répand dans l'église un écho défraîchi représente pour moi la continuité du temps vénitien, cette façon qu'il a d'être flagellé au moyen de deux poids de pierre blanche qui activent le dispositif, la pierre d'Istrie (encore elle!), comme si ces coups de fouet empêchaient la succession des jours et stoppaient son écoulement.

Au-dessus de l'horloge, une peinture. Son auteur,

Palma le Jeune (*Rencontre d'Anne et de Joachim*). Il est toujours là où on l'attend, Palma le Jeune, habitant un éternel présent. Astucieux, toujours dans le coup. Tout près de San Geremia, le palais Labia où eut lieu en 1951 le « Bal du siècle ». On pouvait encore y pénétrer il y a une trentaine d'années. La première fois que je l'ai visité, je ne connaissais pas Tiepolo, mais le beau visage d'une femme aux cheveux blonds qui n'était autre que Cléopâtre s'était imprimé dans ma mémoire. Propriétaire des lieux, la RAI, la télévision d'État italienne, jouit jalousement de *La Rencontre d'Antoine et Cléopâtre* et n'en réserve l'accès qu'à quelques privilégiés.

Je dois presque tout à l'Italie. Une idée du bonheur, mais je n'y ai jamais cru. J'aime la phrase de Bossuet : « Le bonheur est fait de tant de pièces qu'il en manque toujours une. » Comme on dit ici : « Le doge a ses chagrins, les gondoliers ont les leurs. »

Au bonheur, je préfère l'allégresse que me procure chaque séjour dans ce pays. Vision d'un éternel été, sentiment d'une plénitude qui m'envahit aussi bien à la terrasse d'un restaurant le soir que dans un palais ou une église plongée dans la pénombre. J'aime presque tout. Même la sirène de la police répand à mes oreilles un son flûté et mélodieux quoique un peu mélancolique.

Avant de la connaître, l'Italie s'est révélée à moi à travers deux films. Je ne les ai jamais oubliés, *Il Sorpasso* (1962) et *Sandra* (1965). J'avais vingt ans. Pour un jeune homme isolé, dans sa province, la seule vie exaltante était cette « vie rêvée » qu'octroyaient non seulement la littérature mais aussi le cinéma. Ce n'étaient pas les navets qui manquaient pourtant. J'en voyais beaucoup. Parfois émergeaient par surprise des films sortant de l'ordinaire. Pendant plusieurs jours ils me laissaient dans un état de surchauffe émotionnelle. *Le Fanfaron* de Dino Risi est de ceux-là. Son titre italien, *Il Sorpasso*, est bien meilleur que sa version française. *Il sorpasso*, c'est le dépassement, la manœuvre qui consiste à doubler une voiture. Pilotée par Vittorio Gassman, la Lancia Aurelia 24, roulait à tombeau ouvert sur les routes du Latium.

L'histoire commençait un *ferragosto* (15 août) dans une Rome déserte. Gassman y faisait la connaissance de Jean-Louis Trintignant, un jeune étudiant en droit, introverti, potassant ses cours, et l'entraînait dans une équipée à travers la campagne romaine et la Toscane.

Je crois être passé totalement à côté du véritable enjeu de ce film, n'y voyant que le contraste entre un Gassman extraverti et un Trintignant timide et complexé. Ce que j'en avais retenu, c'est l'extraordinaire atmosphère de liberté et d'imprévu que semblait procurer le *Bel Paese*. Un parfum de grandes vacances. J'avais trouvé plaisants la faconde et le sans-gêne de Gassman qui contrastaient avec le comportement réservé de Trintignant. La représentation de l'époque, l'Italie du miracle économique, m'était indifférente. Je ne considérais que le rythme endiablé de ce *road movie* qui allait mal finir. Je m'étais dit en moi-même : quel est donc ce pays où l'on se sent exister à ce point ? Il s'en dégageait une telle ardeur de vivre, une telle joie. La joie : un ajustement total avec ce qui est.

Le film de Luchino Visconti, *Sandra*, était bien différent. L'action se déroulait dans un palais en ruine de Volterra avec pour personnage Claudia Cardinale. Sa beauté sensuelle un peu massive, sa voix rauque ensorcelaient le freluquet que j'étais. Ce film nocturne à la recherche d'un passé énigmatique m'enchantait par son ambiguïté et sa façon très sophistiquée de cheminer dans les dédales de la mémoire. Le palais ressemblait à un théâtre déchu. Là encore, je préférais le titre italien. Il est si musical : *Vaghe stelle dell'Orsa* (Pâles étoiles de la Grande Ourse). Ce vers est tiré d'un poème de Leopardi. C'est la constellation que le poète regardait briller, enfant, au-dessus du chemin menant à la maison. On sent les étoiles se détacher et glisser dans la nuit...

Une autre image de l'Italie, plus abstraite et plus sombre, s'offrait à moi. Des tréfonds de la mélancolie qui traversait le film s'élevait finalement une allégresse née sans doute de l'inépuisable beauté du passé et du présent à laquelle n'était pas étrangère la magnificence de Claudia Cardinale. Le vif de l'Histoire était là, le neuf et l'ancien s'entremêlaient dans cette ville mystérieuse, vestige d'une civilisation étrusque dont, paradoxalement, on connaît à peu près l'écriture mais pas la langue. La présence de nombreuses nécropoles indiquait que les morts n'avaient pas tout à fait disparu. Ils revenaient familièrement vers nous.

Volterra, une des premières villes italiennes dont je ferai la connaissance, était conforme à mes souvenirs de *Sandra*, un lieu travaillé par la trace, à la fois hors du temps et de son temps. D'emblée c'est ce que j'ai aimé dans l'Italie, son intimité avec le passé, presque une cordialité, se manifestant avec bienveillance et une simplicité qui jure avec la façon théorique, cérébrale et souvent tourmentée dont nous, Français, considérons le patrimoine. Nous l'intériorisons trop. Les Italiens, eux, ne sont pas obsédés par un sentiment de perte – parfois d'ailleurs on peut le leur reprocher –, ils vivent dans une liaison étroite avec leurs monuments. Ils sont de plain-pied avec cet *avoir-été* des vieilles pierres ; ils marchent sur les anciens tombeaux sans trop se poser de questions.

Cette désinvolture, que j'ai apprise depuis à admirer, m'avait troublé lors de ma découverte de Volterra. Les nécropoles et les urnes funéraires, les crevasses à flanc de roche m'avaient donné l'impression d'une descente au royaume des morts, ce qui ne paraissait nullement émouvoir les habitants, habitués aux démons grimaçants qui ornent les tombeaux.

Encore imprégné de mes cours de latin et des morceaux de Virgile à traduire, convaincu que la légende troyenne continuait à habiter ce pays, je m'étais persuadé sans trop me forcer qu'il n'y avait rien d'étonnant à cela : je me trouvais au pays d'Énée – les Étrusques ont emprunté aux Grecs la figure de Charon, le nocher de l'Achéron. Énée n'était-il pas descendu aux Enfers pour visiter non seulement les défunts du passé mais aussi ceux à venir ? Je n'avais pas oublié le passage où Énée juché sur un tertre peut apercevoir les âmes des personnages qui feront bientôt l'histoire romaine.

Incroyable, Énée visualisait l'avenir ! En particulier, un personnage, Marcellus, paré de tous les dons, que l'empereur Auguste allait choisir comme successeur. Mais Marcellus mourra subitement à l'âge de dix-neuf ans. *Tu Marcellus eris* (Tu seras Marcellus), promesse du ciel qui ne se réalisera pas. Ce message prophétique sur un destin avorté ne cessera de me troubler. Aujourd'hui plus que jamais. Mais ce que je retenais dans cette histoire, c'est la facilité pour Énée de se mouvoir dans le temps. Il confirmait la fameuse phrase d'Einstein : « La distinction entre le passé, le présent, le futur, n'est qu'une illusion, aussi tenace soit-elle. » On le sait aujourd'hui, rien n'indique dans les lois de la physique que la flèche du temps se dirige vers l'avant.

Une ville comme Venise, qui sait si bien mélanger les cartes et les retourner, comme dans le jeu de bonneteau, prend plaisir à nous abuser avec ces représentations. Elle acquiesce à la totalité du temps.

Mon amour pour la *città meravigliosa* ne m'empêche pas parfois de penser qu'elle en fait trop. Elle surjoue Venise. Elle appuie excessivement ses gestes et sa manière d'être. Mais ce n'est pas un rôle de composition : elle exagère ce qu'elle est. Son essence, à la différence du garçon de café cher à Sartre, ne lui échappe pas. Sa force, elle ne s'emprisonne pas dans ce qu'elle est.

12

Je déjeune de temps à autre avec mon ami Lautrec, un Français, ancien journaliste, qui s'est retiré à Sant'Erasmo, l'île maraîchère de Venise. Il a recréé de toutes pièces un vignoble de quatre hectares, Orto di Venezia, qui existait déjà au XVIIe siècle. Il a sorti son premier millésime en 2002. Je le mets au courant de mes recherches :

— C'est encore une histoire de bataille que tu vas nous raconter ! provoque-t-il.

— Plutôt le contraire. C'est bien le problème. Rien de plus silencieux et de plus pacifique qu'une église fermée.

— Tu sais bien que non. Ça n'a rien de paisible. Le silence, c'est celui du champ de bataille après l'affrontement.

— Quel affrontement ? J'ignore pour l'instant dans quel état elles se trouvent.

— Je m'explique mal. Ce n'est pas leur état d'abandon qui personnellement m'intéresse. Mais pourquoi on les a abandonnées. Il y a un siècle, l'Église catholique tenait le haut du pavé. Que s'est-il passé ? Pourquoi tout cela s'est-il effondré ? Pourquoi tous ces décombres ?

Je dois être affecté du syndrome de la chambre centrale, pathologie qui pousse le sujet à tout vouloir risquer pour accéder à la pièce inviolée de la pyramide. Certains explorateurs trop curieux en sont morts. Depuis mon fiasco à la Visitazione, j'en viens à me demander si je ne suis pas victime à mon tour d'une malédiction. Mon expérience personnelle, qui fut un moment néfaste, m'incite néanmoins à penser que personne n'est condamné à avoir la guigne à demeure, pas plus qu'à toujours gagner. Entre nous, j'ai longtemps profité d'une baraka d'enfer avant de connaître une poisse du tonnerre pendant trois années. Étais-je responsable de ma disgrâce ? La grâce jusqu'alors m'avait accompagné. Pourquoi me fit-elle un jour défaut ? Je l'ignore. La grâce a ceci de renversant qu'elle ne répugne pas à se travestir et à surgir du malheur.

J'attends. Je n'ai fait que cela pendant une époque de ma vie. Cet état engendrait l'incertitude, un parfum de mort. Le temps de l'attente, ici, me fait éprouver des sentiments opposés, le désir et la jubilation.

À Venise, fréquentée encore plus après ma délivrance, je me sens constamment euphorique. Mes deux faces. Elles sont inséparables : d'un côté l'aridité des Kerguelen, leur beauté primitive ; de l'autre, la profusion vénitienne, l'ordre du monde dans sa part la plus lumineuse. J'ai besoin de me trouver au milieu de ces deux forces agissantes. Que de fois me suis-je dit pourtant : Venise n'est pas faite pour toi. Seules t'intéressent les terres lointaines, les destinations incertaines.

Les anti-Venise, en fait. Oui, mais comment a commencé Venise ? Par de la boue. « Elle naît matériellement de rien[1]. » Elle s'est créée sur un sol désolé, précaire, une terre décentrée. Un non-lieu.

Moi qui ne cessais d'affirmer qu'au grand jamais je n'écrirais sur cette ville, je me trouve face à elle dans une familiarité naturelle proche de la griserie. J'ai pris la mesure ici-bas que la vraie joie ne peut s'accomplir que si elle est adossée à l'expérience de l'adversité. Un support nécessaire. Cet état intense, débordant, s'est consolidé sur les ruines du désespoir et de l'angoisse. « Il ne faut pas perdre l'utilité de son malheur », assurait saint Augustin. La joie, on peut la rencontrer bien sûr sans avoir connu l'épreuve. C'est un contentement confortable, parfois exquis ou jubilatoire. Mais l'exaltation de l'instant présent, l'authentique allégresse qui vous fait ressentir avec acuité la succulence de la vie, c'est autre chose. Elle a triomphé d'un sort hostile, parcourue cependant par une cicatrice qui sans doute a cessé de faire mal mais qu'on n'a pas oubliée. Cette marque qui ne s'effacera pas donne à la vie une consistance prodigieuse, presque sauvage.

Sur ma terrasse, l'omnivoyeur que je suis savoure le panorama qui va d'est en ouest, balayant successivement l'église San Giorgio et l'Ange Raphaël. Vision panoptique. Je surveille Venise, Venise me regarde. En face, sur l'autre rive, l'église du Spirito Santo et sa porte close semblent me défier.

Le bonheur de *manger des yeux*. Il existe une *manducation* de la vision, une façon presque mécanique

---

1. Sergio Bettini, *Venise. Naissance d'une ville*, L'Éclat, 2006.

au départ de recevoir les images, de les absorber, de les assimiler non pas seulement pour qu'elles se transforment et comblent l'être, mais aussi pour les partager. Il faut en avoir été privé pour comprendre la portée de ce partage. Une épreuve parmi d'autres pour le prisonnier : avoir les yeux fermés par un bandeau. Les geôliers nous l'avaient imposé non sans brutalité. Seul, dessaisi de la vue, le captif compense en se servant intensément de l'ouïe. Il ausculte tous les sons. Il sent ce qui est le mieux caché, il lui arrive de découvrir des choses que lui dissimulent ses ravisseurs. L'oreille *voit*. En fait, rien ne lui échappe. Quand elle prend le relais de la vue, elle acquiert une perspicacité et une finesse qui accomplissent des prouesses. Aussi, quand on a la chance de retrouver les deux, est-on apte à se rassasier de la somptueuse beauté du monde. Ressusciter, c'est non seulement revoir la lumière mais aussi percevoir ce qui, d'ordinaire, n'est plus entendu, la chose *inouïe*.

Sur la Giudecca, le spectacle est composé de toutes ces harmoniques qui résonnent et se répandent par ondes à la surface de l'eau. L'œil et l'oreille sont à l'unisson emmenés par la même sensation : le moelleux et une impression de circulation lisse, harmonieuse, un mouvement, presque une impulsion qui passe adroitement entre les multiples embarcations, lesquelles laissent en écho dans leur sillage un murmure souple, agile, proche de l'élasticité.

Il est un moment qui me comble, peut-être le plus beau que procure Venise, c'est le concert des cloches qui exultent et se répondent à la volée le dimanche matin. Portées par l'eau, les sonneries miroitent et se réfléchissent à la surface, propulsées par le courant du canal de la Giudecca. Une joie qui s'accroît et monte à la tête. Elle me met dans un état proche de la béatitude.

Pour décrire cette allégresse qui vient des profondeurs, Sartre emploie une image que je trouve belle : « Ça sonne de dessous le canal ! »

13

Je viens d'apprendre que le Grand Vicaire est revenu du Japon. Qu'est-il allé faire là-bas ? « Accompagner un tableau du Titien, *L'Annonciation*, qui se trouve à San Salvador. Je suppose qu'il a dû être invité pour l'inauguration », avance Alma au téléphone. Elle ajoute : « Laissez-moi faire. Demain matin, je me présente à son bureau. Si vous voulez, on peut se rencontrer ensuite du côté de San Lio pour faire le point, disons à 11 heures. »

Le rendez-vous est fixé à l'église San Lio, attenante à l'immeuble du Grand Vicaire qui figure sur la vue de Jacopo de' Barbari, gravure de 1500. Je ne me lasse pas de consulter cette représentation de Venise vieille de six cents ans. Le plus fascinant est la façon dont l'artiste a dessiné très distinctement ces églises et ces palais comme s'il les avait vus en surplomb.

J'arrive une demi-heure à l'avance et m'assieds tout près de la chapelle à droite, où est enterré Canaletto, le peintre de *vedute*. Une *Déploration*, bas-relief attribué à Tullio Lombardo, ne me paraît pas de très bon augure. La Vierge pleure son fils mort qu'elle tient dans ses bras. La magnifique chevelure du Christ contraste avec l'image de souffrance et de mort.

On ne s'ennuie jamais dans une église vénitienne. Le champ visuel paraît illimité. Il suffit à l'œil de se fixer dans n'importe quelle direction pour être mis face à la réalité des corps : corps suppliciés, corps extatiques. Toute cette chair exhibée ! Ici, l'incarnation règne en maître. On comprend pourquoi Lacan a affirmé que la religion chrétienne était increvable. Le Verbe s'est fait chair en la personne de Jésus. Jamais homme ne fut si humain que ce fils envoyé par le père. Lacan a dit vrai : avec une telle trouvaille, en effet, le catholicisme est paré pour l'éternité ! Le psychanalyste, qui a inventé le concept de jouissance, a beaucoup fréquenté Venise. À chaque voyage, il accomplissait le même rituel, s'arrêtait dans les mêmes sanctuaires. Si l'on en croit son gendre, Jacques-Alain Miller, « il tambourinait sur les portes des églises fermées, et il parvenait parfois à faire descendre le sacristain ». J'aurais bien aimé savoir quelles portes et quels sanctuaires il voulait forcer. Qu'est-ce qui l'intéressait, le lieu impossible ou interdit ? À moins que ce ne soit la fermeture en soi.

Alma s'assoit à mes côtés. À sa tête, je comprends aussitôt que les nouvelles ne sont pas bonnes : « Il est revenu, en effet, mais maintenant il est malade. »

Je reste plusieurs minutes l'air songeur puis elle rompt le silence :

— Je vous rassure, je ne pense pas que ce soit une maladie diplomatique. Sa secrétaire avait l'air contrarié. Elle se plaignait de tout ce travail accumulé pendant son absence. Une manière aussi de me signifier qu'avant de s'occuper de votre histoire, il allait d'abord devoir régler les affaires en souffrance.

Hormis nous, il n'y a personne dans l'église à cette heure. J'essaie de m'imaginer qu'il suffirait de peu pour la croire abandonnée. Pour me réconforter, je me la représente fermée. J'ai obtenu qu'on me l'ouvre. On peut toujours rêver, mais je m'aperçois vite que le jeu ne fonctionne pas. Rien ne manque. Tableaux, sculptures, mobilier. Tout est à sa place. Ce qui fait défaut, justement, c'est un détail, un accroc dans le champ perceptif faisant naître par exemple un sentiment diffus d'angoisse. C'est loupé parce qu'un obstacle inconnu renvoyant à ce qui est mort ou perdu n'est pas au rendez-vous. Voilà comment je me figure une église fermée : tout en apparence paraît cadrer mais plusieurs pièces, dont j'ignore l'existence mais qu'il va me falloir identifier, manquent à l'ensemble. Alma dit d'une voix peu rassurante :

— Je crois que vous devez procéder autrement.

Elle fait une longue pause :

— La technique de l'enveloppement... Il faut s'introduire à l'intérieur du Patriarcat.

Je réponds piteusement :

— Mais je n'ai aucun contact.

Sur le ton de la dérision, j'ajoute :

— À part le Grand Vicaire, bien sûr, qui se défile.

— J'ai noté plusieurs noms dans l'organigramme. Notamment un Monsignore, délégué patriarcal à Saint-Marc, il fait partie du chapitre de la basilique. C'est un personnage important, mais on devrait pouvoir l'approcher.

— À quel titre ? Saint-Marc ne me concerne pas,

c'est un sanctuaire ouvert. Ce Monsignore risque de me diriger vers le Grand Vicaire.

— Votre sujet, ce sont les églises vénitiennes, non ? Ouvertes ou fermées, peu importe. Vous allez certainement évoquer les deux. Ne serait-ce que pour les comparer.

— Vous avez tragiquement raison. C'est à cela que je m'occupe en ce moment. Je n'ai pas d'autre choix que de visiter celles qui sont ouvertes.

— Justement, je voulais vous en parler. Les églises fermées, c'est vague. Il faut partir sur des bases solides. Vous devriez établir une liste par catégories.

— Je sais. C'est un vrai problème. Elles sont fermées, mais elles ne le sont pas toutes de la même façon. Certaines ont reçu une autre affectation qui n'a plus rien à voir avec le culte. Disons qu'elles sont privatisées. D'autres ne sont ouvertes qu'exceptionnellement, à l'occasion de la Biennale par exemple. Où ranger aussi les églises accessibles uniquement durant les messes ? C'est un casse-tête. En principe, elles sont ouvertes, mais il faut tomber au bon moment. L'office terminé, au bout d'une heure, elles ferment leurs portes.

— Ces lieux remplis d'œuvres d'art doivent pouvoir être surveillés, justifie Alma. Il y a de moins en moins de prêtres et ils desservent de plus en plus de paroisses. C'est comme ça qu'une église met la clé sous la porte. Il n'y a plus assez de fidèles. L'heure est au regroupement.

Nous sommes là à nous lamenter en cette matinée d'automne alors que le soleil entre à flots dans la nef. En fait, c'est surtout moi qui suis insatisfait et négatif. Alma est, je n'ose dire comme d'habitude, car nous nous connaissons depuis peu de temps, résolue et pleine d'allant. Elle m'est ainsi apparue la première fois. J'ai même l'impression que la difficulté l'amuse. Une façon sans doute pour elle de considérer que les événements ne prendront une tournure positive que si nous nous montrerons déterminés.

— Tout est fait pour vous décourager. C'est dans la nature de la bureaucratie italienne.

Elle se reprend :

— En fait, de toutes les bureaucraties : c'est leur tactique, démoraliser l'adversaire. Mais ici, c'est différent. L'administration curiale vous teste.

— Le Grand Vicaire le ferait exprès ? Il me met à l'épreuve ?

— Même pas ! Pensez, le Patriarcat est une structure qui existe depuis plus de sept siècles. Sa force d'inertie est redoutable.

— Je dirais plutôt son immobilisme.

— Non, justement. C'est sa manière d'être actif et de résister aux contraintes qui viennent du dehors.

Elle n'a pas mentionné les églises que je qualifierais d'inapprochables, celles qu'on ne verra jamais, les plus coriaces de la catégorie. La fermeture de ces sanctuaires semble remonter à la nuit des temps.

— Vous connaissez Santa Maria del Pianto ?

— L'église située sur les Fondamente Nuove ?

— Pour moi, c'est la plus mystérieuse de toutes. Vous avez vu, elle est entourée d'un mur. C'est rare à Venise, une église au milieu d'un parc ou d'un jardin.

— Elle m'intrigue beaucoup, moi aussi. Je suis à Venise depuis vingt-cinq ans, j'ai toujours vu la porte de l'enclos fermée.

— D'après mes informations, elle a cessé d'être un lieu de culte sous l'administration napoléonienne, en 1810. Je serais curieux de savoir ce qui reste à l'intérieur. Vous voyez, c'est ce genre d'églises qui m'intéresse, les inaccessibles, les impénétrables, les interdites.

— J'avais compris, dit-elle d'un ton moqueur. Il faut répertorier tout cela. Je suis prête à vous aider. J'avoue que cette histoire me passionne aussi. De cette façon, vous disposerez d'une base solide auprès de vos interlocuteurs.

— Parce que vous pensez que cela impressionnera le Grand Vicaire ?

— L'impressionner, ce n'est pas le but. Vous voulez mon avis ? Vous vous polarisez trop sur lui. Ce que vous oubliez, c'est qu'il n'est pas le seul à détenir le pouvoir d'ouvrir les églises fermées. Vous venez de parler de Santa Maria del Pianto, en voilà une justement qui ne dépend pas de lui.

— Vous en êtes sûre ?

— Je pense qu'elle relève de l'hôpital civil de Venise. Vous voyez, le bâtiment qui se trouve sur le campo Santi Giovanni e Paolo ? Il ne passe pas inaperçu avec sa façade Renaissance tout en marbres colorés. Si vous voulez, je peux contacter la direction de l'hôpital.

Je le reconnais, je fais une fixation sur le Grand Vicaire. N'empêche qu'à Venise, c'est lui qui contrôle le plus grand nombre d'églises. Mais Alma, la fée industrieuse, a raison, il faut explorer d'autres pistes.

Nous nous extirpons de San Lio. Dehors, je mets plusieurs minutes à reprendre mes esprits, légèrement hébété par les bruits de la rue, ébloui par la lumière extérieure pourtant douce en cette matinée d'octobre. Dès que je sors d'une église vénitienne se déclenche chez moi le même heurt, un ébranlement sensoriel, comme si la vie intérieure du sanctuaire, sa dimension sacrée, son odeur jaune et fumeuse de mèche de bougie, son silence assoupi, l'état d'exaltation de ses peintures m'avaient engourdi. Rien à voir pourtant avec la torpeur, mais plutôt avec une sorte d'enchantement proche du ravissement. Sortir, c'est revenir brusquement à la réalité. Lorsque nous parlions côte à côte, il y a peu de temps dans San Lio, mon regard ne s'est pas détourné du retable du Titien représentant saint Jacques le Majeur. Je ne perdais rien des paroles d'Alma, mais en même temps j'étais envoûté par la façon de cheminer de l'apôtre appuyé sur son bâton de pèlerin, arrêté soudain dans sa marche, hélé par une force invisible. Dès que nous sommes sortis, le Grand Vicaire, la liste des églises fermées, Santa Maria del Pianto, toute notre conversation s'est soudain condensée en la personne de ce Jacques, saint patron de Compostelle. Je ne pouvais chasser de mon esprit l'étrange éclat qui vient du ciel au-dessus de lui, cause, semble-t-il, de son saisissement.

Alors que nous nous dirigeons vers Santa Maria Formosa, c'est comme si je venais de déchiffrer un message urgent que je n'avais pas compris tout à l'heure lorsque j'étais assis dans le sanctuaire.

Je dois me calmer : je vois des signes partout. Faut-il justifier ou interpréter chaque indice comme des avertissements ? À la longue, c'est fatigant. J'ai pratiqué assidûment ce jeu pendant ma détention.

Dans cette morne vie de tous les jours, tout faisait présage. Un brusque changement d'attitude des geôliers, la fréquence des passages de l'aviation israélienne (mauvais augure que les F16 volant à basse altitude au-dessus des bases du Hezbollah), les rêves que nous faisions, une page de la Bible ouverte au hasard (un truc trouvé chez Robinson Crusoë, mon héros pendant toutes ces années). Je cherchais toutes les preuves possibles de la faveur ou de la défaveur du Ciel.

Cette fois, j'ai beau me creuser la tête, je n'ai pas trouvé chez saint Jacques le pèlerin d'autre oracle que celui-ci, bien piètre, je le concède : la route sera longue.

— Et l'IRE, vous y avez pensé ? dit Alma alors que nous sommes sur le point de nous séparer devant l'église Santa Maria Formosa – ouverte celle-ci.

— Oui, je me souviens, l'Istituzioni di Ricovero e di Educazione, je l'ai noté : un organisme de bienfaisance qui gère notamment des établissements pour les personnes âgées.

— À Venise, l'IRE compte beaucoup. Il a hérité d'un patrimoine architectural et artistique considérable. Je sais qu'il a la charge de plusieurs églises fermées. Vous voyez, dit-elle en prenant congé, votre Grand Vicaire n'est pas omnipotent.

Je me trouve à cinq minutes de Santa Maria del Pianto.

— Vous ne repartez pas chez vous ? s'étonne-t-elle en me voyant me diriger dans une autre direction.

Puis elle sourit d'un air entendu en m'indiquant la direction de l'église qui se trouve hors des flux touristiques, plus ou moins incluse dans le périmètre de l'hôpital civil de Venise.

Elle est bien cachée. Pour l'apercevoir, il faut prendre de la distance en se plaçant sur l'embarcadère où sont amarrés quelques bateaux. Le mur de brique qui la protège est très haut. Solidement cadenassée, la porte du jardin est encadrée par deux hippocampes de pierre. Des arbres immenses dissimulent le sanctuaire. Sans doute des platanes. Je les reconnais à leur frondaison et à leur tronc écaillé qui ressemble à une peau de serpent.

Je doute que Lacan ait pu se faire ouvrir cette église fortifiée, dédiée à la Vierge des Sept Douleurs, temple de la plainte et de la souffrance. Si peu vénitienne d'ailleurs, à en juger par son apparence. Ténébreuse, refusant la lumière : la traditionnelle fenêtre thermale en demi-cercle, marque de l'architecture palladienne, est murée.

Y serais-je entré lors de ma première visite à la fin des années 60 ? C'est peu probable. À l'époque, elle était certainement condamnée. Et pourtant une impression de déjà-vu : ce jardin, cette silhouette sombre, ce silence… Et si c'était dans cette église que se trouvent le mur et la peinture qui miroite ? Le souvenir reste imprécis, mais demeure la sourde intuition que ce jardin ceint par un mur ne m'est pas tout à fait inconnu. Dans un certain sens, c'est logique. À chaque séjour, je suis irrésistiblement aimanté par les Fondamente Nuove, orientées au nord, comme le quai de la Giudecca où j'habite. La luminosité y est inhabituelle. L'odeur fortement iodée de la mer prend aux narines. On y jouit d'une vue superbe sur San Michele, l'île des morts – c'est Napoléon qui, pour des raisons de salubrité publique, a imposé ce cimetière aux Vénitiens.

L'exposition confère à ces quais un éclairage de verrière, froid, métallique, qui découpe les formes et sculpte l'espace. Santa Maria del Pianto surtout profite de cette clarté sévère. En 2001, la municipalité de Venise émit l'idée d'utiliser l'église pour célébrer les cérémonies civiles et des enterrements. Une commission fut créée à cet effet, et le financement des travaux de restauration approuvé, mais en 2005 la curie vénitienne stoppa le tout en proclamant que l'église était encore consacrée. Elle précisa qu'elle n'entendait pas la déconsacrer pour des obsèques laïques. Depuis lors, l'état de l'édifice, dont la première pierre fut posée en 1647, continue de s'aggraver. Comme souvent à Venise, le sanctuaire fut érigé à la suite d'un vœu à la Vierge, cette fois pour obtenir son aide contre les Turcs pendant la guerre de Candie. Évidemment, elle ne figure pas dans la gravure de Jacopo de' Barbari. À l'emplacement on aperçoit des jardins.

Luca Giordano, figure majeure du baroque italien, y a représenté une *Déposition*. À la Salute, on peut admirer les trois retables du peintre napolitain consacrés à la Vierge. Cette toile se trouve-t-elle toujours à l'intérieur de Santa Maria del Pianto ? Mystère.

Sur l'embarcadère qui permet de prendre du recul, j'ai trouvé une caisse de bois sur laquelle je me hisse. La façade, longtemps attribuée à Baldassare Longhena, l'architecte de la Salute, se découvre un peu plus, mais je n'en aperçois que la moitié. Dans ce bâtiment tout évoque le retranchement, le secret. Je le regarde de plus en plus non comme un sanctuaire chrétien, mais un temple païen associé à des pratiques divinatoires, comme l'insinuent sa position singulière ainsi que la période assez courte où il fut un espace sacré. Dans la première moitié du XIXe siècle, une partie de l'édifice sera convertie en théâtre, l'autre en laboratoire pour la ferblanterie. La ferblanterie, on sait en quoi ça consiste, c'est la fabrication de casseroles, de bassines, un destin bien quincaillier pour une église à l'architecture si recherchée – son plan octogonal est unique !

J'examine l'entrée du jardin. Un jardin à Venise, c'est toujours une promesse et une aubaine. Il y en a beaucoup plus qu'on ne croit. Retranchées au cœur des palais, ces architectures de verdure, élégamment masquées à la vue, sont la splendeur cachée de Venise[1]. Leur beauté est à proportion de leur secret. « La végétation, dans cette ville de pierre, est si précieuse qu'on la cache, on l'enferme », relève Sartre. Il qualifie les jardins de « geôles flottantes ». Clos de murs et de portiques, ornés de statues, de fontaines et de nymphées, ces cabinets végétaux sont de mai à octobre l'espace où l'on vit. Il n'y a qu'à la Giudecca que l'on sent réellement leur présence, même si on ne peut y pénétrer. Le jardin d'Eden a beau être inaccessible, on sent que cet espace agit mystérieusement sur toute l'île comme un influx magnétique.

Apparemment, la porte de Santa Maria del Pianto

1. Frédéric Vitoux, *L'Art de vivre à Venise*, photographies de Jérôme Darblay, Flammarion, 1997.

n'offre aucune anfractuosité, aucune faille permettant de la forcer. Et le trou de la serrure ? On ne voit rien.

Cependant, au milieu de la rumeur joyeuse de la ville où s'imposent surtout le vrombissement étouffé des moteurs de bateaux et l'écho liquide qu'ils laissent dans leur sillage, il me semble entendre des voix de l'autre côté du mur. Je colle l'oreille un peu plus. Un murmure, presque un chuchotement paraît témoigner d'une présence humaine. On peut très bien le prendre aussi pour le bruissement des feuillages des platanes. Tout de même, un frémissement végétal ne ressemble guère aux modulations émises par la voix. Le grondement pourtant peu trépidant de la lagune emmêle les ondes acoustiques et empêche d'identifier la nature de chaque son.

Entre la porte et la maçonnerie du mur, là où les gonds laissent un espace minuscule, apparaît un léger écartement. Se dévoile une infime partie du jardin. En fait, l'interstice me permet seulement de visualiser un fragment de sol couvert de feuilles et un seau de plastique jaune. En essayant de plaquer davantage ma tête sur la brèche, ma jambe droite frappe la porte de fer qui répand un gong fracassant. Les chuchotements cessent aussitôt. Je ne perçois plus que le léger ressac de l'eau qui mord le quai. Pas de doute, il y a une ou plusieurs personnes derrière le mur.

Un homme sur l'embarcadère, vêtu d'un pantalon taché de graisse et de peinture – un mécanicien de bateau ? –, a surpris mon manège. Pourquoi me hèle-t-il ? Peut-être me prend-il pour un flic ? Ce qui n'a rien d'étonnant. Dans ces moments-là, je peux avoir l'air férocement inquisiteur. Pour ceux qui ne me connaissent pas, je n'ai pas toujours l'air commode. Quand je cherche, mon aspect fouineur et même suspicieux n'arrange rien, même si à l'intérieur je jubile. Cette apparence défiante et peu aimable est ma manière de donner le change. Je tiens probablement ce comportement de ma mère, qui affichait une façade sinistre. On croyait qu'elle prenait la vie du mauvais côté, mais c'était pour qu'on lui laisse la paix. Elle affectait de se tenir sur ses gardes et se pinçait les lèvres pour ne pas éclater de rire. On était convaincu qu'elle avait le moral à zéro alors que c'était tout le contraire. Le visage était sombre, son âme radieuse. Le spectacle du monde dont elle était très gourmande l'émoustillait prodigieusement, mais elle mettait un point d'honneur à ce que cela ne se voie pas.

Ma bobine de fin limier a sans doute abusé le mécano.

Je viens vers lui avec mon expression circonspecte. Il maugrée dans la direction de l'église. Je crois comprendre que des étrangers, probablement des migrants, se sont réfugiés dans le jardin. Sans être exaspéré, il paraît manifester un certain mécontentement.

— Mais comment ont-ils pu s'introduire ?

Il s'aperçoit que je ne suis pas italien. J'ai du mal à saisir sa réponse. Il continue à me regarder avec dureté et fait un geste de la main qui dessine un arrondi, signifiant qu'ils ont tout simplement enjambé l'obstacle. La paroi est haute, mais pas infranchissable. Une fois de l'autre côté, la planque est parfaite, sauf que, pour le voisinage, elle s'avère un secret de Polichinelle.

La Venise secrète. Pourquoi ne serait-elle pas faite aussi pour les migrants que l'on pourchasse ? La ville a été fondée en 421 par des réfugiés qui ont fui l'hostilité de la terre ferme pour s'abriter dans les îles de la lagune. En 1516, Venise, alors la cité la plus cosmopolite d'Europe, a inventé le ghetto obligeant les Juifs à se regrouper dans le quartier d'une ancienne fonderie de cuivre (*geto*).

Où est la «vraie Venise» ? Nous courons tous après. Sartre affirme «chercher éperdument la Venise secrète de l'autre bord». L'«autre bord», car on se trouve toujours du mauvais côté. Il ajoute : «Naturellement, dès que je l'aborde, tout se fane.» Sartre est un voyageur très exigeant – bien plus exigeant que Morand. Il aime Venise (d'amitié), mais ne lui passe rien. Peut-être lui en veut-il secrètement d'avoir été le théâtre de la fameuse nuit de 1936, lorsqu'il s'est cru poursuivi par un homard. Pointant le nez sur ses petites misères et ses disgrâces, il l'étouffe sous une surabondance d'images poétiques. Toujours la même histoire : il veut l'asphyxier, la vider de l'eau, son élément naturel. Morand est un voyageur sec ; Sartre, obsédé par l'humide, un voyageur spongieux. Il absorbe tout et donne au centuple.

Comme les vendeurs ambulants africains pourchassés par les argousins de la ville, Sartre a pratiqué à sa manière un jeu de cache-cache. J'admire la dextérité des clandestins pour embaluchonner leurs faux sacs Chanel en un clin d'œil et les déballer quelques instants plus tard sur le campo voisin. Les poursuiveurs ont perpétuellement un coup de retard.

Nous en sommes tous là avec Venise : jamais dans les temps, toujours à côté. Sartre a cette formule : « Venise, c'est là où je ne suis pas. » On peut tout aussi bien appliquer l'expression à ma propre quête : je suis à côté de la plaque.

Les sans-papiers sont le remords de Venise. On les déloge, on les refoule pour faire place nette. Tout pour le touriste. Mais comment les reconnaître au milieu de millions d'étrangers provenant des cinq continents ? À ce jeu, les poursuivis sont plus forts que les poursuivants, en tout cas les plus malins. Ils savent mieux que personne ce qu'offre cette ville occulte. Que de retraites indécelables ai-je pu découvrir au voisinage d'églises et de palais ! Ingénieuses, repérables pourtant. Cependant on ne les voit pas : l'invisibilité de l'évidence.

C'est un sujet de désaccord avec Alma. Cela fait des lustres, affirme-t-elle, que ces vendeurs sont là, toujours aux mêmes endroits et aux mêmes heures. Selon elle, la police n'est pas si bête, elle ferme « un œil et demi », au nom du très italien *vivi e lascia vivere* (vis et laisse vivre). De temps en temps, elle feint d'organiser quelques descentes *per dare contentino*, pour calmer les commerçants exaspérés par les contrefaçons étalées devant leurs magasins.

Le jardin si paisible de Santa Maria del Pianto est un bon plan. Il s'impose à l'esprit par son caractère irréfutable d'arrière-fond, encore fallait-il y penser. Je me dis parfois que ces errants de la nuit pourraient ouvrir ces lieux qui me résistent, mais impossible de les approcher. Ils ont appris à se méfier et, à la moindre alerte, s'envolent.

14

Déjeuner au Ridotto avec l'ami Lautrec, le vigne-
ron de Sant'Erasmo.

— As-tu réfléchi aux décombres? m'entreprend-il.

— Quels décombres?

— Ton histoire! Les églises en ruine. Ça n'est
pas propre à l'Italie. Des églises vides, il y en a
partout en Europe. Tu sais que mon premier sujet
à la télé était une enquête pour Desgraupes[1] sur les
églises à vendre dans le nord de la France. Déjà je
me posais la question: pourquoi un tel effondrement?

— C'est une obsession chez toi. L'effondrement,
c'est surtout celui d'un catholicisme de convention.
«Dieu vomit les tièdes.» Tu connais ce passage de
l'Apocalypse?

— Quel rapport?

— Eh bien, le conformisme, le manque d'ardeur.
Tout ce catholicisme de convenance. Voilà une des
causes de l'effondrement. Le troupeau s'est réduit,

1. Pierre Desgraupes, créateur de *Cinq Colonnes à la une*, P-DG de
la deuxième chaîne de télévision en 1981.

mais il est plus zélé. Nous voici revenus à l'Église des premiers temps.

— La qualité du prêtre est importante, observe-t-il. Les gens n'ont plus la foi, mais c'est peut-être les prêtres qui l'ont perdue. Ils ne savent plus transmettre mais, tu vois, rien n'est irrémédiable. J'en suis l'exemple vivant avec ce vignoble. À deux conditions, il faut et de la volonté, et de la folie. Tes églises peuvent un jour rouvrir.

Je me demande comment il s'y est pris pour ressusciter ce vignoble et élaborer un tel vin blanc qui jure avec le reste de la production italienne. Il est vrai que, dans la Péninsule, le blanc est toujours apparu comme un vin facile, peu dispendieux, dégusté dans l'année. Le sien est d'une tout autre tenue. Dense, complexe, il n'est pas sans ressembler au condrieu, mais en plus frais, plus tendu. Légèrement iodé, sans doute le voisinage de la lagune. Un vin lumineux, vibrant. Une belle découverte.

Je suis allé le voir dans son repaire de Sant'Erasmo. Un ermitage ouvert sur la lagune, qui lui correspond bien. En retrait. Il a placé Venise à distance, loin du tapage touristique, spectateur à la fois sévère et miséricordieux, revenu de tout mais non blasé, gardant encore de son passé de journaliste quelques traces du feu sacré.

Il fut naguère l'un des principaux acteurs du gotha audiovisuel, créateur de l'émission *Sept sur sept*, figure historique de Canal +.

Pourquoi a-t-il coupé avec ce monde ? Il me regarde, amusé :

— Où en es-tu avec ton Grand Vicaire ?

En réalité, je n'en suis nulle part. Aucune nouvelle du Patriarcat. Silence radio du Grand Vicaire qui ne dédaigne pourtant pas de se produire à l'occasion dans des colloques, comme en attestent des photos et quelques interviews glanées sur Internet. Si j'ai bien compris ses propos, il n'est pas hostile à l'idée d'ouvrir certaines églises sous sa coupe. Elles pourraient accueillir, affirme-t-il, des activités culturelles, servir de lieux d'exposition, de bibliothèques ou de salles de lecture, à condition que ces manifestations ne soient pas contraires au caractère religieux du lieu.

J'ai fait des recherches dans le droit canon, la loi ecclésiastique qui régit la foi, la discipline et le culte catholique. Selon le canon 1222, une église « peut être réduite par l'Évêque diocésain à un usage profane qui ne soit pas inconvenant ». Inconvenant, c'est vague et très subjectif ! La doctrine de la théologie catholique est la suivante : la consécration d'un lieu saint reste attachée à jamais à l'édifice. Le paragraphe 2 du canon 1238 précise que « du fait de la réduction de l'église ou d'un autre lieu sacré à des usages profanes, les autels fixes ou mobiles ne perdent ni leur dédicace, ni leur bénédiction ». C'est bon à savoir quand on examine de près l'affaire de l'église Santa Maria della Misericordia qu'un artiste de la Biennale avait voulu transformer en mosquée.

La Misericordia, j'aimerais tant en franchir le seuil ! À l'époque, le Grand Vicaire avait marqué son profond mécontentement : « Pourquoi faire cela dans une église ? Venise ne manque pas de lieux architecturaux en désuétude au point qu'il faille heurter les sensibilités de certains!» Il rappelait à cette occasion la règle : «Pour un usage autre que catholique, tout utilisateur doit demander la permission de l'autorité ecclésiastique, quel que soit le propriétaire. »

Pour entrer dans la Misericordia transformée en mosquée, il était demandé de retirer ses chaussures, et aux femmes de mettre un voile. Face au tollé et aux protestations de la curie vénitienne, l'édifice fut très vite fermé.

J'ai relevé une information intéressante : l'ecclésiastique que je recherche possède un diplôme d'architecte. Ce n'est pas un membre du clergé nommé par hasard que je sollicite. Il a été aussi choisi pour ses compétences techniques. Je l'imagine très coriace. C'est un expert, il aura tôt fait de démasquer le voyeur que je suis. D'ailleurs il a peut-être déjà compris à qui il avait affaire, cela expliquerait son peu d'empressement à me rencontrer. J'ai la faiblesse de voir dans cette attitude au moins une prise en considération.

La vérité est sans doute plus cruelle pour moi : il s'en fiche. Je l'imaginais essayant de trouver une esquive ou quelque stratagème pour ne pas me voir, alors qu'il se soucie comme d'une guigne de mon histoire. Il l'a oubliée, tout simplement. L'inintérêt, l'indifférence, mes vrais adversaires !

Telles sont les pensées que je rumine sur le chemin du retour. Avant d'entrer dans l'appartement, je fais un tour dans les ruelles de la Giudecca, À chaque fois je bute sur le rio della Croce et sur ses deux lieux interdits : l'église Santa Croce transformée en archives de l'État et le jardin d'Eden. Ce dernier est-il aussi paradisiaque que le laisse augurer son nom ?

On y pressent toute une vie cachée. Heureusement, ce lieu infranchissable n'entre pas dans mes compétences – si l'on peut parler de compétence pour mes églises !

À l'appartement, un courriel envoyé par Alma m'annonce que nous avons rendez-vous avec Monsignore S. Il nous attend demain dans son bureau du Patriarcat. Certes, ce n'est pas le Grand Vicaire, mais un premier pas dans la technique de l'enveloppement chère à Alma. Le genre de nouvelles qui me permet après le dîner de déguster mon havane avec recueillement et délectation face aux Gesuati. Je me fais des idées, mais je me suis mis dans la tête que cette église ne cesse de m'envoyer des gestes de bienveillance. En particulier la *Fortitude*, le courage, l'une des quatre statues en pierre d'Istrie de la façade qui me fait signe dans sa niche.

Le dernier concert d'orgue dominical auquel nous avons assisté était grandiose non pas à cause de l'organiste, au demeurant talentueux, mais du célébrant, don Raffaele, une voix de baryton exceptionnelle.

Grâce à Monsignor S., je vais pouvoir enfin m'introduire dans le saint des saints, examiner de l'intérieur cette curie vénitienne. Curie vénitienne, on peut reconnaître à l'Église catholique le chic suprême d'avoir su se couler dans le moule de l'Empire romain. La curie, qui n'était rien d'autre que le sénat de Rome, désigne aujourd'hui, à l'échelle du diocèse, l'ensemble des administrations qui assistent l'évêque dans le gouvernement de sa circonscription ecclésiastique.

Je dispose de peu d'informations sur le prélat

qui va me recevoir. Il est procurateur, délégué patriarcal et chanoine du chapitre de Saint-Marc et exerce, semble-t-il, une autorité sur les biens immobiliers du Patriarcat. Quelle est la nature de ce pouvoir? Je vais le savoir demain. J'ignore comment Alma s'est débrouillée pour m'obtenir cette entrevue aussi vite. Cette facilité à la fois me rassure et justifie mes craintes. Moi qui redoutais des réticences du Patriarcat, je dois constater qu'il n'y a trace d'aucune action concertée pour me repousser.

J'ai le sentiment de me trouver face à une autorité qui ne *s'enflamme* jamais. Elle laisse le vis-à-vis se monter la tête, s'échauffer. S'il se brûle, ce n'est pas sa faute. Depuis toujours, ce genre d'organisation développe des propriétés ignifuges. Mais l'Église catholique romaine reste l'institution la plus *incombustible*, privilégiant ses propres intérêts jusqu'à donner l'impression d'éteindre ou du moins de circonscrire le feu que dégage depuis deux mille ans le message évangélique.

De cette emprise, je ne me débarrasserai jamais. D'ailleurs, je n'en ai aucune envie. La manière catholique d'éprouver m'a conformé à perpétuité. Je ne puis la renier ni oublier pour autant les errements d'une éducation subie dans les années 50, faite d'interdits, d'hypocrisie, de honte, de violence.

De telles pratiques mortifères auraient dû me meurtrir à jamais et me pousser à exécrer l'institution. C'est le contraire qui est arrivé. Comment ai-je pu retourner le sentiment de culpabilité qu'on nous avait inculqué? Je n'en sais rien. Je n'ai voulu retenir de ces préceptes enseignés dans mon pensionnat qu'une chose : la croyance que la faute est partout. Loin de me traumatiser, ce constat m'a convaincu au contraire d'un nécessaire détour par le péché. L'acceptation de notre imperfection. Voilà une religion qui se montrait sans illusion sur la nature humaine mais qui néanmoins avait le chic pour repêcher inlassablement celui qui a failli. À ce compromis permanent du péché et de la grâce, j'ai adhéré d'emblée. N'autorise-t-il pas entre autres la transgression ? Chez moi, la force libératrice du message évangélique l'a définitivement emporté sur les manquements de l'institution.

La radicalité de cette parole m'est apparue encore plus puissante après ma libération en 1988. J'avais pardonné le mal que m'avaient fait subir mes ravisseurs. Non par vertu mais par hygiène mentale. Le sentiment de vengeance corrode insensiblement l'âme. Il ne s'apaise jamais et achève de désagréger le principe vital.

Mais cette autre prescription du Christ : « Aimer vos ennemis et prier pour ceux qui vous persécutent » (Matthieu, 5, 44), un tel commandement, qui va à rebours de la morale commune, est impraticable. Déjà il est difficile pour beaucoup de s'aimer soi-même, encore plus d'aimer son prochain, mais aimer ses ennemis ? J'avoue que je n'y suis jamais parvenu. Une telle loi va si totalement à l'encontre de la mentalité de l'espèce humaine qu'elle se révèle comme indépassable. Contre les forces dominantes du monde, le christianisme possède une marge absolument unique.

Que pèse le pouvoir des clés épiscopales détenu par le Grand Vicaire au regard de cette force libératrice et subversive ?

15

Alma m'attend devant le siège patriarcal. La porte vitrée automatique s'ouvre. Nous déclinons notre identité dans le hall puis traversons une longue galerie où les portraits de tous les patriarches sont accrochés aux murs, parmi lesquels les futurs papes Jean XXIII et Jean-Paul Ier. Les lieux sont fonctionnels, avec cet air stagnant et endurci des administrations qui savent qu'elles n'ont pas besoin d'impressionner puisqu'elles ont la durée pour elles. Odeur de lessive parfumée à la lavande et de pièce sombre. Nous sommes introduits au premier étage dans un bureau fermé par un panneau de verre, accueillis par un ecclésiastique au visage sévère. Il me demande si je suis journaliste.

— Je le fus, fais-je sobrement.

À l'évidence, il n'a pas de bons souvenirs de la profession. Certains de ses membres ont dû lui prêter des propos qu'il n'avait pas tenus (ou qu'il regrettait d'avoir formulés) car à l'issue de notre entretien il demandera à viser ses déclarations.

Je commence par l'interroger sur la perte d'emprise du religieux dans une société largement sécularisée, histoire d'aborder ensuite en douceur les causes de la fermeture des églises. Moins de fidèles, moins de prêtres, crise de la foi, crise des vocations. D'une voix uniforme, il fait remarquer que le problème est européen et qu'il n'est pas propre à l'Italie. « Mais, rectifie-t-il, la foi ici à Venise est très vivace. »

— Pourquoi ferme-t-on les églises ?

Il paraît surpris de la question et regarde Alma en se pinçant les lèvres, comme si elle avait mal traduit la phrase. Il pose ses deux mains bien à plat sur le bureau et les contemple pensivement :

— Croyez-le bien : nous n'aimons pas que ces églises soient fermées. Il faudrait que nous puissions les ouvrir toutes. C'est notre intérêt. Chaque sanctuaire possède sa propre spiritualité qui agit sur le visiteur. Dieu est la beauté suprême. Par le biais de l'art peut survenir une illumination propice à la foi. Mais cette pastorale du tourisme qui nous tient à cœur exige aussi des moyens, ne serait-ce que matériels. Assurer en premier lieu la sécurité des édifices. Or, comme vous le savez, les travaux à Venise coûtent quatre fois plus cher qu'ailleurs. Il faut ensuite du personnel. Nous faisons appel aux bénévoles à condition de pouvoir les former.

Ses propos sont entrecoupés de silences. Parfois, il joint les mains sous son menton et revient inlassablement au sujet qui lui tient à cœur : l'art et la spiritualité.

Il susurre plus qu'il ne parle. Sa voix *recto tono* me fait penser à mon confesseur au collège, une intonation froide et si basse qu'elle faisait siffler les consonnes. Quand il s'exprime, il ne me regarde pas et fixe son bureau avec dureté. Je ne dirais pas qu'il est méfiant à mon endroit, mais prudent. Où me situer ? Quelles sont mes intentions ? Ne va-t-on pas encore accuser l'Église de garder jalousement le patrimoine religieux qu'elle détient ? Il n'évite pas la langue de bois. Alma qui traduit essaie de le dérider, mais cela ne l'intéresse pas, il ne veut pas sourire. Il tient à évoquer le cas de San Fantin, située en face du théâtre de la Fenice, une église que je n'ai jamais vue ouverte. Elle a ceci de remarquable qu'elle est un des rares sanctuaires avec San Marco et San Zaccaria à posséder une crypte, une prouesse dans une ville où l'eau n'est jamais loin et remonte facilement par capillarité. Une source de tracas à cause de l'instabilité qu'elle crée sur l'édifice.

— Elle est toujours en travaux, fais-je d'un ton presque effronté. Et pourtant, un panneau indique qu'ils devaient être terminés en 2009, il y a sept ans. Que s'est-il passé ?

Un blanc suit ma question. Cette façon que j'ai de m'ériger en justicier des églises fermées ! Il doit me trouver insupportable.

— Ce qui s'est passé, répond-il sur un ton excessivement patient, les yeux fixés au ciel, c'est très simple. À Venise il est impossible de prévoir la fin. Néanmoins, je suis en mesure de vous annoncer que les travaux sont terminés. C'était très compliqué. Un plancher flottant a été installé pour une meilleure isolation thermique. Maintenant il faut lui trouver une nouvelle affectation. Plusieurs possibilités ayant un lien avec l'art ou la culture s'offrent à nous.

Je lui sais gré d'avoir consenti à m'accueillir sur le sujet qui m'occupe, mais force est de constater qu'il ne m'apprend pas grand-chose si ce n'est un chiffre :

treize, le nombre d'églises actuellement fermées qui dépendent du Patriarcat. Autre information intéressante : San Fantin. Mais quand va-t-elle ouvrir ?

Il y a un style ecclésiastique inégalable que je retrouve chez lui, cette façon profuse et mécanique de débiter le message évangélique. Pendant mon enfance, j'ai souffert de cet exercice récité par cœur et de cette phraséologie officielle. Cette parole n'avait aucun sens. Ce n'est que bien des années plus tard qu'elle m'apparut libératrice et subversive.

Au cours de cet échange, le nom du Grand Vicaire ne sera pas évoqué. Je soupçonne mon interlocuteur d'avoir pris un malin plaisir à me voir tourner autour du pot même si, charitablement, il n'en a rien laissé paraître. J'ai attendu le dernier moment pour prononcer la phrase qui me brûlait la langue.

— J'espère, Monseigneur, que vous me faciliterez l'ouverture de ces églises.

Cette fois, il m'a regardé droit dans les yeux.

— *Certo*, mais cela ne dépend pas de moi.

Certo est aussi ambigu que le mot *certain* en français.

En sortant du Patriarcat, j'interroge Alma.

— Qu'en pensez-vous ?

— Un bon début, non ? Nous avons ouvert une porte.

— Un peu langue de bois, tout de même, le Monsignore.

— Je dirais prudent. Mettez-vous à sa place. Comment allez-vous raconter votre rencontre ?

Elle a raison. Je me suis vu avec lui comme lorsque

j'étais jeune journaliste. Quand on débute dans la profession, c'est une expérience qu'on acquiert rapidement. L'intuition dès la première réponse qu'on ne sortira rien de l'interlocuteur. Toutefois on ne peut fermer son carnet et partir. Il faut meubler. Faire semblant de prendre des notes, poser des questions tout en sachant qu'elles sont inutiles. C'est mon impression après l'entrevue. Je me garde d'en faire part à Alma, qui s'est démenée pour m'obtenir ce rendez-vous. Cependant, à y réfléchir, le face-à-face n'était pas infructueux. Pour la première fois, j'ai le sentiment d'avancer. Avoir pu m'introduire dans les bureaux du Patriarcat de la curie vénitienne, y rencontrer un de ses apparatchiks, constitue pour moi une victoire psychologique.

Nous prenons un café en face, au bar du musée Correr, situé au premier étage. À l'entrée, sous les arcades, une dalle que foulent quotidiennement les touristes indique l'emplacement de l'église San Geminiano, démolie en 1807. La façade Renaissance, l'une des plus belles de Venise, est dessinée sur le pavement. C'est Napoléon qui a fait raser l'édifice pour agrandir le palais royal.

Les églises disparues, encore une autre histoire. On peut les voir et s'amuser à les identifier dans la fameuse vue de Jacopo de' Barbari dessinée en 1500. Un jeu de cache-cache que j'adore pratiquer. Ainsi, pour construire la gare, à l'époque de Mussolini, on a rasé l'église Santa Lucia.

Le café du musée est un de mes repaires favoris. Sa salle tout en longueur, sa décoration antiquisante flashy aux murs, ses banquettes confortables en font un havre de repos. À travers la fenêtre, on peut voir les touristes s'agiter sur la place Saint-Marc. Aucun bruit ne parvient à l'intérieur.

Alma m'exhorte à la patience, « la clé qui va ouvrir toutes les portes ».

— Mais je ne suis pas impatient. Je vous l'ai dit, j'ai l'intention de rester ici le temps qu'il faut.

— J'ai des pistes sérieuses, annonce-t-elle d'un ton mystérieux. Pas encore de rendez-vous, mais ça progresse. Le plus difficile est d'identifier les bonnes personnes. Ce n'est pas simple. J'insiste, il n'y a pas que le Patriarcat, je vous ai parlé de l'Hôpital et de l'IRE. Eh bien, les églises administrées par ces deux organismes sont tout aussi passionnantes. Maintenant, j'en ai la certitude, Santa Maria del Pianto, qui vous intrigue tant, relève de l'Hôpital. Quant à l'IRE, il possède les Penitenti.

— Santa Maria de Penitenti ! Elle est au bout du canal de Cannaregio. Juste à côté, il y a un établissement pour les personnes âgées qui communique avec l'église. Je suis entré l'autre jour, au culot, comme si j'allais rendre visite à un parent. J'ai fait chou blanc : le périmètre du sanctuaire est tout aussi inaccessible de l'intérieur.

— On peut tout de même entrer dans une maison de retraite, dit-elle. Elle est gérée par l'IRE. Il a aussi sous sa responsabilité l'Ospedaletto et les Zitelle.

— D'après mes renseignements, l'Ospedaletto et les Zitelle sont parfois ouvertes.

— Actuellement, elles sont fermées, signale-t-elle. C'est ça, le problème. J'ai commencé à établir la liste. Il y a au moins quatre catégories d'églises à Venise que l'on peut considérer comme fermées.

— Quatre ? Ça va être compliqué d'expliquer ça.

— Non, c'est très clair. La seule difficulté est qu'elles peuvent changer de statut.

Elle dessine quatre colonnes sur mon carnet. La première s'intitule : églises ayant reçu une autre affectation. La seconde : églises ouvertes exceptionnellement. La troisième : églises fermées. Enfin, églises ouvertes uniquement pour les messes.

— Je suis sur le point de remplir la totalité de ces quatre colonnes. Il me faut encore un peu de temps.

— J'ai recueilli de mon côté quelques informations en suivant vos conseils, fais-je sur le ton du bon élève. Vous vous rappelez, l'enveloppement. Je tente ma chance partout, même auprès de personnes qui, *a priori*, n'ont aucun rapport avec le sujet. Je ratisse large.

Un fait me revient soudain à l'esprit. Je raconte à Alma que j'ai assisté il y a quelques jours à une conférence sur Lacan. Elle portait sur le séminaire VI intitulé « Le désir et son interprétation ».

— J'y ai vu un signe. Ce Lacan, qui voulait se faire ouvrir des églises fermées, justifie le bien-fondé de ma démarche. Car, figurez-vous, la conférence avait lieu dans une église.

— Laquelle ? Désaffectée, j'imagine.

— San Leonardo, vous la connaissez ?

— Très bien. Encore une que Napoléon a fermée au culte ! Le conférencier parlait en italien, je suppose.

— Ils étaient deux. Bien entendu, je ne comprenais rien. Enfin, si, un peu… Et Dieu sait si la pensée de Lacan réclame déjà un effort en français. Il s'est produit quelque chose d'étrange. Il y avait des moments où je réussissais à suivre. Des phrases entières…

Comme si l'aspect technique et sibyllin du discours en italien devenait tout à coup clair et se mettait à ma portée. Comment expliquez-vous cela ? Je suis resté jusqu'à la fin.

— Avez-vous eu le temps de regarder l'intérieur ?

— Lugubre ! Cela fait donc plus de deux siècles que l'église est déconsacrée. Mais rien n'y fait. On a plus ou moins bien camouflé les chapelles, l'autel. Elle ressemble toujours à une église.

Je m'abstiens de lui rapporter qu'une partie des débats dans San Leonardo a porté sur l'obsession. Parfois je m'y suis reconnu. Cette histoire d'églises, qui m'accapare et s'impose sans répit à mon esprit, peut être qualifiée d'obsessionnelle. J'apprends que l'obsessionnel est animé d'un désir impossible. Mon désir serait désir de difficulté.

Après la conférence, je suis resté à discuter avec un participant parlant le français. J'en ai appris un peu plus sur l'obsessionnel, constamment dans l'évitement par rapport à son désir véritable afin de le rendre irréalisable.

Ma déambulation quotidienne dans la Giudecca avant le dîner me permet de remettre de l'ordre dans mes idées. Je m'aperçois que j'emprunte toujours le même itinéraire. « Un lion en cage », ironise Alma. Je vais de Santi Cosma e Damiano jusqu'aux abords de Santa Croce clôturée par une grille. Comme par hasard deux églises fermées… Puis je pousse ma promenade jusqu'au pont grillagé d'Éden.

Le jardin ne fait pas référence à celui de la Genèse où se trouvait l'arbre défendu, mais au paysagiste

Frederick Eden qui l'a dessiné à la fin du XIXe siècle. Marcel Proust, Rilke, Cocteau, Henry James l'ont arpenté. La propriété est passée ensuite entre les mains de la reine de Yougoslavie, Alexandra, qui y fit plusieurs tentatives de suicide. Le dernier propriétaire était un peintre autrichien, Friedensreich Hundertwasser, mort en 2000.

L'identité du nouveau propriétaire est inconnue.

16

« Je tente ma chance partout. » C'est la vérité.
J'accepte les invitations alors qu'à Paris je les
décline presque toutes. Venise abonde en inaugura-
tions, vernissages, performances, premières ou géné-
rales. Je mondanise en m'introduisant dans des
manifestations auxquelles je déteste participer en
temps normal. J'ai réussi par exemple à m'immiscer
dans la fête donnée pour l'ouverture du Fondaco
dei Tedeschi, un bâtiment du XIIIᵉ siècle transformé
par Rem Koolhaas en un temple du shopping de
sept mille mètres carrés. Je ne suis pas accro à ce
genre de raouts même si je me complais à observer
le spectacle de la comédie humaine. Mais ce jour-là
la jungle était trop luxuriante, le tourbillon trop
bruyant pour que je puisse vraiment regarder défiler
les espèces zoologiques.

« Et toi, t'es qui ? » Telle était l'interrogation de la
plupart des invités se croisant comme s'ils avaient
perdu leur boussole. Je n'ai pu m'empêcher de penser au « bal du siècle » donné au palais Labia en
septembre 1951 par Charles de Beistegui. Le palais
Labia, une merveille qui, hélas, ne se visite plus. Ce

que je voyais, la nouba du luxe, n'avait rien à voir pourtant avec ce qui fut décrit par Morand comme « la dernière grande fête européenne ». Venus de tous les coins d'Europe, les 1 500 invités masqués se connaissaient tous.

Au Fondaco, j'ai eu l'impression de me trouver au beau milieu d'une étude de terrain du genre : comment faire connaissance sans se connaître ? En 1951, Salvador Dalí, Orson Welles, Barbara Hutton étaient présents au palais Labia. Un absent de taille : « Beistegui n'avait pas invité la méchante fée : le journalisme », *dixit* Cocteau. Dans ces deux fêtes, la fin d'un monde – ou d'un épisode –, quelque chose va s'achever qui n'a plus de sens. Les participants veulent *en finir*.

J'ai néanmoins connu ce jour-là un architecte qui examinait les lieux en professionnel. J'avais remarqué qu'il se souciait peu de l'assistance. « C'est très chic », avait-il jugé en désignant le monumental escalator couleur carmin et les poutres en ciment brut. À l'évidence, dans sa bouche, ce n'était pas un compliment : « Toujours le double discours : trop de touristes, et l'on crée un centre commercial de luxe pour les attirer ! » Je le trouvais grognon comme un Français, mais élégant comme un Italien, de cette élégance allurée, un tantinet trop vibrante, qui fait le charme de la mode transalpine. Nous la jugeons, nous Français, un peu trop parfaite avec ces vêtements supérieurement coupés, et envions secrètement un sens inné de l'esthétique. Certes, une telle aisance ne nous fait pas défaut, mais elle se révèle un cran au-dessous.

Je me demandais ce que je fabriquais dans cette

galerie marchande haut de gamme. Cette fois, je m'éloignais de mon sujet. Je tentais de me rassurer en pensant qu'il ne fallait pas craindre de l'aborder en le perdant de vue. Dans ce temple des marques, je me figurais que je n'étais pas si loin de mes églises. Après tout, on y rendait un culte à une divinité, le luxe. Et cette surface immense, ce patio haut de trois étages, il n'y avait que dans une église, surtout à Venise qui vit à l'étroit, qu'on pouvait trouver un espace comparable.

Nous avons réussi à nous asseoir sur un canapé à haut dossier en bois noir de Philippe Starck. Mon architecte était un spécialiste de la pierre d'Istrie. J'étais heureux de faire la connaissance d'un tel expert mais, entre nous, cela ne faisait guère avancer mes affaires. Il avait sans doute deviné ma perplexité.

— La pierre d'Istrie, sachez-le, c'est l'inconscient de Venise. Le blanc... Cette pierre de couleur blanche travaille dans l'ombre.

— Et la brique ? Elle est tout aussi importante que la pierre d'Istrie.

— Imaginez le Grand Canal rien qu'avec des palais en brique, ça serait moche. La lumière, la chromatique proviennent de la pierre d'Istrie qui recouvre la brique.

La pierre d'Istrie, l'inconscient de Venise. Pour le coup, cette assertion toute psychanalytique, quoique sibylline, ne pouvait que piquer ma curiosité. Sans doute avait-il deviné d'emblée à qui il avait affaire : un de ces Français se croyant paradoxaux, mordant à l'hameçon d'une vérité à condition qu'elle se dissimule dans un manque d'évidence. Quel intérêt avait-il à perdre son temps avec moi ? Le contact avec ceux qu'Ezra Pound nomme les *Cerfs blancs*[1] m'avait rendu circonspect. Les cerfs blancs sont ceux qui savent, les spécialistes qui maîtrisent parfaitement leur sujet. On ne saurait s'en passer mais ils refusent de parler. À Venise, le savant, l'*autorité* qui connaît la nature secrète des choses, se dérobe. Nous sommes les chiens courants qui chassons ces animaux fabuleux et insaisissables. Les Cerfs blancs n'ont pas le temps. Le temps à Venise coûte plus cher qu'ailleurs.

À regarder de près, la pierre d'Istrie est une piste qu'il ne faut pas négliger. Tous les puits de Venise sont maçonnés à partir de ce matériau. Depuis le début, je ne cesse de buter sur lui. La fondation des églises repose sur cette roche dure, de faible porosité, qui résiste à tout. Elle est bien plus remarquable que le marbre. Non seulement elle anime et habille les façades des sanctuaires, mais surtout elle semble investie d'un principe spirituel. N'appartient-elle pas à l'intériorité sous-marine de la ville en même temps qu'à son apparence, souvent un masque, qui camoufle la brique ?

Le fil conducteur de l'architecture vénitienne est ce bloc rocheux extrait dans une presqu'île de la Croatie en forme de cœur. Sa cohésion repose sur cette substance minérale couleur d'ivoire. Chaque fois que j'affronte les lieux de culte, ouverts ou fermés, je me trouve face à sa blancheur indéchiffrable. C'est un blanc qui n'a rien à voir avec une matière calcaire comme le tuffeau fragile du Val de Loire, lequel se

---

1. « C'est le Cerf blanc, la Célébrité que nous chassons. Dis aux chiens courants du monde de venir sonner le cor », *Personae*.

défend mal. Le blanc istrien possède quelque chose d'immuable et de plein. Sa matière réfléchit la lumière sans pour autant étinceler. Au contact de la ville, cette pierre a acquis une expérience unique. Elle a absorbé son histoire. Elle possède une mémoire. D'où ce grain sans égal, faiblement doré, reflet d'une unité intérieure vivante exceptionnelle. L'inconscient. La pierre blanche a-t-elle le pouvoir de révéler la part occulte de Venise ?

Avant de nous séparer, le spécialiste de la pierre d'Istrie m'a donné ce conseil :

— Le Grand Vicaire, je le connais. Vous avez une expression en français qui lui convient, il joue la fille de l'air. Impossible de mettre la main dessus. Entre nous, il y a une personne à Venise qui en sait beaucoup plus que lui sur les églises. Il a rassemblé une documentation impressionnante. Je ne sais pas où il habite. Je vous engage à le retrouver.

Il a écrit son nom sur mon carnet de notes. Je ne l'ai malheureusement plus revu.

17

Cocktail à la fondation Wilmotte. Je fais une autre rencontre. La galerie est installée dans un ancien atelier de réparation de bateaux non loin du campo de l'Abazia, l'un de mes spots vénitiens favoris. Les expositions qui se tiennent à la Fondation sont souvent inattendues et passionnantes. Ce soir-là Jean-Michel Wilmotte est présent. Il a toujours l'air d'un poète perdu dans les nuages. En réalité, il surveille tout. Son apparence calme doit cacher une nature émotive et ardente qu'il contrôle supérieurement, mais, à certains signes dans le regard et les mimiques, on devine un bouillonnement intérieur. Comment pourrait-il en être autrement lorsqu'on dirige une des plus importantes agences de la planète, présente sur les cinq continents ? Il me dit subir fortement l'emprise de Venise. Impossible de s'en défaire.

— Ici, rien ne finit. Chacun apporte un sédiment de plus. Il y en aura d'autres après nous.

Je lui ai parlé de mon projet.

— Venez, dit-il en me prenant le bras, je vais vous faire connaître quelqu'un qui peut vous être utile.

Il me présente à une Italienne prénommée Anna, une architecte qui travaille à la Surintendance des Beaux-Arts, et me laisse en sa compagnie. Elle veut être agréable à Wilmotte et m'écoute poliment. Je la sens prudente et m'évertue à lui tirer les vers du nez. Quelle n'est pas ma surprise d'apprendre qu'une église dépend d'elle. Et pas n'importe laquelle, Santa Maria Maggiore.

Je rapporte à Alma cette rencontre.

— Santa Maria Maggiore ! Attendez, s'exclame-t-elle, celle-là, on ne la visite pas. C'est impossible. Elle fait partie de la prison pour hommes.

— Elle en fait peut-être partie mais, administrativement, je crois qu'elle relève de la Surintendance. D'après ce qu'elle m'a expliqué, le lieu a été restauré et sert à présent d'entrepôt pour les œuvres d'art : sculptures, chapiteaux, ornements architecturaux... Le spectacle doit être extraordinaire.

— Parce que vous comptez la visiter ? s'exclame Alma, incrédule.

— Ça vous surprend ? Je dois faire une demande par écrit à son administration. C'est ce qu'elle m'a dit. Il faut que je me présente au Palais ducal où se trouvent les bureaux pour remplir un document. Entre-temps, je me suis renseigné. Il y a des trésors. J'ai appris par exemple que le *Saint Jean Baptiste* du Titien se trouve dans cette église désaffectée.

— Se trouvait, corrige-t-elle. La peinture est à présent à l'Accademia. Bon, sourit-elle, je ne veux pas passer pour un étouffoir. Une visite à Santa Maria Maggiore est une expérience à ne pas rater. Vous voyez, encore une église qui échappe au Grand Vicaire.

Manifestement, elle ne veut pas doucher mon enthousiasme, mais je la sens dubitative. Parmi les églises fermées que j'ai recensées, Santa Maria Maggiore tient une place à part.

Massive, solitaire, Santa Maria Maggiore refuse toute lisibilité. Un de ces havres délicieux que Venise sait réserver à qui désire s'éloigner de l'axe actif. Il n'a rien de secret pourtant. Inexplicablement, il est peu fréquenté alors qu'il est tout proche de Piazzale Roma, où se déverse une bonne partie des touristes. Aussi Santa Maria Maggiore se mérite-t-elle. Elle n'est pas hors d'atteinte, encore faut-il la chercher.

Répandant autour de lui une apparence de désolation, à l'intersection de deux rios, l'édifice est étrange. Il a beau ressembler aux autres sanctuaires, il dégage avec son oculus noir je ne sais quoi d'inquiétant. Obturé de toutes parts, protégé par un parapet inhabituel à Venise, adossé à une muraille crénelée, il donne sur une minuscule esplanade qui, chose rare, a la particularité d'être enherbée – l'herbe est inestimable dans cette ville de pierre. L'ensemble est surmonté d'un campanile à flèche conique. On pressent que cet équilibre est tourné exclusivement vers l'intérieur, d'où cet air buté, presque hostile – un reliquaire qui garde jalousement ses merveilles !

Santa Maria Maggiore appartient incontestablement au monde carcéral qui lui est mitoyen. La prison, bâtie entre les deux guerres à l'emplacement d'un monastère, a sans doute fait le vide autour d'elle. Avec sa tour moyenâgeuse dans le plus pur style troubadour, elle n'a *a priori* rien de menaçant. Elle évoque un château d'opérette. Rien que le nom, prison de Venise, peut avoir aujourd'hui quelque chose de désarmant, presque de romanesque, même si dans une ville qui a pourtant inventé la police d'État, les *pozzi* (puits-prison) et les *piombi* (prisons sous les toits), on ne badinait pas avec la justice.

Alma s'amuse de mon opiniâtreté tout en s'interrogeant, j'imagine, sur les vraies raisons d'un tel acharnement. Je lui explique que ce n'est pas un jeu. Face à ces portes closes je me sens réellement dépossédé :

— C'est un héritage commun. J'ai l'impression qu'on veut me priver de ce passé.

— Vraiment ?

Elle pose la question avec une visible ironie et ajoute, presque moqueuse :

— Dans ces conditions, nous avons le devoir de réussir.

Plutôt que de retenir le persiflage, je prends bonne note du « nous » qu'elle a utilisé.

Elle n'est pas née de la dernière pluie. Elle sait parfaitement que le rapport à nous-mêmes et au monde repose toujours sur ce qui fait défaut. Nous désirons ce que nous ne pouvons avoir.

Ma flânerie de début de soirée à la Giudecca se déroule comme d'habitude dans des ruelles désertes. Pas âme qui vive dans le campo San Cosmo envahi par les herbes folles. Ornée de chapiteaux corinthiens, la façade en pierre d'Istrie de l'église Santi Cosma e Damiano est une muraille aveugle. Elle ne laisse absolument rien deviner.

Sa blancheur est inhospitalière, défensive. Ce sanctuaire est plus que fermé, il est hermétique, comme on dit de quelqu'un qu'il est insensible et refuse de comprendre. Une impression de dureté s'en dégage. De beauté aussi. La beauté indifférente qui se moque d'être appréciée.

À l'intérieur se trouvent des peintures du Tintoret et de Sebastiano Ricci. Ou plutôt se trouvaient, car l'église est désaffectée depuis 1810 – encore un coup de Napoléon.

Renseignement pris, l'édifice ne dépend pas du Grand Vicaire.

Je ne parviens pas à retrouver la trace d'Alessandro G., ce Cerf blanc qui sait tout des églises de Venise.

18

Deux églises fermées depuis des lustres se sont ouvertes à quelques jours d'intervalle : Sant'Anna et San Lorenzo.

Même pour les connaisseurs de Venise, Sant'Anna n'évoque pas grand-chose. Elle apparaît pourtant dans la magnifique gravure de Jacopo de' Barbari datant de 1500, une église de style gothique sise au milieu d'un terrain vague. Le campanile a disparu mais la silhouette de l'édifice, dont l'intérieur fut remanié au XVIIe siècle par l'architecte Francesco Contin – le même que Santa Maria del Pianto –, n'a pas changé. L'église est vraiment perdue, tout au fond de la via Garibaldi, bordant un campo en déshérence. Elle a déserté les mémoires. Seule Donna Leon, l'auteur de romans policiers, la mentionne dans *Une affaire d'honneur*.

Ces coins-là m'attirent. À Venise, ils foisonnent. J'aime y rôder. Rôder n'est pas flâner. Le flâneur est un gentleman qui se promène sans hâte et se complaît dans une douce inaction. Le rôdeur est un dévoyé au comportement suspect. À la différence du flâneur qui va à l'aventure sans demander son chemin, le rôdeur veut constamment vérifier où il se trouve.

Depuis longtemps je traîne dans ce quartier désert qu'Hugo Pratt m'a fait découvrir en 1983. D'année en année, l'état de l'église s'aggrave. Récemment, des échafaudages protégés par une palissade ont été dressés sur un mur latéral. Certainement pas pour le réparer, mais pour protéger les passants des chutes de pierre. Sant'Anna est un crève-cœur. Elle donne la mesure de « la grande pitié des églises vénitiennes ». Je paraphrase à dessein le titre d'un livre de Maurice Barrès paru en 1914, même si le statut de ces édifices religieux est différent. C'est à la suite de la loi de séparation de 1905 que l'auteur de *La Colline inspirée* partit en campagne pour sauver de la ruine nombre d'églises de France. Dans le combat barrésien étaient même inclus les sanctuaires sans valeur artistique.

Cela fait des lustres que Sant'Anna n'est plus que l'ombre d'elle-même. Sa porte d'entrée avait beau être mal rapiécée, les deux battants, tenus et verrouillés par une chaîne, restaient bien ajustés. Aucun interstice ne me permettait de voir à l'intérieur. À chacun de mes séjours à Venise, c'est une habitude ; je vais vérifier l'état de Sant'Anna et examiner la situation de la porte de plus en plus rafistolée à l'aide de moyens de fortune : planches clouées, placages stratifiés. Combien de temps allait-elle tenir ? Je me posais vaguement la question sans pour autant souhaiter que les deux battants lâchent et s'ouvrent à tous les vents. Mais sa structure devenait de plus en plus fragile. Lors de mon dernier passage, l'année précédente, j'avais remarqué que la chaîne s'était détendue, un minuscule intervalle commençait à poindre entre les deux vantaux.

L'autre jour, lors d'une inspection de routine, j'ai constaté aussitôt que quelque chose clochait. La chaîne cadenassait et maintenait encore les deux battants, mais à leur jonction un espace d'au moins trois centimètres apparaissait. Inspecteur des églises fermées, quel beau métier ! J'ai lu que c'était l'une des occupations favorites de l'empereur Julien. Il parcourait ses États, constatant les temples à l'abandon où les ordures s'amoncelaient et dansaient au vent.

Je me suis approché de l'entrée, la gorge nouée. J'étais soudain plongé dans un état fébrile. Pas impatient, incrédule, mais contracté à l'idée de ce qui allait se passer. Qu'allait-il advenir ? J'allais m'approcher, pousser un peu plus de mes mains les deux battants, les forcer pour agrandir l'ouverture…

Quelle vision ! Non pas la vue d'une église vide, mais le spectacle de la désolation. Un silence de mort. La cessation effrayante de tout bruit. Sur la droite, l'emplacement d'autels et de chapelles faiblement éclairé par une lueur venue d'une fenêtre des bas-côtés mal obturée. Plusieurs cavités sur les murs où devaient se trouver les statues… Quelques dalles de marbre, des parements, des éclats de moulure sur le sol. Un étage a été ajouté à la nef, d'où ce plafond de mauvaise qualité soutenu par des étais métalliques qui la rapetisse un peu plus. La représentation d'un démembrement, ou plutôt d'un arrachement en règle. On appelle cela un dépeçage. Une volonté délibérée de démonter et de faire disparaître toute forme qui fait saillie. Il ne reste rien, aucune structure, aucun ornement, rien qu'une immense fosse maçonnée sans ombre, à sec. Un mausolée inoccupé dégageant une odeur acide et vaguement ammoniaquée. Une forme d'escamotage, si le mot ne faisait penser à la prestidigitation. Ce n'est pas un jeu et le tour de passe-passe rend ici une note tragique car, même à distance, il est facile de constater que toute substance s'est envolée. Le principe spirituel, l'âme ont disparu. Il est visible que cet effacement est très ancien. Quand s'est-il produit ?

J'ai appris par la suite qu'en 1807 l'église avait déjà cessé d'être un lieu de culte – encore un effet du fameux décret de Napoléon. Elle sera transformée en gymnase puis cédée à la Marine militaire italienne, qui occupera également le monastère attenant jusqu'en 1983. En fait, la découpe de la construction est déjà ancienne. Les autels ont été détachés, le pavement arraché pour enrichir l'église San Biagio où ils se trouvent toujours – hélas, ce bâtiment religieux qui appartient à la Marine ne se visite pas. La rapine est ancienne, d'où la perception d'un lieu dévalisé qui a pris cet aspect desséché. Le plus pitoyable est ce plafond adjoint en 1850 et cette consolidation de fortune qui la déprécie un peu plus.

J'étais là, pétrifié. La chaîne tendue par la pression de mes deux mains se relâchait par moments, je n'entendais plus que son raclement sur l'huisserie. Le frottement des anneaux sur le bois émettait une friction qui me serrait le cœur. Un battement sinistre. Ce va-et-vient intrusif, c'est moi qui l'actionnais uniquement pour apercevoir l'église morte. Un spectacle que je n'aurais pas dû voir.

Après le faux départ de Santa Maria della Visitazione, supposée fermée, voilà que je me fourvoyais une seconde fois. Cette découverte n'en était pas une. J'avais vu Sant'Anna, c'est entendu. Ce n'était pas la peine d'entrer et de marcher dans ce qui avait été la nef, de toucher les anfractuosités où se trouvaient les autels. J'avais tout enregistré malgré la pénombre.

C'était donc cela, ma quête des églises fermées. Entrevoir un édifice brisé, hors d'état, si affreusement mutilé qu'il était impossible d'imaginer son état d'avant. Une grange, un entrepôt, certainement pas une église.

« Des lieux d'ombre et de silence. Ils doivent le rester. » L'avertissement d'Hugo Pratt me revenait en mémoire.

Pour la première fois je me prenais à douter.

19

Lorsque le soir, de retour dans notre appartement de la Giudecca, j'annonçai à Joëlle mon intention de tout laisser tomber, elle s'écria :

— Toi et tes présages ! Je me demande bien en quoi cette histoire de Sant'Anna constitue un avertissement. Tu m'inquiètes : tu vois des signes partout. Je trouve, au contraire, que c'est un encouragement. Un bon début.

Elle parle comme Alma. « Encourageant », « un bon début ». Mais ces prémices n'en finissent pas. Je patauge. Je n'arrive même pas à mettre la main sur ce Cerf blanc qui a rassemblé la plus belle collection de documents sur les églises fermées.

— Je te connais, ajouta-t-elle. Si tu décides maintenant d'arrêter, tu vas le regretter au-delà de ce que tu imagines.

— Qu'est-ce que tu entends par là ?

— Ce n'est pas ton genre d'abandonner. Tu aimes citer Lacan, que tu sembles suivre à la trace. Rappelle-toi : « Ne pas céder sur son désir. » Il faut que tu ailles jusqu'au bout.

Elle m'accompagne souvent dans mes explorations.

Elle connaît Alma et pense que j'ai eu de la chance de tomber sur elle. Nous dînons souvent en sa compagnie.

Abandonner ou pas ? Joëlle me rappelle à quel point ces églises qui font écho à mon dressage catholique sont devenues capitales. Elle pense aussi à ma captivité. (« Évidemment, il faut que tu t'attaques aux églises fermées », a-t-elle noté dès le début). Elle a été élevée par les Ursulines et sait évaluer aussi bien que moi la pesanteur, mais aussi l'attrait qu'exerce cette éducation catholique qui nous est commune – il nous arrive fréquemment de chanter en duo les hymnes en latin de notre enfance pour vérifier si l'on en connaît toujours les paroles. Cet équilibre permanent du péché et de la grâce m'a probablement marqué plus qu'elle. Il y a en tout cas chez nous un mode spécifique de *sentir*, propre au catholicisme.

Avec les tableaux des églises vénitiennes, nous pratiquons le jeu suivant : est-ce une histoire tirée de la Bible ou de la *Légende dorée* ? Ce n'est pas la même chose. Beaucoup d'anecdotes merveilleuses de la vie du Christ, des saints ou de la Vierge proviennent du livre de Jacques de Voragine datant du XIIIe siècle.

Contrairement à moi, elle a répudié cette appartenance, même si elle reconnaît en être encore profondément imprégnée. Son altruisme, son humanité et son sens de la miséricorde, cela s'appelait naguère la charité. Elle se montre souvent plus chrétienne que moi. Plus chrétienne ou plus catholique ? Non, chrétienne. Le côté catholique l'emporterait davantage chez moi. Le rapport à l'image, au visible, au spectacle. La dialectique de la loi et du désir. Et cette façon d'avoir listé les sept péchés capitaux ! Ce sont tout de même ces vices qui mènent le monde. Reconnaissons aussi que, à part l'avarice et l'envie – deux passions tristes –, ils donnent du sel à notre condition humaine. Voilà pourquoi je me sens lié à cette religion. La rémission des péchés est une invention géniale. Il n'y a aucune faute, aussi grave soit-elle, qui ne puisse être remise. Avec le catholicisme, on trouve toujours des arrangements. Quiconque commet une faute sait qu'il sera accueilli à bras ouverts et reconnu en tant que pécheur. La vraie indignité n'est pas d'enfreindre, mais de prétendre n'avoir pas enfreint. C'est Paul qui le dit : le péché véritable est de se croire pur, infaillible.

Bien qu'elle ne l'avoue pas, je vois bien que Joëlle est heureuse de baigner dans cette jubilation intense. Nous sommes en terrain connu, au cœur d'une effervescence bienheureuse. Elle ne connaît pas d'intermittence.

Alors que je déguste mon havane du soir en face des Gesuati, elle m'interpelle :

— San Lorenzo... J'avais oublié. J'y suis passée ce matin. Tu devrais y jeter un coup d'œil. Quelque chose se prépare.

— Pourquoi, elle est ouverte ?

— Non, mais j'ai trouvé qu'il y avait sur la place une animation inhabituelle.

Je m'attache de plus en plus à l'appartement, aux arabesques, à la couleur passée des tissus Fortuny. Avec ses commodes laquées aux formes bombées, ornées de chinoiseries et de scènes champêtres, ses chaises rococo aux pieds courbés, son grand miroir au tain vieilli, piqué de taches cuivrées, sa bibliothèque vitrée, bourrée d'ouvrages d'érudition sur l'histoire et la peinture vénitienne, sa fine odeur dormante fleurant le santal et le cèdre, il possède une beauté moelleuse, sécurisante, légèrement défraîchie.

Une fois de plus, mes nuits sont rythmées par le bruit étouffé, presque un soupir, du vaporetto frappant l'embarcadère, puis de la poussée du moteur qui repart.

Je me rendors rapidement avec cette question : vais-je abandonner ?

20

San Lorenzo entrouverte. En d'autres temps, une telle information m'aurait électrisé. Je serais accouru aussitôt sur les lieux pour voir ce qui se manigance. San Lorenzo est une église qui ne passe pas inaperçue. Rien à voir avec Santa Maria del Pianto ou Sant'Anna. L'édifice est immense et intimement lié à l'histoire de Venise – Marco Polo y est enterré et l'on y recherche désespérément son tombeau depuis des lustres.

Ai-je perdu le feu sacré ? Sur ces entrefaites, un ami cher sachant que je résidais à Venise est venu me rendre visite avec sa femme. Pendant notre séjour, nous accueillerons plusieurs intimes. Certains se passionneront pour mon sujet. D'autres – les plus nombreux – n'y comprendront rien, ou plutôt le considéreront comme un caprice ou une idée fixe. Toujours le même argument : une profusion presque illimitée de palais et d'églises qui rivalisent de beauté s'offre à toi. Pourquoi perdre ton temps à poursuivre une chimère ?

Mon ami est passionné par ce que je lui raconte sur Lacan à Venise. C'est un soixante-huitard qui a réussi. Quelqu'un « à qui on ne la fait pas », comme on dit. Peu enclin à la crédulité, d'un tempérament souvent contrariant, il pourrait être qualifié d'esprit chagrin s'il ne manifestait une inaltérable bonne humeur. Il est curieux, cultivé. Nous échangeons volontiers sur la littérature et la gastronomie, dont il est très féru. Je le sens remué par le spectacle de Venise, qu'il découvre pour la première fois. Nous visitons ensemble nombre d'églises (ouvertes). Le sentiment esthétique du catholicisme l'impressionne. Je lui ai prêté le livre de Catherine Millot[1] qu'il a lu d'une traite le premier soir : « Je ne sais pas comment Lacan s'y est pris mais tu as vu ? Il voulait comme toi se faire ouvrir les portes des églises, la plupart du temps avec succès, on dirait », a-t-il commenté au petit déjeuner, non sans perfidie. Sous-entendu : il est plus malin que toi, ce qui n'est guère contestable.

Dans ce livre remarquable par sa finesse, sa liberté, révélant un Lacan inattendu, exempt d'affectation, Catherine Millot fait la réflexion suivante : « J'appris qu'une porte close pouvait s'ouvrir à qui le demandait avec assez de conviction. » Réflexion dans le droit-fil de l'enseignement de Jésus rapporté par les évangélistes Luc et Matthieu : « Frappez et l'on vous ouvrira. » La phrase précédente du Christ est : « Cherchez et vous trouverez. »

Mon ami a raison. Pourquoi ma demande n'atteint-elle pas le Grand Vicaire ? Il est certain que Lacan, par « son pouvoir de concentration quasi permanente sur un objet de pensée qu'il ne lâchait jamais », se révélait très persuasif. « À force, il s'était

1. *La Vie avec Lacan*, Gallimard, « L'Infini », 2016.

simplifié à l'extrême », indique Catherine Millot. « Sa simplicité tenait aussi à demander ce qu'il voulait de la manière la plus directe. » Elle explique qu'en fait il n'avait pas de psychologie. Le pouvoir qu'il avait résidait dans son absence d'arrière-pensées : « Il ne prêtait pas d'intention à l'autre. »

On sait par Jacques-Alain Miller[1] qu'il cognait à la porte des églises fermées, et il parvenait « *parfois*[2] à faire descendre le sacristain ». Plus étonnant encore, Catherine Millot relate qu'il lui est arrivé un jour de demander au *custode* de lui apporter une échelle pour voir de plus près sous le pied de la Vierge la trace du serpent. Interloqué – ou amusé –, le sacristain obtempéra. Ces échelles de sacristain aussi hautes que les échelles d'incendie d'aujourd'hui, John Ruskin en parle dans son livre sur Venise[3]. À l'époque de ce critique d'art – autour de 1850 –, on se mettait en quatre pour des originaux comme lui, à condition qu'ils soient étrangers. Ces échelles, l'amoureux de l'architecture gothique s'en servait pour explorer les tombeaux aériens des doges. Bravant les toiles d'araignées et la poussière, au risque de se rompre les os, il grimpait jusqu'à la figure du gisant pour surprendre le secret de l'artiste.

Je comprends l'engouement de mon ami pour le livre de Catherine Millot. Il dessine un portrait inhabituel de Lacan, personnage libre, subjugué par Venise, admirateur de l'Église catholique, mais ces

---

1. Psychanalyste, il a publié les textes des *Séminaires* de Jacques Lacan.
2. Souligné par l'auteur.
3. *Les Pierres de Venise*, présenté par Jean-Claude Garcias, Hermann, 1983.

faits relevés par sa compagne n'en rendent que plus mortifiant mon échec. Mon ami a tenu à explorer avec moi les lieux que Lacan, homme de rituel, fréquentait à chacun de ses séjours. Le psychanalyste était muni comme moi du guide Lorenzetti, mais dans sa traduction anglaise. Nous nous sommes rendus à la Scuola San Giorgio degli Schiavoni pour contempler le *Saint Georges tuant le dragon* de Carpaccio. Lacan, intéressé par le spectacle des petites têtes décapitées et des membres épars, y voyait, paraît-il, le fantasme du corps morcelé, une mise en scène de l'expérience de chacun face à l'objet inaccessible comme objet de jouissance. L'objet inaccessible, c'était certainement mon histoire ou du moins, je l'espère, le début de mon histoire.

Lacan s'arrêtait ensuite aux Gesuiti (à ne pas confondre encore une fois avec mes chères Gesuati, situées en face de mon appartement) pour regarder le *Martyre de saint Laurent* du Titien. Celui-là, je n'oserais pas dire que je le connais par cœur. Ce tableau est ensorcelant. Pourtant le spectacle de saint Laurent posé sur les charbons ardents qu'un des bourreaux active est terrifiant. Sur le gril, le supplicié se convulsionne. Un acolyte le maintient avec une fourche pour l'empêcher de se lever. La peinture me rappelle Milan, mon ami photographe, disparu peu de temps avant mon départ pour Venise. Ami du peintre Paul Rebeyrolle, il l'a filmé dans cette chapelle[1]. Avec son sens inimitable de la formule, Rebeyrolle remarquait qu'au lieu d'être en odeur de

1. *Dans l'atelier de Rebeyrolle*, DVD, 57 minutes, 2000 ; *Rebeyrolle ou le journal d'un peintre*, Éditions des Équateurs, 2013.

sainteté, saint Laurent sentait passablement « le cochon grillé ». Pour tout dire, il trouvait ce Titien de mauvais goût, ce qui, relevait-il, n'est pas dans sa manière, d'ordinaire dans le registre de la douceur.

Dans l'une des églises de l'Escurial est exposée une autre variante du martyre réalisée par le même peintre. Les Espagnols considèrent que la force dramatique de cette toile est supérieure à celle des Gesuiti, ce qui est contestable. Je la trouve plus théâtrale, et les flammes du gril qui sont un peu éteintes auraient besoin d'être ravivées.

Il y avait certainement une raison particulière pour que Lacan passe du temps devant cette scène et qu'il s'en serve pour illustrer quelques-unes de ses thèses. *La Légende dorée* nous dit que le supplice du gril subi par saint Laurent l'emporte sur toutes les autres souffrances physiques par sa cruauté. Qu'est-ce qui intéressait Lacan dans cette scène où l'on a dans les narines les relents du corps qui grésille ? L'aspect extatique du saint tendant le bras vers le ciel et entrevoyant déjà le paradis ? Catherine Millot ne nous le dit pas. J'imagine que l'église de style jésuite, richement décorée de marbre vert et blanc, comme si elle était tendue de soieries moirées, devait lui plaire.

En face de la peinture de saint Laurent est située la chapelle de l'Ange gardien, qui fut financée par les tisserands de la ville spécialisés dans les fils de soie et d'or. Est-ce dans cette chapelle que le cadavre de Marmont séjourna pendant six semaines ? Ni le gouvernement français ni les Autrichiens ne voulaient prendre en charge les frais des obsèques de l'homme qui, ayant négocié la capitulation de Paris en 1814, fut considéré comme un traître.

Lors de notre visite, le retable dû à Palma le Jeune (1544-1628) avait disparu. Cette absence m'avait intrigué. À l'emplacement de la toile, nous sommes tombés sur un espace non seulement vide mais barré par deux planches croisées comme un X, pareil à la croix de Saint-André. Mon compagnon n'a pas prêté attention à l'étrange spectacle et je me suis gardé de lui montrer l'état de cette chapelle, privée de son retable et biffée avec insistance par ce X de bois, comme si le lieu avait été déclaré forclos. À Venise il n'y a pas que des églises qui sont interdites à la vue, nombre de peintures qu'on a retirées pour les restaurer ne reviennent que des années plus tard, parfois elles disparaissent à jamais! Ne parlons pas des objets volés. On n'a jamais retrouvé, par exemple, la trace de la *Madone et l'Enfant* peinte par Giovanni Bellini, subtilisée en mars 1993. On est aussi sans nouvelles d'une *Annonciation* de Palma le Jeune déclarée «perdue», autrefois à Santa Ternita, sestiere du Castello.

Pourquoi n'ai-je pas cru bon de signaler à mon ami la disparition du tableau de Palma le Jeune? Moi qui vois des présages partout, je n'allais pas faire état de ma perplexité et ajouter un signe de plus aux doutes qui me traversaient. La chapelle de l'Ange gardien, c'était comme si on avait fermé un théâtre. Les églises de Venise sont plus que d'autres des lieux de représentation. S'il y a de moins en moins de fidèles pour donner la réplique, le décor est toujours là. Et Dieu sait si celui des Gesuiti est spectaculaire, la chaire et ses incroyables draperies de marbre sont à la limite du kitsch. Pour le coup, c'est Palma le Jeune qui s'était éclipsé. Palma le Jeune, tout un symbole ! C'est mon peintre fétiche vénitien. Il faudrait compter les édifices religieux où ses toiles ne figurent pas, il est partout. Le vrai peintre vénitien, ce pourrait être lui. D'accord, il y a Carpaccio, le Titien, Véronèse, le Tintoret. Après la mort de ce dernier en 1576, il deviendra l'une des principales figures du maniérisme vénitien. Palma fait acte de présence dans la moindre église de la cité. « Il est comme le persil, on en met partout », dit-on ici. C'est entendu, il ne fait pas toujours bonne impression – ni mauvaise d'ailleurs. Une sorte de juste milieu. Son apparition a quelque chose de rassurant. Avec lui, on est en territoire familier. Il s'attaque à chaque sujet religieux avec adresse et l'application d'un bon élève. Il donne l'impression d'avoir bien réfléchi à son affaire.

Après, ça se gâte car trop souvent on sent qu'il se désintéresse vite des personnages et de la scène pour passer à une autre commande. Bref, il n'a pas le temps d'approfondir et se fie à son brio. Le problème est que cet opportuniste veut occuper le moindre autel, la moindre chapelle. De ce point de vue, il a réussi son coup. Ce qui ne l'empêche pas de se distinguer parfois, comme à l'Oratorio dei Crociferi, une chapelle longtemps fermée située en face des Gesuiti. C'est lorsqu'elle a été rouverte il y a quelques années – cela arrive ! – que je me suis pris de sympathie pour Palma le Jeune. Son *Christ en gloire bénissant le doge Zeno* ainsi que sa série sur le doge Pasquale Cigogna tranchent avec son style stéréotypé. Et Palma le Vieux ? C'était son grand-oncle. Lui est rare et quand on a le privilège de voir des toiles de ce peintre lumineux qui incarne la sensualité vénitienne, la comparaison s'avère cruelle pour le neveu.

Mais revenons au Palma le Jeune de la chapelle de l'Ange gardien qui n'a probablement pas intéressé Lacan. En tout cas, il n'en fait aucune mention dans son œuvre. Peut-être s'est-il retourné après avoir admiré le *Saint Laurent*. A-t-il aperçu fugitivement la chapelle qui lui faisait face et le retable des Anges gardiens ? D'après la tradition de l'Église catholique, chacun de nous dispose d'un ange gardien et protecteur tel un compagnon. Cet agent de sécurité chargé de notre protection rapprochée, muet, invisible, sans cesse sur notre dos, aurait pu lui donner des idées, par exemple, sur la culpabilité. Mais, comme nous le raconte si bien Catherine Millot, Lacan à Venise suivait un fil. Le fil Carpaccio qui l'emmenait à l'Accademia, où nous nous sommes rendus mon ami et moi pour regarder la *Légende de sainte Ursule*.

L'Accademia, encore un édifice religieux qui n'en est plus un. Ouvertes, fermées, désaffectées, ces églises apparaissent comme un jeu de devinette infernal. Elles se déguisent : « Je ne suis pas celle que vous croyez. » Dès qu'on les nomme, elles se dérobent. Le musée de l'Accademia est situé dans un complexe dont fait partie l'église Santa Maria della Carita, une des plus anciennes de Venise. Une fois de plus, c'est Napoléon qui décida en 1807 de cette nouvelle affectation afin de rassembler les œuvres d'art des monastères et des églises qu'il avait auparavant supprimés. « Je serai un Attila pour Venise », avait-il averti dix ans auparavant. La République vieille de plus de mille ans fut rayée d'un trait de plume. Pour les Vénitiens, il reste le démolisseur, une figure honnie, mais les décisions prises sous son administration témoignent plus d'une volonté de moderniser et de rendre rationnelle l'organisation des édifices religieux hors d'état, souvent désertés par les Vénitiens, que de s'acharner, lui l'ancien Gênois, sur un État naguère dominateur et arrogant que tout le monde avait jalousé.

Nous avions terminé notre tournée lacanienne par *La Présentation de la Vierge au Temple* du Titien, peinture que le psychanalyste révérait, puis par un déjeuner au Harry's Bar qu'il fréquentait, à l'exclusion de tout autre restaurant, nous précise encore Catherine Millot. Mon ami avait tenu à m'y inviter malgré mes réserves. Le Harry's Bar est devenu la cantine où il faut se montrer. Il est surtout destiné aux Américains pleins aux as et aux frimeurs. J'aurais voulu l'emmener à Corte Sconta, le restaurant que Pratt m'avait fait découvrir en 1983. Les tarifs ont bien changé. J'y vais de temps à autre pour ses délicieux *moleche* (crabes mous).

Aussi bien, d'un point de vue gastronomique, Venise n'est décidément pas à la hauteur. La carte des établissements est immuable et s'ordonne autour des éternelles sardines *in saor* (poissons marinés), *baccalà mantecato* (mousse de morue) et des pâtes *al nero di seppia* (à l'encre de seiche). Pourquoi faire des efforts? Dans cette ville, la moindre mangeoire est prise d'assaut. Quel besoin de s'appliquer! «Le risotto aujourd'hui, la pasta demain et toute la vie comme ça», plaisantait l'ancien directeur du Danieli, Gianfranco Bigi[1].

1. Cité par Nicolas de Rabaudy, «À Venise, la cuisine des chefs a du mal à évoluer», Slate, 31 août 2014.

Nous discutons de la cuisine italienne dont il est entiché comme moi. Cuisine italienne ou cuisines régionales[1] ? Éternel débat. Chaque ville a son modèle culinaire, sa spécialité, mais il existe bien une identité commune italienne, un goût national. Dans le plus petit village de la Péninsule, il est rare que l'on tombe sur une gargote comme c'est le cas en France neuf fois sur dix. La pitance est parfois médiocre. Néanmoins, il y aura toujours quelque chose qui rattrape : le vin en carafe, un antipasto à base de produits frais et de saison, une préparation originale de pâtes.

La cuisine italienne est résolument conservatrice. Elle le revendique. Elle n'est pas pour autant immobile. La part belle qu'elle fait aux légumes l'oblige non à innover mais à imaginer de nouvelles alliances. La mondialisation ne l'a quasiment pas touchée. Peu d'interprétation moderne, peu de cuisine d'auteur, sauf dans les grandes villes où, trop souvent, l'on s'évertue à copier le modèle français. C'est justement quand elle se dégage de notre influence qu'elle est de loin la meilleure. Cette cuisine est vraiment un cas d'école. Elle n'a pas fait son *aggiornamento*. Quand tout le monde veut changer les règles du jeu, les Italiens revendiquent, eux, un idéal d'authenticité. Seul ce pays – et certainement pas les Français, dévoyés par une conception postmoderne de la table – pouvait inventer un mouvement comme Slow Food, qui se bat contre la standardisation du goût et prône une éthique de la gastronomie. L'art culinaire italien met en application l'intelligence du passé sans avoir

1. *La Cuisine italienne, histoire d'une culture.* Alberto Capatti et Massimo Montanari, préface de Jacques Le Goff, Seuil, 2002.

conscience de venir *après*, il ne s'applique pas à préserver à tout prix un ordre existant, mais à maintenir des saveurs locales oubliées ou sur le point de disparaître. Un critique gastronomique français, Nicolas de Rabaudy, a parfaitement résumé l'originalité italienne : « L'inné des Italiens a évacué l'acquis. » La Péninsule est moins touchée que d'autres pays par la globalisation de la malbouffe.

Pendant le déjeuner, nous avions longuement disserté sur la fameuse exhortation de Lacan : « Ne pas céder sur son désir. » Qu'entendait-il par-là ? Être conforme à sa voie, obéir à son destin singulier, persévérer dans son être ? Mon compagnon en tenait pour une interprétation déculpabilisante : ne pas se sentir en dette. Et s'il n'y avait pas d'explication ? Un peu comme l'oracle de Delphes : à chacun de se livrer à une prospection dans les profondeurs de sa vie intérieure pour trouver la réponse.

Lacan aimait tellement le Harry's Bar qu'il était tout désemparé le jour de la fermeture hebdomadaire. Catherine Millot raconte que, lors d'un repas, il avait fait passer par le serveur un mot signé « Docteur Lacan » à une table voisine. Intrigué par la beauté d'une jeune femme blonde, il voulait savoir de quel pays elle venait. Commentaire de sa compagne : « Lacan était curieux de tout et de tous, allant toujours droit au but pour satisfaire sa curiosité. » Telle était la « parfaite simplicité » du docteur Lacan[1].

1. Voir *Rendez-vous chez Lacan*, film réalisé par Gérard Miller, 2011.

Avant de repartir en France, mon ami a tenu à m'accompagner dans ma promenade à travers la Giudecca. Le jardin d'Eden et son pont privé, bardé de grilles, l'ont beaucoup excité. Nous nous sommes arrêtés devant le portail interdisant l'accès à l'église Santa Croce. On l'aperçoit au bout de l'allée pavée, très visible comme dans le dessin de Jacopo de' Barbari, où elle figure, avec sa façade de style toscan. Si ostensible, provocante même, mais inatteignable. Je sentais la frustration de mon compagnon. Lui aussi commençait à être gagné par le syndrome des églises fermées. Alors que nous poursuivions notre exploration en direction de l'église des Zitelle, il a avisé sur les quais une porte métallique à deux battants enserrée par une chaîne dépourvue de cadenas. Il l'a poussée. Il avait une idée derrière la tête. Nous avons parcouru une venelle bordée de vieilles maisons. Soudain Santa Croce s'est offerte à nous. Nous nous sommes dirigés vers l'entrée envahie par les mauvaises herbes. Le parvis était couvert de planches de contreplaqué qui pourrissaient. La porte de l'église avait été remplacée par un ensemble de lattes qui en interdisait l'accès. « On va en venir à bout », a-t-il promis d'un ton déterminé. Il est devenu soudain nerveux. Il n'a pas tardé à s'apercevoir que le panneau de bois était très résistant. Après avoir fait le tour du bâtiment, il a apporté un piquet : « On va s'en servir comme pied de biche. »

J'ai dû mettre le holà. Il ne voulait rien entendre. Nous nous sommes presque disputés :

— Vraiment, tu es plus atteint que moi.

Je l'ai regardé avec inquiétude et ai ajouté :

— En si peu de temps !

Il s'est aussitôt calmé.

21

La visite de cet ami m'a revigoré. Les sanctuaires avec leurs corps exhibés évoquant la jouissance, voilà une manière d'envisager cette Venise interdite. Ses ressources infinies, c'est ce qui plaisait tant à Lacan dans le catholicisme. D'après lui, une religion capable de « trouver une correspondance de tout avec tout [1] » était parée pour l'éternité.

Le catholicisme, religion de l'incarnation, on le ressent à Venise plus qu'ailleurs. Ce corps souvent nié ne cesse ici d'être glorifié. S'il existe une ville qui nous fait croire à l'ambivalence du christianisme, qui a toujours su jouer supérieurement sur la dialectique du bien et du mal, c'est bien Venise. La peinture traite de sujets sacrés, mais elle ne cesse d'exalter la nudité, la chair, la beauté des corps. Je sais que les liens entre la religion catholique et la culpabilité ne sont plus à démontrer, mais ils me semblent manquants dans « la ville contre nature ».

Intrigué, je me suis rendu à San Lorenzo, là où

1. *Le Triomphe de la religion*, conférence tenue à Rome en 1974, Le Seuil, 2005.

Joëlle a observé ces derniers jours un mouvement inaccoutumé. Elle avait raison. Un chantier va s'ouvrir. Un groupe de messieurs en costume de ville réparti sur les marches écoute d'un air concentré les propos d'un homme positionné sur le parvis – certains prennent des notes.

Chose incroyable, un des battants de la porte est ouvert. Deux ouvriers apportent à l'intérieur des coffres qui ressemblent à des cantines. Il est visible que la petite troupe composée de six personnes va d'un instant à l'autre s'engouffrer dans l'église légendaire du quartier Castello, sévèrement cadenassée depuis une trentaine d'années. Sanctuaire mythique où fut donnée le 25 septembre 1984 la première de *Prometeo* de Luigi Nono, une œuvre qui passe pour être l'un des grands événements musicaux du XXᵉ siècle. Claudio Abbado dirigeait l'orchestre, l'architecte Renzo Piano avait conçu la scène, Emilio Vedova[1] les décors et l'éclairage. Je me trouvais à Venise à cette date et je m'en veux d'avoir raté cette œuvre absolument inclassable. À cette époque, je ne m'intéressais pas à ce genre de musique.

Prometeo s'avère être une entreprise hors du commun. Elle est rarement jouée et ne semble souffrir que le direct car l'espace où elle est exécutée est capital. San Lorenzo, haut lieu de la musique vénitienne, bénéficie d'une acoustique exceptionnelle. Luigi Nono s'en est servi en utilisant la structure en bois inventée par Renzo Piano, mi-arche, mi-nacelle,

1. Peintre et graveur originaire de Venise (1919-2006). Un musée Vedova a été créé en 2009 dans les entrepôts du sel, sur les Zattere.

dispositif contenant à la fois le spectacle et le spectateur. Ce jour-là, les quatre cents personnes assises sur
des strapontins rouges eurent le sentiment de vivre un
moment unique. Aucune mise en scène, aucune histoire, aucun personnage. Un refus radical de l'effet.
L'anti-opéra par excellence. Toute dimension visuelle
était systématiquement écartée au profit du son et de
l'ouïe. Libérer l'écoute prisonnière du décor théâtral,
telle était la démarche de Luigi Nono, estimant avec
raison que le monde actuel n'a cessé de privilégier la
vision et l'image au détriment de l'audition.

J'ai souvent écouté *Prometeo*, malheureusement
jamais en direct. On le qualifie d'exigeant, de
« drame des sons » pour sous-entendre que cette
musique est inaudible. Luigi Nono voulait réveiller
l'oreille devenue léthargique et souhaitait que l'audi-
teur se débarrasse des clichés de « l'ancienne écoute ».
C'est une démarche difficile à accomplir – d'où le
sous-titre, « la tragédie de l'écoute » –, mais une fois
qu'on a choisi d'oublier ses préjugés et de se laisser
emporter par la qualité du son pur, on est conquis.

Edmond Jabès définissait Luigi Nono comme
« l'homme qui fait parler le silence ». Un comble
pour un musicien, mais cette façon de rendre opé-
rants les sons dans le silence modifie radicalement
notre perception. On est traversé par une sensation
étrange, un je ne sais quoi de limpide, d'inaltéré.
C'est une expérience qui au départ exige un effort
intellectuel, elle ne laisse pas le choix de la passivité
et peut présenter des incommodités, mais on en sort
lavé en même temps qu'ébranlé.

L'honnêteté m'oblige à préciser que je n'écoute
pas du Nono à longueur de journée, mais j'aime de

temps à autre me replonger dans ce bain tonique et térébrant dont rien ne trouble la parfaite transparence. Ce son fondamental impose en effet le silence. Il n'est pas sans rappeler les résonances, les réverbérations, les échos que produit le milieu liquide vénitien. Natif lui-même de la cité, Nono se plaisait à en saisir les sensations auditives, l'écho des sirènes de bateau sur l'eau, les cloches des églises, le bruit fluide des moteurs.

J'avais parlé de San Lorenzo avec cet ami avant son départ : « San Lorenzo, c'est du lourd ! » avait-il tranché avec son parler contemporain inimitable. Il avait raison, l'histoire y pèse de tout son poids. On le voit sur la vue en perspective de Jacopo de' Barbari, mais quelque peu transformé. La forme actuelle du sanctuaire date de 1595. C'est un édifice gigantesque qui s'élève à plus de vingt-quatre mètres de hauteur. Marco Polo y est enterré, mais où ? On y cherche en vain sa tombe depuis des lustres. Elle se trouverait en fait dans une dépendance de l'église.

Que l'auteur du *Livre des merveilles* soit lié à cette église ne m'étonne pas. Sa vie est encore masquée par de nombreuses zones d'ombre. D'ailleurs, il n'a jamais été un héros dans sa ville.

Marco Polo, l'homme qui déchiffre, du moins si l'on en croit Italo Calvino. Dans *Les Villes invisibles*[1], il en fait un héros d'un genre un peu particulier. Alors que l'empereur Kubilai Khan est incapable de connaître toutes les villes de son immense empire, il demande au Vénitien, supposé les avoir

1. Traduction de Jean Thibaudeau, Le Seuil, 1974 ; « Folio », 2013.

visitées, de les lui décrire. Au besoin, Marco Polo invente, mais le grand khan n'est pas dupe. Un aveu intéressant pourtant chez lui : « Chaque fois que je fais la description d'une ville, je dis quelque chose de Venise. »

Attiré par un détail, le petit comité a tourné le dos. Je choisis cet instant pour franchir le seuil et entre avec détermination – une attitude précautionneuse serait suspecte. Personne ne m'a vu. J'avance résolument vers l'autel.

Ce qui me frappe aussitôt, c'est un immense trou au milieu de l'église et le maître-autel colossal divisant le sanctuaire en deux. Les deux hommes transportant les cantines ont disparu, mais je les entends parler de l'autre côté. Leurs voix sont basses, pourtant elles retentissent puissamment sous les voûtes, de même que le bruit d'outils ou d'instruments qu'ils disposent sur le sol. Les impacts ressemblent à des détonations. Je n'ai jamais connu une acoustique aussi impressionnante.

Chaque objet posé émet un boucan d'enfer. Un oiseau, probablement affolé par la lumière qui entre à flots depuis l'entrée – à moins que ce ne soit le bruit –, volette dans tous les sens et frôle la grande arche, à droite du maître-autel. Un pigeon ? À ses ailes en arrondi, courtes et pendantes, je pencherais plutôt pour une chauve-souris.

Au premier coup d'œil, j'ai reconnu l'emplacement où, une trentaine d'années auparavant, Renzo Piano avait installé sa structure de bois adossée à l'autel avec son tabernacle à double face. Je n'en ai jamais vu de semblable. Une grandiose exhibition de corps. De chaque côté se dressent deux sculptures, l'une représentant un soldat romain, l'autre saint Sébastien – Sébastien est présent dans la plupart des églises, c'est sans doute sa pose presque toujours extatique recevant les flèches, cette jouissance déployée que Lacan trouvait obscène. J'ai eu le temps d'apercevoir sur le tympan, au centre, un splendide Christ ressuscité. Et des anges ! Un essaim de chérubins et de *putti* voltigeant de part et d'autre.

L'excavation au milieu du sanctuaire est vraiment étrange, une immense fosse assez profonde entourée d'une palissade. Des fouilles pour retrouver la sépulture de Marco Polo ? Les contemporains de Marco n'ont jamais été impressionnés par son histoire. La recherche de ses restes résume bien le destin de cet homme qui, ayant passé la majeure partie de son existence dans une cour lointaine, faisait figure d'étranger dans sa patrie. L'impression aujourd'hui est qu'on explore pour la forme, on fait des trous. Il faut bien entretenir la légende. Marco Polo fait partie du patrimoine – l'aéroport porte son nom.

Le groupe entre dans l'église. Curieusement, on ne m'interpelle pas d'emblée. L'homme qui conduit la visite invite le groupe à attendre, puis il s'approche de moi, me demandant avec douceur en italien :

— Monsieur, que faites-vous ici ? C'est un lieu interdit.

Je lui réponds en français d'un air niais :

— Excusez-moi, je ne savais pas.

— Ah, vous êtes français ?

Il parle couramment notre langue. Une belle tête intelligente aux yeux scrutateurs sondant l'interlocuteur, une manière élégante et aisée de se mouvoir.

— Bientôt, nous ouvrirons San Lorenzo. Les

travaux vont commencer. Ce sera une nouvelle ère pour l'église. Soyez patient.

— Quand ? ai-je demandé.

— C'est la vraie question. Je ne sais pas.

Je jette un dernier regard à l'église monumentale, aux étais de bois destinés à soutenir les voûtes. Mon œil s'accroche à une plaque tombale sur laquelle est inscrit *Girardus*, ainsi qu'à d'immenses rosaces dorées qui viennent sans doute d'être décrochées et qu'on a posées sur le dallage en marbre rouge.

Dehors, il me faut retrouver mes esprits. Combien de temps a duré mon incursion ? Pas plus de trois minutes. J'ai oublié mon carnet à la Giudecca, mais tout ce que j'ai vu s'est imprimé dans ma mémoire.

En fait, qu'ai-je aperçu ? D'abord une extraordinaire scénographie. Comment ne pas être frappé par la lumière livide de grands fonds marins, le décor, l'incroyable acoustique et surtout la beauté fanée de l'architecture baroque avec cette couleur cendrée projetée sur les murs et les statues à la manière des *vedutisti* (peintres de ruines), un entassement de marbres, de motifs décoratifs brisés (acanthe, festons, palmettes) ? Une forme de démesure aussi qui fait écho en moi. Depuis ma détention je ne cesse de me débattre contre l'espace.

L'immense tranchée au milieu de l'église et ce bric-à-brac pourraient faire penser à un chantier archéologique. San Lorenzo évoque bizarrement un édifice épargné par un tremblement de terre. Les colonnes, les arcatures, les entablements tiennent debout. En apparence, l'ordonnance n'a pas bougé. Mais, à y regarder de près, un subtil équilibre a été rompu, comme si l'assise avait été profondément remuée et que la structure du sanctuaire en avait été altérée. A-t-elle ployé sous l'effet du temps, de l'abandon ? Tout monument en ruine porte le deuil d'une histoire. Et celle de San Lorenzo, qui faisait partie d'un des plus luxueux monastères de Venise, est particulièrement riche. Toutefois, aucun doute : San Lorenzo n'est pas menacée d'effondrement. Qu'y a-t-il donc d'inexplicable dans ce dérèglement ? Une forme à la fois de tarissement et d'attente, un arrêt, un épuisement. San Lorenzo est dépouillée de presque tous ses attributs. Que lui reste-t-il à part un mobilier religieux, scellé, devenu impossible à démonter ?

L'église fantôme a encore quelque chose à offrir. Église fantôme, voilà en fait ce qui la définit. Non pas une église morte. Elle n'a pas tout à fait cessé de vivre. En tout cas, si, à un moment, elle a pu passer de vie à trépas, l'édifice est sur le point d'opérer un pivotement dans le temps, comme l'annoncent la porte entrouverte et l'équipe d'experts. Encore vivace aussi, le souvenir de *Prometeo* que rappelle le rayonnement acoustique des voûtes. Oui, c'est bien cela, revenue de la mort. Comme un fantôme. Mais le temps presse. Maintenant il importe que l'écoulement inexorable soit vite colmaté.

Je suis sonné comme lorsque je venais d'entrevoir Sant'Anna. Cependant le choc n'est pas du tout ici de même nature. À Sant'Anna j'avais été mis face à la figure du désastre. « Vous avez vu un cadavre », dira Alma. J'y ai vu en effet la mort en face. À la sortie de San Lorenzo, c'est plutôt un étourdissement, un trouble, une sorte d'ébranlement. Ou de suspension. Un état intermédiaire entre la frustration et l'enchantement qui m'a laissé coi. Malgré sa vacance, l'église baroque reste majestueusement belle. Demeure encore la trace d'un enivrement ou d'une extase, surtout le maître-autel à double face, le vrai survivant de San Lorenzo.

Sur le parvis, je reviens peu à peu à moi, fixant en face la Questura où se trouve le bureau du commissaire Guido Brunetti, le héros des romans policiers de Donna Leon. Peut-être, à cet instant, m'observe-t-il. Cela n'aurait rien d'extraordinaire. La façade en brique de San Lorenzo possède en effet le pouvoir de nourrir ses ruminations et de faire passer ses cogitations en surmultiplié.

Rien n'a pratiquement changé depuis six siècles dans ce quartier. Le pont de San Lorenzo que je franchis a été peint en 1500 par Gentile Bellini, dans *Le Miracle de la Croix*. On peut l'admirer à l'Accademia. Tableau étrange où l'on voit Andrea Vendramin droit comme un I brandissant fièrement la relique de San Lorenzo qu'il vient de récupérer au fond de l'eau. Thème repris par Palma le Jeune qui représente le même Vendramin agitant le reliquaire retrouvé.

Polizia di Stato, est-il mentionné sur le fronton du bâtiment. Police d'État, l'inscription en impose, comme le signe d'un pouvoir absolu et secret à la soviétique – ou à la vénitienne ! –, paradoxe d'un pays où l'État est faible et divisé. Parfois je me demande comment ce commissaire Brunetti, sagace et mélancolique, s'y serait pris pour s'introduire dans mes églises. Il aurait convoqué le Grand Vicaire, mais j'imagine qu'en Italie on n'assigne pas comme cela un membre du haut clergé catholique. Natif de

Venise, le commissaire Brunetti a beau se déclarer un laïc avéré, il n'en déplore pas moins parfois la fermeture de ces sanctuaires. J'ai une tendresse particulière pour les policiers italiens tels que les romans nous les décrivent. Mon préféré est l'inspecteur Rogas, héros du livre de Leonardo Sciascia *Le Contexte*. Tous ces personnages se débrouillent comme ils peuvent avec un pouvoir en place peu fiable et pusillanime. Ce sont les flics les plus désespérés de la terre, mais ils y croient encore. À quoi ? Difficile à dire, à une essence humaine qui conserve vaguement quelque valeur.

Polizia di Stato, voilà où mes pensées m'ont emmené en contemplant l'inscription visible du parvis. L'équipe d'experts est réapparue, entraînant l'homme au regard aigu, dont l'ascendant sur le groupe est manifeste. S'avançant vers moi, il a eu soin, cette fois, de refermer la porte.

— Que se passe-t-il, monsieur ?

Non, je n'étais pas souffrant ; troublé, à coup sûr.

Je n'arrive pas à descendre les escaliers. Ma première église... Cette fois, un pas important a été accompli. Enfin, je prends conscience que ma démarche n'est pas vaine. Non seulement m'introduire dans ces édifices verrouillés en vaut la peine, mais j'accède à une autre réalité ! Rien à voir avec la pétrification du passé. Un moment actuel, une action en train de se faire, un peu comme un message qu'on décachette en faisant sauter brutalement le sceau.

Que vais-je y lire ? Je ne le sais pas encore. Cette église qui vient de s'entrouvrir a fait naître un trouble. Peut-être une présence dans ce silence, mais un silence habité. Je me souviens que lors de la première de *Prometeo*, le librettiste de Nono, Massimo

Cacciari, philosophe, ex-communiste, qui devint par la suite maire de Venise à trois reprises, a déclaré vouloir « faire rentrer le diable à l'église ».

Trente ans plus tard, en est-il sorti ? C'est peut-être cela, en fait, le plus prodigieux, l'empreinte de *Prometeo*. Le personnage mythologique représenté par Nono s'éloigne de la figure classique du bienfaiteur des hommes dérobant le feu du ciel, enchaîné au rocher. Dans le drame musical, le compositeur a voulu plutôt décrire l'angoisse envers ce qui est différent.

Quelle église ! Elle est si démesurée que je n'ai pas senti l'habituelle odeur de confinement, mais une composition étrange de vieilles pierres coquillées relevée par l'inévitable pointe humide et sombre propre à Venise.

22

Qu'ai-je vu à San Lorenzo? Qui étaient ces gens?
Et cet homme qui les pilotait? J'apprends qu'à la
suite d'une convention signée entre la mairie de
Venise et la fondation Thyssen-Bornemisza, des travaux d'envergure vont en effet bientôt commencer.
En échange d'une restauration de l'église, une
concession de neuf ans est accordée à l'institution
privée suisse pour y créer un musée d'art contemporain. Le chantier est confié à l'entreprise Lares,
connue à Venise pour avoir remis en état le pont du
Rialto et rafraîchi la façade du musée Fortuny et la
Ca'Rezzonico.

En poussant un peu plus loin mes investigations,
j'ai réussi à identifier le meneur du groupe, l'homme
qui m'a gentiment mis dehors. C'est le patron de
Lares, Mario Massimo Cherido, une légende dans
sa partie, chimiste de formation. C'est le maître restaurateur de Venise. Son laboratoire s'est attaqué
récemment à un symbole qui constitue, selon moi,
une forme de repentance pour les Vénitiens : saint
Théodore, premier protecteur de la ville, d'origine
byzantine, abandonné un peu lâchement au profit

de saint Marc. Dans la hiérarchie du culte, l'évangéliste occupe un rang bien plus prestigieux. La conscience d'avoir mal agi a poussé la République à attribuer à *il Todaro*, comme on l'appelle ici, une place de choix. Sa statue est juchée sur l'une des deux colonnes de granit qui surmontent la Piazzetta, au même niveau, *fianco a fianco*, que le lion de Saint-Marc – je pense toujours à Stendhal quand je la traverse : ici, il a appris la défaite de Waterloo.

La restauration de Théodore a constitué un vrai casse-tête car la statue, dont l'original se trouve dans le Palais ducal, est faite de bric et de broc. La tête en marbre, qui est du IVe siècle après notre ère, provient de Turquie – selon toute vraisemblance, c'est la figure de Mithridate ou de Constantin –, le torse date du règne d'Hadrien, l'écu est en pierre d'*Istrie*, les armes en métal remontent au Moyen Âge. Le crocodile que le saint foule aux pieds est en fait un dragon. Pour remettre en état toutes ces pièces sans les désunir et toucher à leur intégrité, il ne faut avoir peur de rien.

Admirons le génie créatif des Vénitiens. Qu'est-ce qui les empêchait à l'origine de demander à un de leurs artistes de confectionner une statue de leur premier saint protecteur ? Ils ont préféré le recomposer. Ce Todaro ne se prévaut pas d'une origine mystérieuse. C'est au Moyen Âge qu'on a décidé, sous l'autorité du doge, de créer ce saint composite. On a prélevé divers morceaux de statues pour en faire un prototype. Le panaché, typiquement vénitien ! Depuis le début, ces descendants de pêcheurs de la lagune n'ont cessé d'emprunter à droite, à gauche, de détourner, voire d'usurper. C'est ainsi qu'ils ont fini par *se trouver*. À y regarder de près, le cou de Todaro est énorme, disproportionné par rapport à la tête et au buste.

Ce qu'on voit sur la colonne est une copie réalisée en 1948. Elle ne respecte pas la nature disparate de ce qui est devenu une création originale car elle est faite d'un seul bloc. En pierre d'Istrie, il va de soi.

Je dois à tout prix revoir Cherido, le restaurateur des monuments de Venise.

Après la suppression du culte en 1810, toutes les peintures de San Lorenzo furent dispersées. Comme il se doit, Palma le Jeune, l'Inévitable, était présent dans le sanctuaire. Mais on a perdu sa trace après la Première Guerre mondiale. Perdre la trace. L'idée même de ne plus *retrouver* m'est pénible. Je crois toujours à un retour de ces fantômes. Le tableau perdu est une *Crucifixion avec saint André et sainte Claire*. Quelque chose me dit qu'il reviendra un jour à la lumière.

San Lorenzo occupe désormais mes journées. Plus j'avance dans mes recherches, plus je me rends compte que l'église est hors du commun. Elle a long-temps fait partie d'un monastère bénédictin destiné aux jeunes filles fortunées de la noblesse vénitienne. D'après les témoignages, ces dernières se la coulaient douce. L'église est divisée en deux. Le magnifique maître-autel, dû à Girolamo Campagna et prolongé par des grilles, fait la séparation. Une partie était réservée aux fidèles, l'autre aux nonnes. San Lorenzo correspond en tout point à ce que dit Philippe

Sollers[1] des sanctuaires vénitiens : des «salons de prière», de véritables boudoirs.

Au musée Querini-Stampalia, j'ai découvert une toile du XVIIIe siècle qui représente la *Prise d'habit d'une noble dame vénitienne à San Lorenzo*. La peinture se trouve parmi toute une série de Gabriele Bella, un des derniers védutistes, consacrée à des scènes de la vie quotidienne, tableaux un peu maladroits dans leur exécution mais vivants et bourrés de détails vrais, taxés d'être accessoires alors que leur précision se révèle pour nous aujourd'hui infiniment précieuse.

Pour qui ne la voit pas, je sais qu'il est toujours vain de raconter une peinture et de la décrire dans ses moindres détails. Cela en effet ne sert à rien. Comment par exemple relater un drapé ? C'est impossible. L'exercice est donc inutile. Pourquoi néanmoins ne peut-on s'empêcher de s'y livrer ? Je l'ignore. Peut-être par besoin de partager une émotion, d'établir une connivence avec autrui. Sans cette complicité, nous ressentons moins.

Imaginez le splendide maître-autel, il occupe le centre du tableau, des anges, dessinés assez naïvement, sont perchés sur l'autel sans trop croire à leur nature céleste. Derrière les grilles, on aperçoit quelques religieuses curieuses observant la cérémonie, laquelle ressemble à une réunion mondaine. Les hommes discutent par groupes dans la nef. Sur les gradins de part et d'autre, encadrés par deux orgues, joue un orchestre accompagné d'un chœur. Au pied des échelons se tient une rangée de femmes

---

1. *Dictionnaire amoureux de Venise*, Plon, 2004.

masquées. Ce détail intrigue. Le tableau dégage un parfum de libertinage, en tout cas de dissipation. L'assemblée se soucie comme d'une guigne de la prise d'habit qui se déroule au pied de l'autel.

Ce qui surprend dans la scène, c'est l'espace. Il constitue en réalité le sujet principal de la toile. Bien sûr, il existe des églises plus vastes à Venise, comme les Frari ou San Giovanni e Paolo. Non sans ingéniosité, Bella a voulu restituer cette surface démesurée que les êtres humains tentent de peupler, d'où ce vide entre les personnages et l'édifice.

Et l'énorme trou qui doit bien mesurer deux mètres de profondeur ? Celui-là m'intrigue vraiment. Qu'a-t-on voulu creuser ? Que cherchait-on ? Je n'ai aperçu la tranchée que quelques secondes. J'étais tellement sollicité par la surabondance que je me suis vraiment rendu compte en sortant de l'incongruité de cette fosse au beau milieu du sanctuaire. Elle est réapparue comme dans un flash. Une *déchirure*, une énorme balafre soulignée par les dalles descellées, coupées net au bord de l'excavation. J'ai peine à croire que le forage vise à retrouver les restes de Marco Polo.

Régulièrement, on reparle de ce tombeau indécelable, il ajoute au mystère de l'auteur du *Livre des merveilles*. On le sait, il fut enterré sous le narthex de la vieille église. Au début des travaux pour transformer San Lorenzo dans sa forme actuelle, en 1580, les restes du voyageur et ceux de sa famille furent transférés dans l'église voisine de San Sebastiano, détruite en 1840. La pierre tombale familiale fut alors rendue à San Lorenzo. Impossible de savoir où elle est aujourd'hui. Ne subsiste qu'un dessin de la dalle avec une inscription en latin conservé au musée Correr.

Ce fait résume assez bien la façon dont par la suite Venise et les Italiens se sont raconté des histoires sur le personnage pour en faire un mythe. Le problème n'est pas de savoir s'il s'est réellement rendu en Chine ou si les aventures qu'il a racontées à un comparse sont inventées ou exagérées, mais comment on a essayé de se rattraper pour réparer le désintérêt qu'il a connu de son vivant. Ne lui a-t-on pas attribué, par exemple, l'introduction des pâtes devenues un plat national alors que les Siciliens, les ayant empruntées aux Arabes, en consommaient déjà un siècle avant Marco Polo ? Les Italiens y croient encore dur comme fer. Est-ce pour se dédommager inconsciemment d'un remords ?

Non, l'incision qui fend en deux la nef a une autre origine. J'ai fini par apprendre que c'est bien un chantier archéologique qui avait été ouvert. On y aurait trouvé, il y a une quinzaine d'années, la trace de deux églises de l'époque byzantine. Mais pourquoi diable n'a-t-on pas refermé la monstrueuse entaille ? C'est triste à dire : il n'y avait plus de fonds pour la reboucher. Les archéologues ont dû facilement s'exonérer d'une telle désinvolture. Quelle importance, puisque l'église est fermée ?

En 2012, à la surprise générale, San Lorenzo a été ouverte à l'occasion de la Biennale. Le sanctuaire servait de lieu d'exposition au pavillon du Mexique. On a pu alors voir l'indécente trouée qui, c'est le moins qu'on puisse dire, faisait tache dans le décor. Un moment, on a cru que le Mexique allait prendre en charge le sanctuaire et le remettre en état. Mais il a renoncé : trop onéreux.

Après cette ouverture de courte durée, San Lorenzo s'est barricadée de nouveau, retombant dans le silence. Elle allait connaître une fois de plus un état d'engourdissement, une autre de ces périodes d'hibernation qui marquent son existence depuis le début du XIXe siècle. Jusqu'au surgissement imprévu de la fondation Thyssen-Bornemisza. Sa dirigeante, Francesca de Habsbourg, a réussi à convaincre la municipalité de la pertinence de son projet. Cette dernière, il est vrai, n'avait pas tellement le choix. D'un côté, neuf ans d'exploitation, c'est vite passé.

Que deviendra San Lorenzo au terme de ces neuf années ?

Manifestation de Vénitiens campo San Bartolomeo. Ils sont trois à quatre cents au pied de la statue de Goldoni, valise à la main pour protester contre le *spopolamento* (dépeuplement). Une immense valise rouge sur laquelle est inscrite *Venexodus* est posée au pied du socle. Un chien est déguisé en lion de Saint-Marc. Amusés, les touristes photographient un homme en costume de doge, vêtu d'une robe pourpre et de l'étole d'hermine. Il est coiffé du *corno*, le bonnet ducal. Des pancartes sont brandies : « Venezia Addio ». « Ciao Venexia mia ». « Non vado via » (je reste ici, je ne veux pas aller ailleurs). La cité historique, qui compte 54 000 habitants, en perd 1 000 chaque année. Les loyers sont hors de prix.

Je regarde avec curiosité cette espèce en voie de disparition qu'est le Vénitien. « Nous sommes en train de devenir comme Pompéi. Une ville que les gens viennent visiter en pensant que les habitants sont morts », déclare l'un des organisateurs. L'assistance est difficile à définir : bourgeois élégants, velours côtelé, veste Barbour ou en futaine ; femmes baguées et soignées, mocassins à glands, mais aussi des gens modestes et des jeunes à casquette, veste en jean et blouson en cuir, nettement plus revendicatifs. Je discute avec l'un d'eux : il me déclare sans aménité que Venise est devenue « invivable ». Il parle de « monoculture touristique ». Le cortège s'achemine vers la mairie. Certains se plaignent que le maire dirige la cité depuis Mestre et néglige Venise. « Pour sauver cette ville, il faudrait une administration spécifique, un régime spécial. Mestre n'est pas la banlieue de Venise, c'est un autre lieu. Il faudrait les séparer. »

Mes sentiments sont mitigés. Ces gens subissent le diktat économique. Les pouvoirs publics s'en désintéressent. Mais ils ne sont ni dans l'échange, ni dans la tolérance, ni dans la transmission. Leur ressentiment à l'égard du touriste bouc émissaire me met mal à l'aise.

Alma, à qui je raconterai plus tard la scène, sourira : « J'ai vu parmi les manifestants une femme qui loue trois appartements Airbnb. De telles pratiques privilégient les locations de courte durée et vident Venise de ses habitants. »

24

San Lorenzo. Je suis certain d'une chose : toutes les églises se ressemblent. Ce point est à approfondir auprès de ce Cerf blanc qui a étudié dans le détail les églises vénitiennes, mais il reste introuvable. Beaux ou laids, anciens ou modernes, les sanctuaires ont tous un air de famille. Ce point commun constitue probablement la supériorité du catholicisme, l'universalité d'un lieu. Une expérience religieuse qui s'extériorise dans le même dispositif, le même programme de signes et d'images symboles. Si ces édifices n'ont pas tous la même odeur, ils possèdent la même texture de silence. Cette épaisseur, plus ou moins compacte, plus ou moins déliée, nous avertit non seulement d'une présence invisible, mais aussi que quelque chose va advenir.

Depuis toujours, cette permanence et cette attente me rendent familiers ces édifices. Dès que j'arrive dans une ville ou un village inconnus, je prends soin de les visiter. Vieille habitude, je vais voir l'église pour y vérifier la substance de ce silence. Il me faut toujours le mesurer à l'église de mon enfance, là où tout a commencé : mes premiers émois esthétiques, la musique et le chant, l'odeur de l'encens, les histoires de l'Ancien Testament, le merveilleux chrétien, la pompe post-tridentine, surtout l'appréhension d'un mystère, l'imminence d'une révélation que j'attendais. Que j'allais connaître. Désir, espoir, présage qui allaient conduire à un dévoilement. Expérience dont les mots peuvent s'appliquer tout aussi bien à la littérature. Ne vise-t-elle pas à mettre en lumière une vérité cachée, un contenu latent et libérateur ? Là aussi, tout a commencé dans mon église paroissiale où, enfant, tôt le matin, je servais la messe à deux reprises, la première étant dite par l'abbé, la seconde, interminable, par le curé. Les deux services étaient devenus pour moi une corvée. Les offices fonctionnaient de manière presque automatique, les célébrants les ayant à la longue vidés de leur contenu. Je m'ennuyais ferme, comme dans les grandes messes du dimanche qui n'en finissaient pas, prolongées l'après-midi par les vêpres tout aussi assommantes.

Cet ennui a fondé l'homme que je suis devenu. Dans les interstices de ce rituel, mon esprit s'introduisait et parvenait à prendre son envol. Rêver, rêvasser, je ne faisais pas de différence. Et laisser aller l'imagination, ce n'est pas ne rien faire. La tête dans les nuages, j'étais en fait très actif. Je n'écoutais que d'une oreille mais cette pratique flottante m'était indispensable. Car j'écoutais vraiment. Sans la liturgie, sans les psaumes et l'orgue, sans l'encens, je n'aurais pu nourrir et soutenir ce vagabondage. Sorti de l'église, dans ma vie normale d'enfant, j'étais incapable d'atteindre cet ailleurs qui m'a constitué.

L'aptitude à la solitude en même temps qu'à sortir

de soi, une certaine expérience contemplative, bref l'apprentissage de l'autonomie, je l'ai apprise dans une église de style néo-byzantin construite à la fin du XIXᵉ siècle, connue en Ille-et-Vilaine et bien au-delà pour ses dimensions considérables, la singularité que lui confère son clocher à bulbe d'oignon. Il fait penser à un sanctuaire russe. Cette église, je la trouve belle, luxueuse, alors qu'au fond de moi-même je sais que son esthétique fin de siècle laisse à désirer. Entre nous, elle est même un peu kitsch. Les statues peintes de Jeanne d'Arc, de saint Joseph et de saint Pierre dans le goût chromo de l'époque ne sont pas des chefs-d'œuvre. Seuls la chaire et les confessionnaux, dus au ciseau d'un ébéniste inspiré, sont dignes d'intérêt. Qu'importe. Elle reste pour moi à jamais somptueuse. N'est-elle pas constituée de toutes mes chimères, de tous mes désirs ? Elle m'a façonné, dégrossi.

Dans ce temple, j'entrevoyais un domaine inconnu, inviolable, étranger à l'existence ordinaire que je menais. Le sacré ? J'en ignorais le sens même si j'en connaissais les manifestations. Il y avait ce mystère de l'eucharistie qui m'intriguait. La présence réelle : cette histoire me torturait les méninges. J'essayais déjà de comprendre cette puissance de l'absence à être présente. Me troublait aussi une forme d'abandon dès l'entrée du sanctuaire. Ou de renoncement. Se dépouiller de celui qu'on était à l'extérieur. Un sentiment qui n'était pas forcément lié au religieux. Une approche palpable du surnaturel que j'appréhendais comme le dévoilement d'une vérité cachée. Quelque chose d'inédit, à l'image de cette *odeur d'église* si particulière, mélange de bougie fumée, de vieilles chaises paillées, d'eau croupie (le bénitier), de substances odorantes accumulées, telles que le Pento, la crème capillaire des hommes, et le parfum chypré des paroissiennes du dimanche. La fragrance restait des jours en suspens dans l'air et finissait par s'user sans pour autant disparaître. Elle laissait une trace infime. Je l'avais identifiée comme l'*odeur Elnett*, la laque violente et presque ineffaçable que les femmes de l'époque vaporisaient sur leur chevelure.

Tirée de l'Apocalypse, l'inscription accompagnant la mosaïque byzantine du *Christ bénissant* sur la voûte de l'abside me plongeait dans des abîmes de perplexité : « Je suis l'alpha et l'oméga. » Je connaissais par cœur la suite du verset : « Je suis le premier et le dernier, le commencement et la fin. Celui qui est, qui était et qui vient. »

Pour l'enfant que j'étais, il y avait de quoi être chamboulé par une telle assertion. Elle retentissait en moi comme une autre énigme à résoudre. Cette affirmation d'un principe immuable, intersidéral, sans frontière ni limite, me donnait le vertige.

J'ignorais alors ce qu'était l'herméneutique. Avec mes maigres moyens, j'essayais d'interpréter non seulement la proclamation du Christ-Dieu mais bien d'autres phrases tout aussi incompréhensibles. L'officiant les citait abondamment, sans chercher vraiment à les expliquer dans ses homélies. La paresse présidait à ses prêches. C'étaient le plus souvent de plates paraphrases de l'Ancien Testament ou des Évangiles.

La Bible est remplie d'histoires sibyllines et de préceptes que je trouvais abscons. Très tôt, j'ai pressenti qu'elle avait cette vertu d'obliger tout lecteur à trouver un sens, à chercher derrière les histoires et les discours d'autres histoires et d'autres discours, invisibles ceux-là, plus parlants que leur apparence pittoresque ou anecdotique.

La phrase de l'Apocalypse – livre qui signifie révélation, dévoilement – est peut-être à la source de mon désir d'écrire. Il s'est déclenché d'abord par l'espoir de me voir livrer le secret de la chose ignorée ou interdite. Mon goût pour la lecture est né de l'ignorance. Si lire a pour but de vérifier ce qu'on sait déjà, l'exercice n'a aucun intérêt. De toute façon, je ne savais rien. Lire pour moi a consisté en un exercice de déchiffrement. Je l'ai entrepris seul, sans soutien, armé de ma seule naïveté. Nul doute qu'une telle investigation m'a été imposée par la sentence inscrite sur la voûte de l'abside en cul-de-four et par l'injonction implicite : « Je suis l'alpha et l'oméga. Maintenant, à toi de te débrouiller. »

J'ai fini par aimer cette phrase. Je l'ai retournée dans tous les sens. Elle possède ce charme infernal de dissimuler et révéler à la fois. J'en suis toujours là. Quand je suis sorti de mon bled pour affronter le monde, ce monde m'a paru un mystère. Un mystère qui pouvait être en partie démêlé, mais ne suffirait jamais à répondre à toutes les questions posées.

J'ai tendance même à penser qu'il s'épaissit. Dès ma première visite à Venise, je me suis douté que ses églises me prendraient à partie. D'emblée, j'ai su qu'elles me renverraient à cet instant de mon enfance. Il était inévitable de les affronter un jour. Les églises de Venise, non les églises de Rome, Florence, Palerme ou Paris. L'église vénitienne les récapitule toutes. C'est là que réside l'essence même du catholicisme dans son plus beau principe de représentation, le plus humain aussi – à Rome, c'est différent, c'est le catholicisme dans sa manifestation la plus grandiose, l'humain y est parfois écrasé. L'approche du divin dans sa part la plus sensuelle, la plus jubilante, dans ce pouvoir de symbolisation infini qui fascinait tant Lacan. Ces églises fermées en sont la quintessence. Elles portent très haut ce qu'il y a de plus indispensable, de plus réussi, de plus occulte et sans doute de plus spirituel dans la transmission du temps. Quelque chose qui se cache tout en se manifestant. La présence d'une absence. Tel est le message de ces sanctuaires scellés par les hommes qui invoquent les outrages du temps. Il importe de les desceller comme on détache ce qui est fixé dans la pierre.

Pour l'heure, je manque cruellement de levier. Pas la moindre trace de mon Cerf blanc. La légende arthurienne prétend que cet animal fabuleux arrive toujours à échapper à la capture.

Je sais seulement qu'il refuse de faire partie des cercles érudits de la ville. Il n'appartient pas au milieu universitaire. Alma en a vaguement entendu parler. Elle paraît sceptique sur l'aide qu'il pourrait m'apporter : « Est-il raisonnable de courir deux cerfs à la fois, le blanc et le noir ? »

Déjeuner avec l'ami Lautrec. On pourrait le croire bougon. Il a une façon inimitable d'exprimer contre lui-même un déplaisir universel. En fait, ce n'est qu'une protection, il ne faut surtout pas s'y laisser prendre. Cet affectif veut garder inentamable son moi profond. Il s'est retiré, plus exactement éloigné. Il se sent bien à Sant'Erasmo. Le sentiment d'exil lui est étranger. Il n'a pas fui ses semblables, il veut les choisir, comme il l'a toujours fait, maître de soi, souverain de sa conduite.

— J'ai créé mon paysage. Tu sais, j'ai toujours créé quelque chose : des chaînes de télé, des émissions. Il n'y a que cela qui m'intéresse. J'ai créé aussi à Sant'Erasmo ma maison de famille. Je me suis intégré à ces paysans. Je pense être l'un des leurs. Tu ne peux pas te figurer comme ça leur fait plaisir de voir le nom de Sant'Erasmo sur une étiquette de vin. Cette résurrection d'un vignoble de la fin du XVIIe siècle, je crois que ça les touche beaucoup.

— Tu te vois comme un paysan ? Avec ton passé ? fais-je avec ironie. Ça prend du temps pour être un paysan, non ?

— C'est possible, grogne-t-il. Disons que je suis dans le monde réel. Je suis comme eux : s'il ne pleut pas, la vigne souffre. On partage les mêmes inquiétudes. La notion de la durée a changé pour moi.

— Canal + et tout le reste, c'est le monde de l'impatience. Avoir tout, et tout de suite. Là, tu dois attendre.

— C'est vrai, admet-il. À la télé, j'accélérais tout le temps. Avec la vigne, c'est le temps qui impose sa loi. La vigne a toujours le dernier mot. À Sant'Erasmo, il faut connaître le mot de passe. En tout cas, l'apprendre. Comme toi, avec tes églises fermées. Un contenu latent que m'ont enseigné tous ces maraîchers.

Connaître le mot de passe. Mon tort est peut-être de croire que seul le Grand Vicaire le détient.

Ce soir, Alma m'apprend que le *Cerf noir* a fixé un rendez-vous dans son bureau du campo San Lio.

25

Alma m'accompagne. Elle pense que le Grand Vicaire comprend et parle le français. Mais la traduction lui permettra de disposer d'un intervalle de temps supplémentaire pour répondre. Alma est détendue. Je le suis moins. Elle s'amuse à l'avance de découvrir le mystérieux et puissant gardien des églises vénitiennes.

Inutile de préciser que le Grand Vicaire n'est pas un inconnu pour moi. Internet est passé par là. Les vidéos révèlent parfois une vérité des visages et de la parole, indécelable une fois rencontrés ces personnages en chair et en os. J'ai découvert sur *YouTube* plusieurs de ses interventions. Il commente par exemple une de ses initiatives à San Fantin en 2011, ouverte exceptionnellement lors de la Biennale. À cette occasion, il a donné le feu vert à une artiste ukrainienne, Oksana Mas, qui présentait une sorte de mosaïque composée de millions d'œufs en bois peints par des femmes en milieu carcéral, référence à *L'Agneau mystique* de Van Eyck.

Visiblement, il est fier d'avoir contribué ainsi à la promotion de l'art contemporain et donné l'occasion à l'Église d'apporter «un message d'espoir et de rachat». Lors de la Biennale de 2007, j'avais été vivement impressionné par une installation vidéo de Bill Viola, *Océan sans rivage*, à San Gallo, une petite église située près de la place Saint-Marc. J'ignorais alors que ce sanctuaire était toujours fermé. C'est le Grand Vicaire en personne qui l'avait fait ouvrir. Sur un fond noir surgissaient en boucle des personnages traversant un rideau d'eau, révélés à la lumière. Une fois incarnés, ils se rendaient compte que c'était fini pour eux et disparaissaient comme s'ils étaient morts à eux-mêmes. Image de notre condition itinérante, de notre passage éphémère sur cette terre.

J'ai aussi mis la main sur un livre en français, *Venise mariale*[1], dont il a écrit la préface. Il y vante le caractère unique du patrimoine artistique de la cité. Le mot beauté revient à plusieurs reprises sous sa plume.

Je me suis mis en rapport avec l'auteur du livre, une historienne bienveillante et enjouée, à la fois très fervente. Comment a-t-elle obtenu cette contribution qui, sans être originale, confère à son travail une légitimité? «La filière arménienne», m'a-t-elle simplement répondu. Elle m'a proposé de m'en faire profiter. «Venise est une mafia», a-t-elle plaisanté. Elle voulait signifier par là, non évidemment la nature criminelle des pouvoirs qui s'y exercent, mais un enchevêtrement solidaire de ceux qui comptent, excluant impitoyablement ceux qui ne font pas partie du réseau. «Il faut connaître le mot de passe qui

1. Noëlle Dedeyan, *Venise mariale. Guide artistique et spirituel*, Favre / Les 3 Orangers, 2013.

ouvre les portes. Alors, vous êtes l'élu », ironise-t-elle. Le mot de passe, je le cherche désespérément.

Nous montons au premier étage. Les locaux sont ordinaires et ressemblent à une pièce de stockage privative pour libraire. Cela sent le papier d'emballage, la colle et le méthanol ainsi que cette odeur tiède de solvant et de polystyrène propre au matériel informatique.

Il nous attend sur le palier devant son bureau. Une façon indifférente d'apparaître. Un sourire de politesse, un peu distant, un simple plissement des lèvres. Ni désagréable ni empressé, plutôt détaché. Une partie de son esprit semble absorbée ou en veille. Visiblement il pense à autre chose, mais cette absence ne dure que quelques secondes. Dans ses interventions sur Internet, j'ai perçu une déprise dans sa façon de parler, une manière de se dégager ou de se détacher des propos qu'il tient, malgré l'apparence d'une opinion assurée.

Il nous invite à entrer dans une pièce qui n'est pas son bureau, mais un local éclairé au néon avec des étagères remplies de livres posés à plat.

La prise de contact. Un moment capital. Le top départ est donné.

En préambule, je crois bon, avec une légère ironie, de m'excuser pour le dérangement et pour mon insistance à le rencontrer. Il tousse, me fixe bien droit dans les yeux et ajuste le ton de sa voix pour dire : « J'ai tout mon temps. » Il sait très bien qu'il m'a fait lanterner, c'est le jeu. Je ne suis certainement ni le premier ni le dernier à tourner dans ce manège dont il est le maître. Se faire désirer, quand on exerce une telle charge, c'est la loi du genre. Oui, un jeu où l'on fait sentir non pas qu'on est le plus fort, mais qu'on possède plus de cartes que l'autre. Un jeu de pouvoir asymétrique où le quémandeur ne peut que subir. Ce jeu, il importe de le faire durer.

C'est toujours la même histoire : l'interlocuteur doit comprendre que l'intéressé est débordé, tenu par mille engagements. C'est une faveur d'être reçu par lui. Il va donner quelque chose de sa personne et, selon toute vraisemblance, n'obtiendra rien en échange. Ou plutôt si : des propos mal retransmis avec en plus un dépit en guise de représailles pour avoir fait mariner le solliciteur. Bien entendu, rien dans l'attitude de l'homme d'Église n'est suggéré dans ce sens. C'est moi qui extrapole. Comment pourrais-je savoir ce qui se passe dans son cerveau et donner une explication à son comportement ? L'habitude de mon ancien métier de journaliste, qui apprend à faire marcher son intuition. Sonder et extraire les intentions cachées de l'interlocuteur puis les déchiffrer au flair est un des b.a.ba de la profession. De même, il n'est pas inacceptable de se fier parfois aux apparences. On peut se tromper. Mais la plupart du temps, au premier contact tout est dit. Une façon de regarder l'interlocuteur, le degré d'élévation et d'abaissement de la voix, le truc pour entrer dans le vif du sujet. Si la suite dément totalement la première impression, on a souvent affaire à une personnalité exceptionnelle.

Ce qui est dit n'a pas tellement d'importance, c'est dans les interstices ou les coupures que peut survenir un détail significatif. J'ai en face de moi un être d'une cinquantaine d'années qui me paraît d'une grande concentration intérieure. Il ne sourit pas. À l'évidence, un émotif qui se contrôle parfaitement et semble posséder un fort sentiment de soi. À plusieurs reprises, le Grand Vicaire revient sur le message de la beauté que peuvent délivrer aux visiteurs certaines églises ouvertes pendant la Biennale. Ce moment de rencontre pour des touristes qui, le plus souvent, ont peu de liens avec l'univers religieux est propice à une réflexion. Une définition de la « pastorale du tourisme ». Il insiste sur sa dimension d'accueil.

Dans cet enchaînement de considérations, j'ai l'impression qu'il émet soudainement une opinion qui tranche avec les injonctions inscrites à l'entrée des églises vénitiennes. Ces pancartes prescrivent de ne pas circuler pendant les offices. « Dans l'idéal il faudrait que les visiteurs entrent précisément au moment de la célébration du culte afin de se rendre compte de la signification du lieu. »

Je demande à Alma si j'ai bien compris, elle confirme que ce sont bien ses propos. Pour bien mettre les points sur les i, il invoque le « contexte » ignoré par tant de visiteurs. Fort à propos, Alma cite l'exemple d'une petite fille qui avait fait pipi dans un confessionnal. Elle prenait le réduit pour un urinoir : « Elle n'était pas critiquable, c'est son stupide de père qui n'avait rien trouvé de mieux pour l'enfant. »

Le Grand Vicaire approuve. Alma, qui a pris un avantage, n'en perd pas une miette. Elle enregistre et traduit d'une voix neutre, mais je sens chez elle une gourmandise à observer les feintes, les sincérités et l'effervescence intérieure de notre interlocuteur.

Il est vêtu d'un costume anthracite et d'un polo noir. Les apparences sont sauves ; tenue classique d'un ecclésiastique du XXIe siècle, mais il s'en distingue par une touche discrète d'élégance. L'habit est bien coupé. Ce n'est pas la mise d'un homme tiré à quatre épingles, mais plutôt celle de quelqu'un qui a le sentiment non seulement de sa dignité, mais aussi du beau. Il pourrait ressembler à un homme d'affaires, mais un businessman ne porte pas de polo en public. Il y a incontestablement une très légère touche artiste, mais exempte de laisser-aller. À plusieurs reprises, il se dit sensible à l'émotion esthétique que procure la liturgie : « L'humus culturel du catholicisme repose sur un appel à tous les sens. » J'approuve avec tant de vivacité cette dernière observation qu'il relève les sourcils et marque un silence. Il me regarde et se demande s'il n'a pas prononcé une incongruité. Non, monsieur le Grand Vicaire, parler de la sensualité dans ce qu'il y a de plus divin n'est pas une aberration. Je ne vais tout de même pas le faire bifurquer sur Lacan et l'« obscénité » des églises vénitiennes.

Il s'exprime avec suavité, d'un ton uni, un sourire toujours défensif. Il nous offre le visage moderne d'un prélat qui, comme en France, a, j'imagine, pris acte du décrochage du catholicisme dans la société. Il se demande comment annoncer l'Évangile aujourd'hui. Lui au moins dispose de solides atouts, un patrimoine religieux hors du commun, mais comment s'en servir sans le dénaturer ?

Nous évoquons le carnaval de Venise, cette triste bambochade ressuscitée en 1980, sur laquelle il se garde bien de se prononcer. Il ne porte pas de jugement mais il annonce qu'il va se servir de l'événement en organisant une exposition dans l'église voisine de San Lio intitulée *Vestire lo spazio* (Vêtir l'espace).

Vêtir, camoufler, parer, on est toujours finalement dans l'univers du masque – le carnaval organise le concours du « plus beau masque ». Comme le déclarait Paolo Sarpi, qui assura la défense de Venise contre le pape au XVIIᵉ siècle : « Je porte le masque mais c'est par obligation, parce que sans lui, personne ne peut vivre en Italie. »

C'est une coutume en effet à Venise que d'envelopper de passementeries les colonnes dans les églises pour les grandes occasions. Une vidéo expliquera la réalisation des tissus Bevilacqua qui les garnissait. C'est ce qu'on fait de plus beau à Venise en matière de brocarts, damas et velours. Pour sensibiliser le voyageur pendant la visite, il a prévu de faire diffuser des parfums et de brûler de l'encens. « Tous les sens seront mis en éveil. »

De temps à autre, je reviens par petites touches au sujet qui m'occupe, les églises fermées. Je voudrais bien faire avancer ma cause auprès de lui en me gardant d'insister lourdement. Cet échange, tout instructif qu'il soit, n'est qu'un prétexte. Va-t-il en déverrouiller quelques-unes pour moi ? J'attends ou plutôt je guette sa réponse, mais le moment n'est pas venu d'en parler. Il a tout son temps et c'est lui seul qui décidera d'évoquer cette affaire, à l'instant opportun, c'est-à-dire à la fin. Il a bien saisi en effet mon idée fixe, mais il doit me faire languir. Je ne pense pas qu'il le fasse avec délectation, mais c'est la règle du jeu, inégale. Le solliciteur doit s'y soumettre. Soudain, il déclare :

— Mon intention est d'ouvrir un jour toutes les églises.

— Toute la question est dans ce « un jour », fais-je remarquer avec prudence.

Il m'examine cette fois en fronçant les sourcils comme si je mettais en cause sa bonne foi.

Dans sa façon placide et quelque peu retorse de parler et de se dominer, il y a des passages que je qualifierais de réfrigérants, une sorte d'indifférence qui est aussi une forme d'incuriosité ! Je ne lui en veux pas de se désintéresser totalement des raisons qui m'amènent à vouloir entrer dans des églises hors d'usage, il n'a pas daigné me demander le moindre éclaircissement sur mon projet.

J'en viens à me poser la vraie question : pourquoi m'a-t-il reçu ? Pourquoi accepte-t-il de perdre une partie de son précieux temps avec moi ? Et s'il était tout simplement heureux de faire savoir au monde extérieur ce qu'il accomplit, d'expliquer l'originalité de sa position dans cette ville, la Jérusalem de l'art ? Ainsi, il entrerait chez notre Grand Vicaire une petite dose de vanité ? Si tel était le cas, je suis sûr qu'il s'en moque. Ne sommes-nous pas tous pécheurs ? Le vrai coupable n'est d'ailleurs pas celui qui enfreint mais celui qui prétendrait n'avoir pas transgressé.

Le gardien des clés. C'est un titre qui lui va à merveille. La vraie puissance. S'y rattachent non seulement le mystère, mais aussi le pouvoir de bloquer. Qu'est-ce que préfère en réalité le gardien ? Non pas ouvrir ou fermer, non, mais agiter son trousseau de clés pour le faire résonner. Vous entendez, mes jolies clés, comme elles tintinnabulent. C'est un peu ce qu'il fait actuellement avec moi, le Grand Portier vénitien. J'entends le cliquetis si mélodieux. Je les vois avec netteté, les clés patriarcales, de lourdes clés rouillées, aux dents encore bien dessinées, qui savent mordre dans la serrure.

Je lui demande combien d'églises fermées relèvent de sa compétence, mais il élude. Je sens qu'il va falloir jouer serré. Dans cette partie finale, il esquive, change de sujet, répond à côté : « Cela fait dix-sept ans que je m'en occupe. » Il parle de sa fonction. Mais je ne lui ai posé aucune question à ce sujet.

Alma me regarde, l'air de dire : « Laissez-moi prendre les choses en main. » S'ensuit un long échange entre eux deux. Ils parlent très vite, j'attrape des mots au passage. À ses mimiques et à sa façon de poser les mains sur son bureau, j'ai l'impression que le Grand Guichetier se ferme, mais surtout qu'il fait semblant de ne pas comprendre.

Tout à coup, il sourit. Il pouffe même, d'un rire gloussant et gracieux qui illumine son visage. Sa figure s'est brusquement métamorphosée. Il reprend ensuite son sérieux, mais subsiste la trace de sa brève hilarité. Cela lui donne un air charmant, cordial, que je ne lui connaissais pas. Enfin il se tourne vers moi. Alma traduit :

— Voilà. Il propose de vous faire visiter trois églises, San Fantin, Santo Spirito et San Beneto[1].

— Pas plus ?

— Je vous conseille d'accepter, dit Alma en baissant la voix, qui prend une inflexion presque confidentielle.

— Ne pourrait-il pas me faire ouvrir aussi Sant'Andrea della Zirada et les Terese ?

1. Ou San Benedetto.

191

— Je veux bien lui demander, mais c'est inutile, il refusera.

Il oppose en effet un niet, sans donner de raison. Il reste maintenant à savoir quand il ouvrira les trois sanctuaires.

— C'est là toute la question. Là-dessus il demeure évasif. Il me fait comprendre qu'il a un planning d'enfer. N'oubliez pas, il tient à faire lui-même la visite. Nous arrivons dans la période des fêtes de Noël.

J'ai le sentiment qu'il est parti pour me faire poireauter une seconde fois. Il va falloir appeler son secrétariat tous les deux jours, prendre mon mal en patience, éviter de sortir de mes gonds. Je n'ai pas le choix. Nous nous quittons comme nous sommes entrés en contact, sans effusion mais aussi sans animosité, du moins de ma part, mais je suppose qu'il en va de même pour l'homme d'Église qu'il est, tout appliqué à la charité chrétienne.

Sans animosité c'est entendu, mais circonspect tout de même, pour ne pas dire méfiant, le Janitor du Patriarcat.

26

Selon notre habitude, nous nous asseyons côte à côte dans l'église San Lio[1]. J'aime son odeur d'infusion de fleurs fanées. Que va donner le débriefing ?

— L'église comme lieu de rencontre. Vous l'avez entendu tout à l'heure, il n'est pas contre. Finalement il est assez ouvert, fait remarquer Alma avec une intonation destinée à me tester.

C'est vrai. J'avais oublié sa réflexion. Il a même laissé entendre que les églises peuvent être pour les touristes un arrêt pour se reposer. Un propos que je n'avais pas noté.

— Comme cela, vous l'avez trouvé ouvert ? dis-je d'un ton neutre. Très jaloux de son pouvoir, en tout cas.

— Je suis d'accord. Il est très content de sa position haut placée. Il est satisfait et même très fier de la fonction, c'est certain, et il sait se faire désirer. En arrivant, j'étais prévenue contre lui. Il aurait pu nous expédier en vingt minutes, il ne l'a pas fait.

— Pourquoi à votre avis ?

1. Le sanctuaire est à présent fermé.

— Je ne sais pas. Peut-être s'est-il senti rassuré. Votre sincérité, le bien-fondé de votre démarche…

Ma sincérité ! Elle ne le dit pas, mais elle a su atténuer la vivacité de certaines de mes questions, je m'en suis rendu compte à plusieurs reprises. Je soupçonne l'intéressé de l'avoir parfaitement perçu. Le plus souvent il s'adressait à elle, ce qui est normal puisqu'elle traduisait, mais déconcertant lorsque je l'interpellais – il regardait ailleurs.

— Je ne suis pas sûr qu'il ait été convaincu par ma bonne foi, dis-je. Mes motivations l'ont plutôt laissé indifférent.

— En tout cas, il s'exprimait avec un certain feu.

C'est étrange, enfin pas tant que cela : nous ne l'avons ni entendu ni vu de la même façon. Ce qui m'a frappé, ce n'est pas son zèle mais au contraire une forme de détachement, voire de neutralité. À moins que ce ne soit chez lui une manière de censurer une ferveur excessive, ou un mécanisme de défense. J'ai l'idée de regarder les notes que j'ai prises tout à l'heure pour lui lire une phrase du Grand Vicaire, mais j'ai beau chercher je ne la retrouve pas. Que s'est-il passé ? J'ai recueilli ses propos mais je n'en saisis plus le sens. Ce que j'ai écrit est incompréhensible.

— Vous avez vu son poignet ? dit-elle malicieusement.

— Non, je n'ai rien remarqué.

— Sa montre, voyons. Je n'en ai jamais vu de pareille, ultra-technologique, un véritable mini-ordinateur de dernière génération ! Un gadget sans doute très coûteux avec toutes les fonctions. Je suis sûre qu'on peut aussi visionner les vidéos.

— Une faute de goût?

— Je ne crois pas. C'est sûr: un tel écran et un tel châssis sont faits pour être vus. Normalement l'homme qui la porte devrait être quelqu'un de vaniteux.

— Ce n'est pas le cas?

— C'est un homme d'action, réfléchit-elle. Ambitieux sans aucun doute. Il s'expose, prend des initiatives. Il espère, je suppose, laisser une trace de ses actes. Son ambition, il l'a mise au service d'une cause... disons supérieure, le patrimoine religieux de Venise. Avec cette question: comment le faire revivre dans une société largement sécularisée?

Elle se tourne vers moi:

— Quel message veut-il faire passer aujourd'hui? Avouez que ce n'est pas facile. Bon, c'est un homme d'Église, mais un homme moderne qui se sert de la modernité, sans complexe. Il y a sa montre, mais aussi la Biennale, l'art contemporain. Il fait feu de tout bois. Il veut être de son temps. Venise pour lui n'est pas un dépôt mort.

— Quand je pense qu'il a une formation d'architecte! Ça ne transparaît guère dans ses propos. En tout cas, il n'en fait pas état.

— Je ne suis pas d'accord. L'importance du lieu... Un goût de la forme... Toutes ces églises où vont les touristes mais qu'ils ne voient même pas. Je suis bien placée pour le savoir. Comment toucher ces visiteurs? C'est une question que je ne cesse de me poser moi-même lors de mes visites guidées.

— Oui, vous le dites souvent: ils consomment mais ne savourent pas.

— Savourer, justement... Ça ne vous a pas frappé

cette histoire de cassolette et de parfums qu'il voudrait diffuser dans cette église, où nous sommes ? Eh bien, chez moi, ça a fait tilt. Accompagner l'expérience d'un plaisir par une mise en condition afin de l'augmenter, c'est épatant, mais il faut oser. Au fond, c'est très vénitien.

Elle qui ne parle guère de sa vie personnelle me confie soudain qu'elle ne peut regarder *Fenêtre sur cour* pendant l'hiver. Elle a besoin du plein été et d'une soirée chaude pour entrer dans le film de son cher Hitchcock... De sa voix douce et fortement timbrée, elle se tourne vers moi :

— Vous vous souvenez ! James Stewart cloué chez lui à cause d'une jambe cassée se laisse bercer par les sons qui viennent de la cour : les rires d'enfants, un bris de vaisselle, un aboiement, un air de piano. J'ai besoin moi aussi de ces bruits de fond pour m'insinuer entièrement dans ce film.

Comme je ne réponds pas, elle déclare :

— Vous comprenez parfaitement cela. Quand vous dégustez votre cigare après le dîner, vous vous imposez un rituel, un certain contexte vespéral. Vous m'avez d'ailleurs dit que la vision des Gesuati en ligne de mire rendait votre havane encore plus délectable.

— Rien ne vous échappe. C'est curieux que vous parliez de James Stewart. J'aime beaucoup le personnage. C'est un homme qui attend. Il est immobilisé, il ne peut pas faire autrement.

— Il regarde aussi. Surtout, il a la passion de l'interprétation.

Cela s'adresse-t-il à moi ? Elle pourrait aussi ajouter que Stewart est un voyeur. Comme moi.

Depuis un moment, elle me voit prendre des notes comme un forcené. Grâce à elle, je parviens à reconstituer la conversation de tout à l'heure.

— Finalement, il vous inspire, notre Grand Vicaire, s'amuse-t-elle.

— Ne renversons pas les rôles, vous l'avez trouvé sympathique, dis-je presque d'un ton de reproche.

— Espérons qu'il ne changera pas d'avis, fait-elle *mezza voce*.

Elle ajoute d'une voix résolument railleuse :

— Sympathique n'est peut-être pas le mot. J'ai trouvé amusant son côté *prima donna*. Vous avez vu son sourire presque carnassier – j'exagère peut-être ! – lorsqu'il nous a exposé sa mission ?

— Le plaisir du pouvoir, il le goûte, même s'il tente de le cacher. On peut même dire qu'il le savoure de manière à le rendre plus délicat, plus intense.

— On ne peut pas le lui reprocher, justifie-t-elle. Il l'utilise à des fins qui ne trahissent jamais l'intérêt de cette pastorale. Il n'a cessé de revenir sur ce sujet.

— Votre intervention a été décisive. Il a changé d'attitude. Que lui avez-vous dit au juste tout à l'heure ?

Elle réprime un sourire indéchiffrable. Sa chevelure rousse, son teint de lait, ce mélange d'allant et de réserve me font penser soudain à l'une de ces filles du feu décrites par Nerval.

— Rien, je vous assure.

— Je ne vous crois pas. Il s'est même déridé.

— Cela vous concernait, avoue-t-elle l'air faussement pris en défaut.

— Qu'est-ce qui chez moi a bien pu le faire pouffer de la sorte ?

Elle refuse d'en dire plus et souhaite passer à autre chose. Elle tire de son sac plusieurs feuillets qu'elle déplie.

— J'allais oublier… La liste des églises fermées.

Elle montre des pages noircies de son écriture.

— Tant que cela ! Je ne m'attendais pas à une telle quantité, fais-je, étonné, en examinant les noms.

— Nous en avons déjà parlé, reprend-elle, déterminée. Comme je vous l'ai déjà dit, je les ai classées en quatre groupes. J'ai fait le total. On obtient quarante-neuf églises. C'est beaucoup, en effet. Le groupe le plus ardu ou le plus intéressant, c'est selon, en tout cas celui qui vous tient à cœur, comprend une vingtaine de noms. Appelons-les « églises fermées fermées ». Je lui sais gré de ne pas employer l'expression « fermées de chez fermé ». Interdites, inaccessibles. Mais leur statut peut changer aussi[1].

Dans ce groupe que je n'ose qualifier d'infernal – il y a quelque chose d'implacable dans cette liste noire – je note les trois églises que le maître des clés accepte de déverrouiller : San Fantin, Spirito Santo et San Beneto. San Fantin m'intéresse moins. Elle a été restaurée et ouvrira ses portes un jour ou l'autre. En revanche, Spirito Santo est un morceau de choix. Je l'aperçois depuis mes fenêtres. J'ai toujours l'impression qu'elle me nargue. Parmi toutes les églises aux portes fermées, elle se révèle la plus impénétrable, avec son tympan en plein cintre orné d'un motif végétal en éventail.

Quant à San Beneto, située près du musée Fortuny, elle est la plus intrigante avec sa fenêtre

---

1. Cette liste se trouve en annexe.

thermale en demi-cercle. Depuis quelque temps, une partie de la baie est entrouverte. Dernièrement, au-dessus de la porte, j'ai constaté la présence d'une canette de bière sur le linteau. Celui qui l'a posée là a probablement essayé de s'introduire dans l'église. Mais comment a-t-il pu escalader le mur qui n'offre ni anfractuosité ni saillant pour s'appuyer ?

Un autre mystère.

27

« J'arrive toujours quand on éteint. » La fameuse phrase de Morand est devenue un topique de Venise. Depuis ses débuts, la cité est toujours sur le point de fermer les lumières. Elle a appris à vivre avec sa fin et n'a cessé de retourner cette imminence en faveur de la vie. « La mort à Venise », symbole de notre fin prochaine à nous Européens : le Parlement de Strasbourg devrait voter une loi interdisant un tel pont aux ânes ! Quand j'ai découvert Venise, à la fin des années 60, un monde aussi disparaissait qui conservait encore des liens avec l'avant-guerre. Quoi de plus normal ? Tout revient à l'identique sous un jour nouveau.

Venise a le chic pour nous posséder en agitant le vieux chiffon de la décadence. Nous adorons nous laisser abuser par le coup qu'elle refait à chaque siècle, et plutôt deux ou trois fois qu'une. C'est toujours la même histoire : chaque époque a la vanité de croire qu'elle vit des situations totalement inédites. Cette fois, c'est « grave ». D'ailleurs, il est trop tard. On ne connaît que trop la chanson. Ce qui ne signifie pas que l'avenir soit rose pour Venise. Une submersion la menace, celle des hommes, plus que de l'eau.

Novembre a apporté les longues journées de pluie. Nous ne déjeunons plus sur la terrasse, sans pour autant la déserter. Survient toujours un moment où, sur le canal de la Giudecca, la lumière resplendit, plus somptueuse encore qu'aux beaux jours. Nous la guettons, penchés sur la balustrade. Parfois le vent fait s'envoler les vieilles chaises de bois. À l'image de notre allégresse. Elle bondit et se soulève. Des trouées illuminent un fragment de la ville, comme dans les scènes de mes livres d'enfance où le saint, au comble de la félicité, est irradié par un rayon.

Je croyais dans les années 50 avoir été élevé dans un autre monde, avoir touché à « l'ancienne France », ce qui est la vérité. Or, un jour, à la lecture de *L'Argent*[1], quelle ne fut pas ma surprise de constater que Péguy décrivait presque avec les mêmes mots un continent perdu que j'avais connu. Son livre a été publié en 1913. À cette date, il pensait que c'était cuit. L'effondrement, bien plus ancien, s'ébauche, selon lui, autour de 1880. La France des terroirs, la France de l'ancien peuple avaient cessé d'exister. Il se plaît à accumuler une multitude de faits qui appartiennent à une époque révolue, celle de sa jeunesse. Par exemple : « De mon temps, tout le monde chantait, la plupart des corps de métier chantaient. » Il ajoute : « Il y avait dans les plus humbles maisons une sorte d'aisance. » Ou encore : « On ne gagnait rien, on ne dépensait rien, et tout le monde vivait. » Une observation tendant à prouver

1. *Cahiers de la Quinzaine*, 1912-1913 ; réédition, préface d'Antoine Compagnon, Éditions des Équateurs, 2008.

que n'existait pas alors cette «strangulation économique» dont par la suite sera victime une bonne part des classes moyennes, surtout villageoises.

Avec *L'Argent*, nous sommes juste avant la guerre de 14. La fin d'un monde. En réalité, cet achèvement a pris effet trente ans plus tôt. Ce monde englouti, selon Péguy, ne l'était pas pour moi. Soixante-dix ans plus tard, je l'ai vu pratiquement intact. Le forgeron, le bourrelier, le tailleur de mon village chantaient en travaillant comme en 1880, mon père boulanger sifflait comme un loriot des chansons à la mode dans son fournil (personne ne siffle plus aujourd'hui). Les plus pauvres avaient beau être sans le sou, ils n'étaient pas démunis. Grâce à la solidarité. La peur du naufrage social ou du déclassement était alors inconnue. En tout cas, Péguy a raison : c'est la bourgeoisie qui a tout saboté, infecté le peuple, «ce beau mot de peuple» qu'il révère par-dessus tout.

À Venise, je pense souvent à *L'Argent*. La réflexion de Péguy de 1913 : «Le monde a moins changé depuis Jésus-Christ qu'il n'a changé depuis trente ans», je ne la cite pas à plaisir pour souligner sa cécité. Je pense au contraire qu'il fait preuve de clairvoyance. C'est le propre des prophètes comme lui de se figurer un certain passé comme définitivement aboli pour mieux aviser ce qui va advenir. Péguy était tout simplement en avance ; ce n'est pas le cas de Morand. Lui ne prétend nullement être un prophète. Ce serait plutôt un visionnaire du passé. Il ne souhaite rien d'autre qu'une réédification du monde ancien. Morand pense lui aussi que c'est cuit – c'est fou comme chaque génération pense que c'est fichu ! –, mais ses regrets sont purement égoïstes. Il n'est affligé que pour lui et pour sa caste.

La mort à Venise, «excellente clé pour le touriste cultivé». C'est Sartre qui le dit en se moquant de Barrès et de Thomas Mann. Selon lui, Venise n'est pas morte, elle se défend même très bien. J'aime le côté intrépide de Sartre. Sa façon tonique et mordante de *contredire* m'émeut profondément. D'une certaine façon, il m'a sauvé la vie pendant mes trois années libanaises. J'ai pu lire *Les Chemins de la liberté*, apporté par mon compagnon Michel Seurat que mes geôliers ont laissé mourir. Combien de fois l'ai-je relu? Vingt, trente fois. Certes, ce n'est pas le nombre qui compte mais, à la longue, le texte vous enveloppe de partout, il vous entoure de tous côtés. C'est une protection. D'où ma gratitude à son endroit. Sartre est l'un des écrivains les plus généreux que je connaisse. Il n'est pas avare d'images, de figures de style et surtout de concepts. Il ne pouvait qu'aimer Venise, la ville de la profusion par excellence.

Il donne à pleines mains. Dans sa munificence, il oublie même ce qu'il a écrit. On ne compte pas chez lui les textes perdus, comme ce manuscrit sur Mallarmé de près de cinq cents pages rédigé en 1948. J'admire sa façon inépuisable de lier l'idée et l'expérience. Parfois, ça déborde. Ce n'est pas qu'il soit dépassé par ses métaphores, au contraire il canalise. Quand il écrit par exemple, à propos de la place Saint-Marc, «les pigeons, morceaux de marbres fous», on peut ou non apprécier la comparaison – au fond, Morand aurait pu écrire cela –, il ne se contente pas de construire un système à partir de ces pigeons, on sent qu'il les a bien observés. « Ils marchent entre les jambes des Anglaises mais à chaque sonnerie, ils s'envolent en ronds fous, une grande étoffe claquante. Je suis sûr qu'ils jouent la peur : pensez ; ça fait un siècle que ça dure. » Remarquez : « une grande étoffe claquante », des images comme celle-ci, il en fournit à foison. Il me fait penser à Picasso tel que le raconte sa compagne, Jacqueline Roques : « Quand ça marchait bien, il descendait de l'escalier en disant : Il en arrive encore ! Il en arrive encore[1] ! »

Le mot de Morand, je le prends à mon compte par dérision. J'arrive quand tout est fermé mais, contrairement à lui, je ne peux m'en prendre qu'à moi seul. Cette contrainte, je me la suis imposée. On ne m'a pas forcé. Curieux, ce besoin de me mettre des bâtons dans les roues, de m'entraver. Réminiscence de ma captivité libanaise où je fus enchaîné pendant plus de deux années – la première année, quand nous n'étions pas attachés, nous avions nos geôliers constamment sur le dos, ils ne cessaient de surgir dans la nuit, vérifier que nous ne nous étions pas échappés.

Cette difficulté, je l'ai choisie. Elle n'est plus oppressive. Elle est la preuve que je suis libre. Elle témoigne de ma faculté d'agir pour mon plaisir, même si le mot plaisir peut prêter à confusion. Ce n'est pas un jeu gratuit qui se donnerait pour rien, par caprice, sans raison valable, encore que le jeu n'en soit pas absent tant l'indétermination est grande et l'issue incertaine. Jouer, c'est aussi s'enfermer

1. Cité par Malraux, *La Corde et la Souris*, in *Le Miroir des limbes*, Gallimard, « Bibliothèque de la Pléiade », 1976.

dans un monde idéal et illimité. Néanmoins, à y réfléchir, cette astreinte n'en est pas une. C'est bien la fermeture qui m'obsède. Je suis à la recherche de signes bruts et silencieux. Ils appartiennent à un territoire séparé, interdit, dans lequel je suis tenu de pénétrer. Ces lieux ne veulent pas être divulgués. Ils refusent d'être touchés. *Noli me tangere.*

Cette quête m'a rendu aveugle. Je suis en circuit fermé, absent du monde qui m'entoure. Je fais partie du troupeau mais je veux piétiner à mon allure. L'audioguide à l'entrée des musées est un sujet de désaccord entre ma femme et moi. Je refuse de me voir imposer des commentaires prédigérés. Je ne veux pas qu'on interfère. Présomption ? Suffisance ? Je me prive parfois d'informations précieuses, mais je me rebelle à l'idée qu'une explication vienne à influencer et à dicter mon goût.

La Venise profane, engorgée, faussement festive, inauthentique, ravagée par la surconsommation et la vulgarité, je ne la vois pas. Aucun mépris de ma part. Ce n'est pas que je refuse de la voir. Elle n'existe pas. Tout naturellement, j'ai fait le vide autour de moi. Depuis longtemps j'ai cessé d'entendre le grondement des valises à roulettes qui battent le pavé vénitien – Alma compare ce bruit au piétinement d'un troupeau de bisons. J'ai oublié leur horrible staccato sur les marches des escaliers et le gros dos des ponts. Je méconnais les hideux yachts de luxe qui louent leur mouillage à prix d'or pour qu'on les admire. Je trouve leur numéro pathétique. Je ne vois même plus les affiches annonçant *Les Quatre Saisons*, la scie de la cité, jouée *ad nauseam*. Ne parlons pas de l'exhibitionnisme des boutiques de luxe. Elles semblent avoir oublié le précepte de Coco Chanel : « Le luxe, ce n'est pas la richesse, c'est le contraire de la vulgarité. » Nulle ville ne cultive plus le simili que Venise : faux murano, masques *made in China*, carnaval en toc, Spritz dénaturé et noyé d'eau à la place du prosecco. Pour moi, c'est le véritable hommage du frelaté à l'intégrité et à la beauté.

D'année en année pourtant, je vois l'avidité grossir. À présent, elle submerge la ville, présidant au système que les Vénitiens avaient imposé sans vergogne en Méditerranée à l'époque de leur splendeur. Cette cupidité, cette voracité remonte à loin, probablement aux premiers temps de la cité, lorsque les ancêtres faméliques, réfugiés sur des îlots de fortune, étaient poursuivis et exterminés. Ils s'en sont toujours souvenus et n'ont eu de cesse de ramasser, d'amasser. Mais aussi de s'interroger très tôt sur le beau dans leurs méthodes de construction.

Tornaconto, rien pour rien, leur âpreté commerciale légendaire ne connaît aujourd'hui plus de limites. Tout pour le tourisme – les touristes, c'est autre chose, il faut qu'ils *rendent* –, les touristes dont on a besoin mais qu'en fait on méprise. Les inscriptions comminatoires se multiplient : *No tourists*, comme à l'entrée de l'Académie des beaux-arts, aux Incurables. Le moindre commerce de proximité (magasin de journaux, droguerie, boulangerie) est racheté pour être transformé en bar ou en gargote. L'espace public est envahi. Les terrasses annexent sans vergogne le domaine commun. L'*abusivismo* règne en maître.

Il n'empêche. Sous mes yeux n'apparaissent que la lumière et l'harmonie, un corso de merveille. La recomposition continuelle du sublime défile devant moi. Je l'avoue égoïstement : j'ai la ville pour moi seul. J'en suis même venu à aimer le silence que m'opposent ces églises fermées. Elles refusent de me répondre, d'accord, mais c'est une façon de me parler. Un tête-à-tête muet, un dialogue de sourds mais, malgré tout, un face-à-face. Deux parties en vis-à-vis, l'une refusant d'engager la conversation. Nous avons beau être mal assortis, nous sommes ensemble. Je reconnais que l'absence de réaction est exaspérante. Mais ce désir crée un tel dynamisme qu'il empêche de voir les obstacles. Désirer ce qu'on ne peut avoir est certainement grisant à condition que l'attente ne s'éternise pas trop.

De plus en plus, les façades des églises vénitiennes se couvrent d'immenses bâches publicitaires à la gloire de marques de luxe. C'est horrible, je le reconnais. Souvent, le sanctuaire n'est même pas en travaux. Sur ce chapitre, je suis devenu très coulant : après tout, s'il faut en passer par là pour les sauver…

Ma femme affirme plaisamment que je suis affecté de la « névrose paroissiale ». Cette manie consistant, sitôt arrivé dans une ville ou un village, à visiter l'église même si elle n'offre pas un grand intérêt artistique. L'assertion est en partie exacte mais ma pathologie ne s'applique pas seulement aux édifices paroissiaux. Cathédrales, monastères, tous les lieux de culte ont ma faveur. Ce que j'y cherche ? Ce qui est perdu : la présence qui habitait mon église d'Ille-et-Vilaine. Peut-être une forme de sacré. Ou encore l'illusion de récupérer des indices de ce passé qui m'a constitué. Cette investigation n'est pas dénuée de complaisance. Nous rêvons tous de retourner à ce moment suspendu de l'enfance, ce point invisible qu'on veut immobiliser, convaincus que le temps cesserait de courir vers la fuite.

Comme je m'en doutais, le Grand Vicaire fait le mort. Les nombreux coups de fil à son secrétariat, les mails, rien n'y fait. Il est très occupé. Telle est la réponse qui nous est donnée invariablement. Qu'il soit très occupé, je le sais. J'ai l'impression de revivre le même supplice d'avant notre rencontre. Au moins les raisons invoquées, le voyage au Japon, la maladie, paraissaient valables. Ce « très occupé » me paraît de très mauvais augure. Alma dit qu'il ne faut pas s'inquiéter. « Au pire, explique-t-elle, nous disposons d'autres pistes. » Ce « au pire » dans sa bouche est inhabituel.

— Je vous l'ai déjà dit, il n'y a pas que le Grand Vicaire. De nombreuses églises fermées ne relèvent pas du Patriarcat.

Elle ajoute avec un art faussement cachottier :

— J'ai de bons contacts maintenant avec l'IRE ainsi qu'avec l'administration de l'hôpital civil de Venise. Un concert de Noël va avoir lieu à la Scuola Grande de San Marco. La personne qui donne les autorisations sera présente. Je vous conseille d'y aller. Il paraît bien disposé. Peut-être vous fera-t-il ouvrir San Lazzaro dei Mendicanti qui se trouve juste à côté. Et qui sait, Santa Maria del Pianto ?

28

Une bonne nouvelle. Alma a réussi à débusquer Alessandro G., le Cerf blanc. Il a épousé une Bretonne et parle couramment le français. Il habiterait dans le sestiere de San Marco, près de l'église San Salvador. J'espère qu'il ne fera pas de manières comme le Grand Vicaire.

Ce matin, je me présente à la Soprintendenza, dont les bureaux se trouvent dans le Palais ducal. Cette administration, qui relève du ministère pour les Biens et Activités culturels, détient la mystérieuse église Santa Maria Maggiore, située près de la prison.

L'architecte dont j'avais fait la connaissance à la fondation Wilmotte doit venir me chercher à l'entrée, où il me faut passer sous un portique et subir un interrogatoire. « Vous avez un rendez-vous avec elle ? » me demandent, l'air soupçonneux, un premier puis un second cerbère. Survient cinq minutes plus tard un troisième vigile qui m'interroge sur l'objet de ma rencontre. Il me semble qu'il usurpe une compétence qui n'est pas la sienne. Je lui réponds abruptement : « *Non è affar vostro !* » (Cela ne vous regarde pas).

Survient sur ces entrefaites la femme que je dois rencontrer. Elle s'excuse auprès de moi pour le désagrément, qu'elle justifie néanmoins par le sans-gêne des touristes qui s'introduisent partout, évoque la sécurité, etc.

Nous montons à l'étage. Avant de passer dans son bureau situé dans l'aile du XIVe siècle, elle propose d'arpenter la vaste loggia gothique qui donne sur le môle et la Piazzetta. Le pont des Soupirs que nous ne voyons pas est tout proche, attirant des nuées de touristes qui ne veulent pas bouger et s'agglutinent sur le quai des Esclavons.

Nous parcourons la loggia déserte qui dégage une odeur légèrement salpêtrée de pénombre. Le pavement à la vénitienne, léger et élastique, ressemble à une toile tendue. Il rebondit sous nos pas. Elle s'arrête entre deux colonnes. À cet emplacement donnant sur la Piazzetta, au temps de la République, les sentences de mort étaient prononcées. Les deux piliers de marbre rouge tranchent avec les autres colonnes en pierre d'Istrie. L'absence de bruits étonne dans ce long balcon couvert qui domine le lieu le plus fréquenté de Venise. Tous veulent photographier le pont des Soupirs. Cependant on ne perçoit pas le bourdonnement de la foule. Personne du dehors ne peut nous distinguer dans le contre-jour de la loggia alors que d'un coup d'œil nous visualisons tout ce qui se passe en bas. Elle dit :

— Vous voyez, c'est cela Venise, des îlots invisibles au milieu du vacarme.

La galerie est à l'image du reste du Palais ducal, immense et silencieuse. Un peu inquiétante aussi par son ambiance feutrée. Écouter et ne rien dire.

Se taire et faire taire, voir sans être vu : le pouvoir tel que le concevait la Signoria de Venise. Étonnante, cette prison cachée sous les combles que l'État s'était ménagée. En principe, personne ne devait connaître l'existence des *piombi* d'où s'échappera Casanova. Toute une administration occulte, inconnue du public, était dissimulée dans les demi-étages de l'édifice. Le black-out, l'omission, l'imprévisibilité, la réticence, l'invisibilité, j'y suis. « On traite à Venise avec un gouvernement invisible », se plaignait Bernis, notre ambassadeur au temps de Louis XV.

Ce poste d'observation dont on n'aperçoit de l'extérieur qu'une rangée de colonnes et les ouvertures quadrilobées me révèle en un éclair que rien n'a changé ou si peu. Certes le format n'est plus le même, mais le système du secret avec ses dimensions aujourd'hui microscopiques est identique. Cette femme, qui dirige un service au sein de la Soprintendenza, n'a pas voulu seulement m'être agréable, peut-être, sans mauvaises intentions, a-t-elle désiré aussi me faire comprendre que c'est elle qui mène le jeu. Je suis sous sa coupe. Comme veut d'ailleurs, depuis le début, me le signifier le Grand Vicaire, sauf que lui semble avoir parfaitement saisi les raffinements et les délices que lui procure sa charge. À moins qu'elle ne veuille m'envoyer un message à sa façon : ici, ce qui est prévisible n'advient pas. Venise bouscule les attentes et réserve ailleurs des surprises à ceux qui les cherchent. Je suis venu remplir un formulaire et survient ce moment sur lequel je ne comptais pas, l'illusion de me trouver dans une intimité du pouvoir, un pur instant immatériel, suspensif comme je les aime.

Les Italiens ont un rapport moins compliqué que nous avec le passé. Ils opposent à l'art leur décontraction, cet environnement fait partie de leur vie quotidienne. En France, un espace comme le Palais ducal aurait été depuis longtemps mis sous cloche et sanctuarisé alors qu'ici, les administrations s'installent volontiers dans les édifices anciens. Une manière de leur garder un principe de vie.

À cet instant déboule devant nous le monstre colossal et familier. Comme Léviathan, il grandit toujours plus. De ses narines sort un fluide gazeux qui trouble l'air. Son ombre enténèbre pendant quelques minutes la loggia où nous nous trouvons. Il rutile de toutes ses écailles réparties sur plusieurs échelons. Spectacle fréquent à Venise, il n'en crée pas moins une stupeur, un mouvement d'incrédulité ! Nous nous arrêtons pour observer, hypnotisés, *la grande nave*, énorme paquebot de croisière. Il défile lourdement devant nous, sa masse écrase le Palais ducal. Les passagers nous font des signes joyeux depuis le pont. Nous ne partageons pas leur allégresse et évitons de répondre.

Nous pénétrons dans le bureau, je fais ma demande qu'elle enregistre sur son ordinateur. Elle est très coopérative. Cependant quelque chose en elle d'exagérément précautionneux me met mal à l'aise.

Sainte-Marie Majeure est à ma portée. Je dois m'acquitter d'un timbre fiscal d'un montant de trente euros. Tout paraît facile, trop facile. Venise déjoue les prévisions…

Avant de nous quitter, elle croit bon de préciser : « La décision ne dépend pas uniquement de moi. Vous comprenez, l'église se trouve dans le périmètre de la prison. »

29

La *bora*, ce vent du nord, sec et froid, souffle sur la place Saint-Marc. Sa violence ne rebute pas les groupes de touristes chinois.

Dans une des sacristies, qui sent le linge amidonné et le velours humide, j'attends la fin de l'office pour faire la connaissance de don Antonio. C'est Alma qui m'a obtenu le rendez-vous. Il est archidiacre du chapitre de la basilique Saint-Marc. « Bien plus qu'un curé », commente Alma. Il occupait autrefois les fonctions de délégué patriarcal pour les biens culturels ecclésiastiques, poste tenu aujourd'hui par le Grand Vicaire. Ce n'est pas lui qui va m'ouvrir les églises, je le sais, mais on ne sait jamais ; il a gardé de l'influence au sein du Patriarcat. Don Antonio apparaît, visage carré, regard espiègle. Sa physionomie de vieux sage est engageante, animée d'un scepticisme bienveillant. Un vrai Vénitien. Il en est fier et se plaît à rappeler cette qualité plus que sa condition de *monsignore*. Depuis longtemps, il a pris acte de la dégradation de sa cité et de la désaffection des fidèles. Je ne peux m'empêcher de le comparer au Grand Vicaire, ondoyant et insondable, qui poursuit ses desseins en se persuadant qu'il est capable de soumettre le réel à sa volonté.

Enfant, don Antonio jouait sur la place Saint-Marc. « Un terrain de jeu comme un autre. Il y avait peu de touristes pour la basilique. » Ordonné prêtre en 1959, il est marqué à jamais par le 4 novembre 1966, la journée noire. L'*Alluvione* (l'inondation). Poussée par un fort sirocco, l'eau monte à près de deux mètres, causant partout des dégâts considérables. « C'est une date capitale, ce jour de novembre. À cet instant nous avons pris conscience de notre fragilité. Tout sera à refaire. »

Il évoque curieusement le salpêtre, le « sel de la pierre ». Sur le moment je suis surpris. Il insiste. Je comprends alors que ce détail n'est pas hors de propos. Il en parle comme d'un personnage vivant qui se déplace sur les murs, s'élève, cherche la sortie. Et si ce dépôt gris aux efflorescences blanchâtres était l'allégorie de Venise ? À l'écouter, il s'est créé un tel rapport entre la ville et cette tache qui la dévore que l'effacer ne sert à rien. On n'évacuera jamais l'humidité. Ce dépôt cristallin l'attaque mais ne l'épuise pas. Au contraire, le salpêtre est son principe actif. L'un ne peut exister sans l'autre :

— C'est un adversaire avec lequel nous ne cessons de composer. Depuis le début, les remontées d'eau par capillarité rongent nos églises et nos palais. En fait, cet affrontement, qui est la contradiction originelle, nous ne le résoudrons jamais.

Il ajoute malicieusement :

— Ce mal assure la valeur permanente de notre effort !

Phrase magnifique qui, dans la bouche de ce prélat

placide et positif, agit en moi comme un révélateur. Plus que l'eau, son élément naturel, le salpêtre est le principe alchimique de Venise, agent de réceptivité et de diffusion, domaine de l'intime, instrument de sa métamorphose permanente. Cette contrainte a permis à la ville de faire mieux que les autres.

Maintenir Venise à flot, est-ce encore possible ? Il cite l'exemple de sa basilique, dont la construction a commencé en 1063. *Sa* basilique, ce ne sont pas les mots du propriétaire mais un questionnement : dans quel état transmettre Saint-Marc, redoutable figure mémorielle appartenant au patrimoine mondial ?

— Quand je pense aux sommes nécessaires pour préserver l'édifice – j'insiste bien : *préserver* et non *restaurer* –, c'est abyssal. À peine a-t-on terminé la cinquième coupole qu'il faut aussitôt reprendre la première.

Don Antonio est un adversaire déclaré du projet Mose (Moïse), ouvrage pharaonique destiné à empêcher la submersion de la ville par un système de vannes mobiles :

— Les fonds étaient disproportionnés. Très vite, ils ont été engloutis par le chantier. Le résultat est qu'ils ont tari l'argent provenant auparavant de la « loi spéciale » votée après l'*acqua alta* de 1966. Cette mesure avait rendu possible le financement des travaux de restauration, beaucoup moins onéreux et bien plus efficaces.

Il marque un silence :

— De toute façon, les sommes à Venise sont insuffisantes pour la faire tenir debout. Restaurer ici coûte dix fois plus cher qu'ailleurs. Pensez au transport des matériaux, à la logistique. Toutes ces églises qui attendent qu'on leur donne des soins. C'est inévitable, il va falloir en fermer encore.

Il me regarde avec une expression faussement attristée :

— Votre enquête se complique. La liste va s'allonger.

— C'est désolant, non ? Vous êtes en train d'effacer du souvenir des hommes ces églises que vos ancêtres se sont attachés à construire et à décorer ? dis-je, un brin provocateur.

— Dans un sens, vous avez raison. Notre contribution à cet héritage est de le faire disparaître. En fait, la question se pose autrement. Sacrifier quelques édifices pour maintenir les autres, nous n'avons pas d'autre choix.

— Sacrifier, vous voulez dire abandonner ?

— Pas du tout, se récrie-t-il presque indigné. Nous ne les supprimons pas. Mais il faut réfléchir à d'autres utilisations. Honnêtement, cela me serre le cœur.

— Si j'ai bien compris, la curie vénitienne serait prête à renoncer à certaines de ses prérogatives pour maintenir en l'état son patrimoine religieux ?

— À une seule condition, déclare-t-il non sans solennité.

Il tient à marquer un temps d'arrêt pour souligner l'importance de ce qui va suivre :

— C'est une exigence. Une nouvelle affectation ne doit pas choquer la sensibilité des fidèles. Ce n'est pas moi qui le prescris, mais le droit canon.

— Vous pensez alors à quels usages ?

— Réfléchissez. Les églises sont à l'origine des

lieux de rassemblement et d'échanges, ouvertes et accueillantes.

Il se tourne vers moi sur le ton de la confidence :

— Entre nous, il n'existe pas de formule magique.

— Que pensez-vous de Chorus, le pass payant qui permet d'accéder à certaines églises ? N'est-ce pas choquant de payer pour entrer dans des lieux de rassemblement, comme vous dites ?

Il fait la moue et répond de manière elliptique :

— Je l'ai refusé pour San Marco.

On sent que tout ce qu'il consent à raconter est le fruit d'une longue réflexion sur la nature humaine. Désabusé mais sans la moindre pointe d'acrimonie. Chez lui l'espérance n'est pas absente – après tout, c'est une vertu théologale – mais teintée de crainte quant à l'avenir. Cette appréhension, il l'évoque avec un franc-parler inhabituel dans le milieu ecclésiastique. Une mélancolie tempérée par son esprit vif, ironique. Sa bonhomie et son indulgence font bon ménage avec son penchant pour la provocation.

— Ce qui nous manque, affirme-t-il d'un ton pince-sans-rire, c'est un nouveau Napoléon.

— Mais vous, les Vénitiens, vous le détestez ! C'est comme si vous l'aviez envoyé en enfer.

— En enfer ! Non, non, dit-il l'air narquois. Je le verrais plutôt au purgatoire.

— Vous êtes bien indulgent. Beaucoup de Vénitiens ne partagent pas votre mansuétude.

— La basilique Saint-Marc, voyons. C'était la chapelle du doge. Napoléon a décidé qu'elle serait désormais le siège du Patriarcat, auparavant à San Pietro de Castello. Pour cela, il lui sera beaucoup pardonné.

J'essaie de l'amener sur un terrain qui me tient à cœur, son successeur, mais il botte en touche en levant la main comme pour dire : ce n'est plus mon affaire. Il y a aussi dans son geste une pointe de comédie, peut-être une façon de bien marquer une différence avec le Grand Vicaire. L'ambiguïté du signe, j'en suis sûr, est voulue. Elle signifie : « À vous d'interpréter. »

En sortant du Patriarcat, je jette un coup d'œil à la basilique Saint-Marc. C'est curieux : en milieu d'après-midi, il n'y a plus personne, alors que le matin le flot est difficile à contenir. Les visites obéissent comme la marée à des mouvements d'oscillation parfaitement prévisibles. Actuellement, nous en sommes au jusant. Lacan disait de Saint-Marc que « c'était quelque chose d'organisé autour du vide ». Le vide et le plein. Les églises non fermées obéissent toutes à ce flux et à ce reflux, à l'image du flot montant et descendant qui régénère Venise deux fois par jour. La mesure de la vie même.

Comme par hasard, mon premier job de vacances, je l'ai décroché dans un édifice religieux. Pendant l'été 1961, j'avais réussi à me faire embaucher comme guide à la cathédrale Saint-Étienne de Bourges, un des plus lumineux monuments de l'architecture gothique. Je commentais les scènes du Jugement dernier qui figuraient sur le tympan du portail central ainsi que les histoires de l'Ancien et du Nouveau Testament représentées dans les vitraux du XIIIe siècle, sans doute parmi les plus purs de l'art médiéval. Le portail central ! Déjà le seuil à franchir pour s'introduire à l'intérieur ! À force d'arpenter les nefs, le sanctuaire n'avait plus de secret pour moi. J'en connaissais tous les recoins.

Un jour, dans une des chapelles de l'abside, j'avais découvert une porte ingénieusement dissimulée au milieu d'une boiserie. Il suffisait de la faire pivoter pour accéder à un passage secret permettant de pénétrer dans tout l'arrière-décor de la cathédrale. C'est une manie chez moi depuis le début : je veux m'introduire dans les lieux prohibés. « Interdit au public », « Staff only », à la vue de ces inscriptions, je ne cherche pas aussitôt à entrer, mais j'essaie d'abord de comprendre ce qui bloque. Où est le code caché ? Quel est le sésame ?

J'étais alors secrètement amoureux d'une belle Berruyère. Ses parents tenaient une épicerie fine dans une rue avoisinante. Au début, je la trouvais un peu bêcheuse mais elle se mit à changer d'attitude lorsque je lui fis découvrir l'entrée dérobée. À mes moments libres, lorsque je n'avais pas de groupe à emmener, nous nous glissions dans la chapelle, attendions une ou deux minutes pour constater que nous étions seuls. J'ouvrais alors le dispositif, le battant s'écartait et tout un monde inconnu s'offrait à nous. Du haut de la galerie intérieure, invisibles, nous pouvions apercevoir les touristes en bas, minuscules. Des ornements d'autel abandonnés, des lambeaux de dais, des chandeliers désarticulés étaient entreposés dans des salles désertes, constellées de nids de martinets en forme de boule. Nous restions des heures dans l'une des deux tours, alors inaccessibles aux visiteurs. De ce lieu interdit, appuyés à la balustrade, nous regardions, bien au-delà de la vieille cité, les faubourgs et la campagne au loin.

Jamais pourtant endroit ne fut plus propice, mais à aucun moment je n'ai osé lui déclarer ma flamme. J'étais timide. Je crois qu'elle ne l'était pas. Son comportement non dénué de fierté exigeait, me semble-t-il aujourd'hui, que je fasse le premier pas. C'était impossible pour moi. Elle m'en imposait trop. Son port de tête et sa façon altière de se tenir et de parler me paralysaient. Néanmoins il y avait une complicité entre nous. Liés par une peur diffuse, nous avions le sentiment de profaner la face secrète du sanctuaire, de piétiner le côté défendu, qui ne doit pas être vu. L'alphabet occulte des entailles et marquages sur les poutres provenant d'arbres abattus au XIIIe siècle, les chapiteaux grossièrement sculptés de figures monstrueuses, tout ce monde clandestin à la fois nous menaçait et échauffait notre imagination. Aucun bruit. Nous étions intimidés par cet envers de voûtes et de coupoles. Parfois je croisais son regard noir intense et ses yeux moqueurs – ou peut-être méprisants. Attendait-elle un geste de ma part ? Les coulisses de cette cathédrale ont gardé pour moi une charge érotique.

Plus tard, étudiant à l'École supérieure de journalisme de Lille, alors que nous étions tenus de faire pendant la période des vacances un stage dans la presse régionale, j'avais choisi aussitôt *Le Berry républicain*. En souvenir d'elle et de nos après-midi d'été caniculaires à défaut d'être torrides. L'envers du décor qui se révélait dans le silence et la pénombre m'apparaissait paré d'un romanesque qui a longtemps excité mon imagination. Mais peut-être n'attisait-elle que ma crédulité et mes illusions.

30

Assis sur une banquette de velours apparaît devant moi le Cerf blanc appuyé sur le mur décoré d'ornements pompéiens à l'imitation des grotesques antiques. Je l'ai cherché si longtemps.

Nous sommes dans le café du musée Correr. Maintien droit, visage osseux, physionomie sévère, regard au scanner. L'expression de mon interlocuteur, qui m'avait été recommandé par le spécialiste de la pierre d'Istrie, se raidit un peu plus quand je tente de lui décrire l'objet de mes recherches. Il ne comprend pas mes intentions, ce qui n'est guère étonnant, elles ne se sont jamais caractérisées par leur intelligibilité. J'ai toujours l'impression que mes explications sont fumeuses. Elles le sont d'ailleurs dès que je m'exprime. À l'oral, je pars dans tous les sens. Je submerge mon vis-à-vis sous un flot de justifications, craignant qu'il ne saisisse mal le sens de ma démarche. J'ai beau faire, je donne l'impression de me disculper.

À travers mon exposé, limité aux raisons de ma quête, il finit par comprendre que seules m'intéressent les églises fermées. Son visage s'éclaire, mettant en valeur par contraste la pétillance de son regard. Je lui décris l'état de mes recherches, en essayant d'introduire dans mon récit un peu de dérision. La relation de mes déboires ne lui arrache ni sourire ni mimique compatissante. Il me regarde froidement, sans hostilité, mais avec ce que je crois être un fond d'indifférence. C'est seulement quand j'évoque le Grand Vicaire que sa figure s'anime un peu, en fait très peu, ce sont les traits qui s'adoucissent :

— Je ne l'ai vu qu'une seule fois. Je lui ai écrit aussi, il ne m'a jamais répondu. C'est un personnage étrange.

Il serait aventureux d'affirmer qu'il ne le porte pas dans son cœur car rien n'indique une quelconque animosité à son endroit. Mais le ton est particulièrement tranchant.

Tout est sobre chez lui, le port, la parole, la mise. Comment l'apprivoiser ? Par où commencer ? Je sens qu'il faut être prudent. Il peut se refermer sur un mot de travers. Je lui demande comment lui est venu cet intérêt pour les églises. Cette entrée en matière semble le satisfaire. Il explique qu'il n'est pas historien de formation et se déclare heureux de ne pas appartenir à la tribu. Cette autonomie lui a permis d'approcher ces églises sans *a priori*. Sa vie professionnelle, il l'a passée à la maison Osvaldo Böhm, un établissement autrefois célèbre à Venise sis Salizzada San Moise, spécialisé dans les gravures, estampes originales, photos anciennes. Böhm est notamment connu pour détenir la collection Naya, riche de plus de 35 000 épreuves originales réalisées au XIXᵉ siècle aussi bien à Venise qu'à Chioggia, Capri et Naples. Dans cette boutique légendaire, il a été initié à la recherche et au classement de documents anciens. Ainsi est-il devenu un grand brasseur d'archives. La plupart des églises fermées que je cherche désespérément à forcer, il les a connues ouvertes.

— J'ai commencé en 1965. Je ne connaissais rien. J'ai appris seul en les explorant systématiquement. J'entrais en action à 6 heures du matin. À l'époque, on ouvrait aux aurores. Je photographiais selon le même ordre, extérieur, intérieur, monuments, sculptures et peintures. Un recensement systématique. Je dessinais aussi le plan de l'église en indiquant l'emplacement exact des œuvres. À 9 heures, je rejoignais mon travail chez Böhm. J'ai inventorié ainsi tous les sanctuaires vénitiens, y compris ceux qu'on a détruits. Avec de la patience, de l'organisation, de la chance aussi, j'ai pu entrer à peu près partout. Le tout est de savoir attendre. L'expérience m'a appris qu'une opportunité finit toujours par se présenter.

Savoir attendre. Il habite sur place. Il ne s'est jamais énervé. Sa détermination tranquille a fait le reste. À l'en croire, il est parvenu à pénétrer dans presque tous les édifices religieux. Mais il lui a fallu cinquante ans… Non sans ménagement, je demande au hasard s'il a visité Santa Maria Maggiore. (Pourquoi ce nom ? Peut-être à cause de ma requête récente auprès de la Soprintendenza.) Il marque un long silence. Je réalise que ma question est de caractère inquisitorial. Ne va-t-il pas se braquer ?

— Pourquoi vous intéressez-vous à cette église ? demande-t-il.

J'évoque ma récente visite au Palais des doges. Il ne fait aucune réflexion sur les chances de me faire ouvrir l'édifice.

— Une église très intéressante, mais pratiquement interdite à cause de la prison. Celle-là m'a donné du mal. J'ai fait plusieurs demandes auprès de la Soprintendenza. Toutes refusées. Jusqu'à ce que je rencontre un jour un géomètre qui m'a confié qu'une fenêtre cassée avait laissé entrer des pigeons. L'église était couverte de guano. Impossible d'y pénétrer. La fiente a fini par être nettoyée et j'ai pu m'introduire avec le géomètre lors d'une de ses visites en 2015. J'ai établi une fiche, je crois assez précise, sur l'édifice.

Il me semble qu'est venu le moment de lui poser la question de confiance.

— Cette documentation et toutes ces fiches, accepteriez-vous de me les montrer ?

— Oui.

C'est un consentement sobre sans doute mais net. Il n'a été précédé d'aucune hésitation.

À l'observer dans ce décor composé de palmettes et d'oiseaux exotiques, je me dis qu'au moins lui *a vu*. Il a eu accès à ce qui ne cesse de m'échapper. Il me vient alors subitement une idée extravagante. Si ces portes continuent pour moi à être de la sorte condamnées, peut-être me reste-t-il en désespoir de cause une solution : me les faire entrouvrir par lui. Je verrai à travers son regard. Il me les décrira. Comme le faisait Marco Polo avec le grand khan. Je serai l'empereur de Chine.

Je ne suis pas comme lui à la tête d'un État immense. Je vais faire les choses à l'envers. La débâcle et l'échec ont commencé pour moi avant la conquête. D'ailleurs, il n'y a jamais eu de prise. Aussi bien la description à laquelle se livre Marco

Polo qui, lui, connaît en principe les villes invisibles se révélera un fiasco pour le souverain. Son royaume n'échappera pas à la « morsure des termites ».

Reconstituer ce qui au départ a été réduit en poussière, visualiser l'insaisissable par le biais d'un médium. L'entreprise n'est-elle pas exaltante ? Grâce à lui, je vais pouvoir communiquer avec les églises invisibles. Il sera mon spirite. Acceptera-t-il ? Je doute fort que les tables tournantes de l'imagination soient son genre. On voit bien que c'est un homme méthodique. Son esprit rationnel et déductif ne doit guère faire bon ménage avec les chimères.

Son intériorité, ce dedans d'un être que l'on croit appréhender, me fait soudain penser à un de ces hidalgos peints par le Greco. Au fond, il n'a rien de vénitien, cette apparence solaire et exubérante qu'on observe par exemple dans la peinture de Véronèse. Celle-ci pourtant n'est pas exempte d'une sérénité qu'on pourrait retrouver chez lui. Il est impassible, pas serein, ce n'est pas la même chose. Fermeté et maîtrise de soi, ainsi se caractérise l'extérieur du personnage qui me fait face. J'ai l'impression qu'il m'étudie. Différent d'un regard qui juge, c'est un regard qui jauge.

L'évaluation semble pourtant avoir été positive puisqu'il a donné son accord. Néanmoins je le sens non pas méfiant mais dubitatif. Je ne lui ai révélé qu'une partie des mobiles. Il ignore tout de mes motivations personnelles. Et pourtant je crois qu'il soupçonne quelque chose. C'est peut-être cette part indéfinissable qui l'a poussé à accepter. Ou tout simplement la curiosité ?

— Connaissez-vous le musée diocésain? dit-il d'une voix qui s'est adoucie.

— Pas encore. Il fait partie de mon programme.

— Je vous conseille d'aller y jeter un coup d'œil. Il n'est guère fréquenté. Beaucoup de tableaux provenant des églises fermées y sont rassemblés. Ça vous donnera un aperçu. Le Grand Vicaire, je crois, est très impliqué dans ce musée.

D'un ton pour la première fois réprobateur qui semble signifier que ce dernier se fait du patrimoine artistique une conception pour le moins personnelle, il déclare avec un soupçon de mépris:

— Il n'y a même pas de catalogue!

C'est sans appel. Peut-être en a-t-il trop dit. Pas à l'égard du Grand Vicaire, mais à mon intention. Car cette incitation à visiter le musée des églises fermées n'est pas très réconfortante. En somme, il me propose un pis-aller.

Nous convenons d'un rendez-vous chez lui à une date assez rapprochée.

J'aurai le temps de visiter le musée diocésain.

31

Voici un point de la situation avant les fêtes de Noël. Combien d'églises se sont ouvertes ? Une seule, San Lorenzo, et encore par hasard. Une fausse église fermée, Santa Maria della Visitazione. Une, entredéverrouillée et inaccessible, Sant'Anna. En attente : San Benetto, San Fantin et Spirito Santo. Ces trois-là dépendent du bon vouloir du Grand Vicaire. Il tarde à donner son feu vert. Incertitude quant à l'IRE, l'organisation qui détient les clés des Penitenti ainsi que de l'Ospedaletto et des Zitelle. Vagues espérances pour l'hôpital civil de Venise qui a la haute main sur Santa Maria del Pianto et Mendicati. Inutile de s'étendre sur les cas d'autres sanctuaires cadenassés devant lesquels je passe régulièrement… Ceux-là sont des causes désespérées. Ils me mortifient. Je dois les oublier. Je les cite néanmoins pour mémoire et par masochisme. Les Terese, Sant'Andrea della Zirada, Sant'Aponal, Misericordia, Sant'Agnese, Catecumeni, Eremite, Santa Guistina, etc.

Une mention particulière doit être faite pour la Giudecca avec Santa Croce et Santi Cosma e Damiano, ces deux édifices qui ponctuent ma promenade de début de soirée. Ils me font rêver. Curieusement, leur fréquentation assidue ne crée chez moi aucun sentiment de frustration.

Cependant ce serait trop commode de noircir exagérément la situation. Le terrain est moins clos qu'il n'y paraît. Grâce à Alma, il s'est même élargi. Le centre de gravité limité au Patriarcat s'est déplacé. Des espaces s'ouvrent. Des circonstances plus favorables se présentent à travers les rencontres que je cherche à multiplier. Stratégie d'écart ou, si l'on veut, de contournement. Il est des détours qui rapprochent du but et permettent de l'atteindre plus rapidement. En tout cas, je veux m'en persuader. Dans ce qui ressemble à un combat, j'ai au moins compris qu'il ne fallait pas concentrer son attaque sur une aile. L'apprivoisement du Cerf blanc s'inscrit dans cette approche. Il n'entre aucun calcul dans ma conduite. À présent, je n'ai pas d'autre choix, agir par des moyens indirects.

Claudia ne saurait pourtant être qualifiée de «moyen indirect», même si elle connaît mieux que personne les églises de Venise. Toutes les églises, ouvertes ou fermées. Elle y passe de longues heures. J'envie son regard. Il a contemplé nombre de ces sanctuaires qui se refusent à moi. Quand l'église où elle travaille est accessible, elle écoute les commentaires des touristes. Elle voit sans être vue depuis les échafaudages. Rien de plus confidentiel que ces plates-formes et passerelles métalliques adossées aux murs des sanctuaires. Ces enclos souvent cachés par des bâches ont quelque chose d'inextricable. Mais

Claudia est discrète et trop bien élevée pour épier ses contemporains. Son air réfléchi et ouvert personnifie à la fois pour moi ce qui est caché et ce qui est divulgué. Elle prolonge à son gré la durée d'existence des œuvres d'art comme la déesse Athéna le faisait des mortels. C'est elle qui ranime et embellit de ses mains les murs des espaces sacrés. Elle incarne l'activité ingénieuse, celle qui se déploie dans tout ce que les hommes et le temps ont endommagé.

Figure respectée dans le monde de l'art à Venise, Claudia est restauratrice de tableaux. Comme Athéna, elle possède des mains de guerrière, cette force, inséparable de la douceur, que confère la connaissance intime d'une peinture, intelligence acquise autant par des techniques d'analyse scientifiques que par l'intuition.

Elle m'a donné rendez-vous dans son atelier du sestiere Santa Croce, tout près du pont des Scalzi. Encore une rencontre que je dois à Alma.

Venise est plongée dans le brouillard. Les trompes des bateaux se répondent dans une discordance angoissée. Je frappe à sa porte. Chevelure blonde, elle apparaît vêtue d'une blouse blanche dans la lumière. Ce qui frappe d'emblée – et on ne peut faire autrement que de le constater –, c'est sa beauté. Je me suis vite rendu compte qu'elle semble peu s'en soucier. On le lui a peut-être trop répété. J'imagine que ce privilège ne doit pas pour elle l'emporter sur ses compétences. Mais j'extrapole. La particularité d'Athéna n'est-elle pas de se prêter à toutes les interprétations ? Elle se montre à la fois radieuse, froide, bienveillante.

Au milieu de l'atelier trône sur un chevalet une toile imposante aux tons frais et lumineux. Ces nuances s'insinuent subtilement les unes dans les autres. Un choc, une rencontre violente entre le décor technicien de l'atelier, son éclairage terne, et la peinture elle-même. Celle-ci irradie la pièce de manière presque agressive. Et pourtant le sujet n'a rien de belliqueux. Il représente un vieillard au torse nu et musculeux dans une position extatique, il saisit une pierre dans sa main tandis qu'un lion le regarde.

Claudia me laisse contempler la scène sans prononcer un mot. Le pouvoir hypnotiseur de ce tableau, elle le connaît. Comment ne pas vouloir évaluer cet éblouissement dans le regard du visiteur ? Capturer le point de vue de l'autre afin de vérifier si cette efficacité agit toujours. S'assurer aussi qu'elle augmente à mesure qu'avance le travail de restauration.

Dans son expression méditative et décidée, rien ne laisse pourtant deviner une manière de contrôle ou quelque agissement inquisiteur. Le travers qui consiste chez moi à essayer de me projeter dans la conscience d'autrui et de me mettre à la place de mon interlocuteur, de supputer ce qu'il pense, ce qu'il veut, ce défaut me joue, il est vrai, parfois des tours. Pathologie relevant plus de la curiosité que de l'altruisme ou d'une nécessité morale. Cette illusion de se croire apte sinon à se substituer à l'autre, du moins à prétendre l'interpréter, m'expose parfois à des bévues et à des contresens, mais je ne puis m'en empêcher. C'est une maladie, mais une maladie dont je ne souhaite pas être guéri. Dans cette tentative d'élucidation, j'essaie de traduire le langage des gestes et des mots, l'expression des émotions. Apprendre à regarder ses semblables, à donner un sens à leurs mimiques, à la configuration des traits, est un exercice auquel je me livre depuis toujours. Journaliste, je l'ai pratiqué intensément. Observer, saisir le mouvement du visage, ses linéaments, ses méplats, ses changements d'expression. À travers ces signes, tenter de deviner le dynamisme de l'être.

Je reconnais qu'avec Claudia, l'affaire est difficile. Après avoir suivi des yeux ma réaction, elle examine soudain un détail du tableau. Elle s'en approche jusqu'à ce que son visage touche presque la toile.

Un feuillage à gauche de la peinture retient son attention – les feuillages encadrant le personnage frappent par leur disposition pennée, mais surtout par leur extrême délicatesse. Claudia se détache rapidement de l'examen pour se porter en arrière et considérer l'œuvre dans son ensemble. Prendre du recul, on dirait que chez elle c'est une seconde nature. S'éloigner pour avoir une meilleure vision et juger plus objectivement du travail de retouche ou de refixage ; cette mise à distance est certainement nécessaire dans son métier de restauration – on dit maintenant conservation-restauration, deux notions pourtant opposées.

Cette toile, je l'ai déjà vue, mais où ?

— J'imagine qu'elle provient d'une église vénitienne ? fais-je avec précaution.

— Presque, sourit-elle.

Mais jouer à la devinette n'est pas son genre.

— Elle se trouve à Murano, à l'église San Pietro Martire. C'est le *Saint Jérôme ermite* de Véronèse.

Véronèse au milieu de cet atelier plongé dans la lumière vert de zinc, voilà l'explication de l'embrasement. Les murs et le plafond vitrés diffusent la brume d'hiver qui enveloppe actuellement Venise.

Ce rayonnement que propageait le tableau, maintenant je m'en souviens, m'avait surpris lors de ma visite deux années plus tôt à San Pietro Martire.

La toile était accrochée dans la nef sur le mur de gauche. Je m'étais fait la réflexion suivante : pour une fois, une œuvre peinte est présentée dans de bonnes conditions. Elle était bien éclairée, profitant de la lumière naturelle, alors que la plupart des peintures religieuses sont lointaines et plongées dans la pénombre. On vient les admirer, on leur rend hommage. Comme il est rassurant de les savoir là ! On les visualise. Les voir ? C'est une autre affaire. Elles sont si éloignées. Les toiles les plus intéressantes se trouvent autour du maître-autel, dont l'accès est le plus souvent interdit. *On n'y voit rien*[1] : c'est le titre d'un livre de l'historien de l'art Daniel Arasse. Pour lui, on est définitivement passé dans ce domaine à une « valeur d'invisibilité ».

Parfois aussi, on y voit trop lorsque, après avoir mis une pièce d'un ou deux euros dans l'appareil – j'adore le bruit de ferraille qui tombe dans la boîte et rompt le silence –, un projecteur éclaire violemment le tableau. Les églises invisibles : j'ai l'impression que l'idée plaît à Claudia. Est-ce pour cette raison qu'elle a accepté de me rencontrer ?

— Il est parfois bon qu'elles restent fermées. Les églises imaginaires, un sujet intéressant aussi, avance-t-elle presque timidement.

Je suis étonné qu'elle donne son avis de la sorte sur mon projet. Après la rencontre avec le Cerf blanc, qui m'a laissé entrevoir une description fictive des

1. Denoël, 2000 ; réédition « Folio », 2002.

sanctuaires vénitiens, une telle suggestion me perturbe. A-t-elle lu *Les Villes invisibles*?

Elle connaît le Grand Vicaire. Je ne pense pas qu'elle puisse m'aider à faire avancer ma cause, qui sans doute lui paraît peu favorable. Aussi bien la balle est-elle à présent dans le camp du Patriarcat.

Elle se tient maintenant à côté du chevalet, les mains dans les poches de sa blouse blanche. On ne sait s'il faut admirer saint Jérôme ou Claudia. Je ne dirais pas que les deux forment un beau couple. Elle est une jeune femme, le père de l'Église un vieillard. Si le visage du saint accuse un certain âge, le corps est juvénile, sa gestuelle magnifique. Selon *La Légende dorée*, celui-ci se frappe la poitrine avec une pierre en signe de mortification afin de vaincre les tentations de la chair. Son seul vêtement est une étoffe rouge superbement nouée et tenue par une lanière. Véronèse a respecté tous les attributs assignés au saint : le lion que Jérôme a soigné et qui ne veut plus le quitter, le crâne et le sablier, allusion à la vanité et à la précarité de notre condition humaine, le livre ouvert qui rappelle ses travaux d'exégèse. Claudia indique que la restauration touche à sa fin. Une infiltration d'eau avait abîmé la toile déjà rafraîchie en 1927. Je lui demande quelle est la principale qualité du restaurateur. Elle hésite, réfléchit :

— Intervenir de manière stricte et limitée. Ne pas porter atteinte à l'œuvre.

Elle se concentre un peu plus et déclare fermement :

— Toucher le moins possible au tableau.

— Au fond, vous venez de définir le tact.

— Le tact ! s'étonne-t-elle.

Sur le coup, elle ne comprend pas. L'italien ne fait pas de différence entre le tact et le toucher. *Il tatto*, c'est le toucher auquel s'ajoute une nuance de grâce et de délicatesse. Je lui explique la signification particulière de l'expression « l'air de ne pas y toucher ». Cela pourrait s'appliquer à elle et à son métier. Tout en retenue mais rien ne lui échappe.

— De loin la restauration doit faire illusion. De près on doit voir les retouches.

Elle ajoute *mezza voce* :

— L'intervention ne doit pas abuser le spectateur en se faisant passer pour une œuvre originale.

La visibilité de la réparation. On en revient en somme à la technique du kintsugi : loin de dissimuler ce qui a été détérioré, on le met en valeur comme les Japonais se servent d'attaches d'or pour faire ressortir les cicatrices d'une porcelaine. Réparer à condition que les lésions ne soient pas camouflées. Restaurer à condition de laisser visible la puissance destructrice du temps.

Sa blouse blanche de grand patron de médecine, son port olympien lui donnent un air exagérément sérieux : Athéna dans son atelier, douce et sans faiblesse, abattant un travail énorme fait de prélèvements, de sondages et surtout de documentation, car il est nécessaire de procéder à l'historique de l'œuvre.

— Le tact, oui sans doute. Mais…

Elle hésite à prononcer le mot :

— La passion, par-dessus tout.

Elle dit cela, à toute vitesse, presque à la dérobée.

Elle ajoute, d'un ton décidé :

— Un sentiment puissant et obsédant. Dans ce métier on ne compte pas. Regardez.

Elle indique du doigt saint Jérôme, le tableau, le personnage, l'air de dire : on ne peut que s'attacher à un tel homme même s'il n'est plus tout jeune.

— Regardez-le. On vit ensemble. Pour moi il est vivant. Je sens que je vais être triste quand nous allons nous quitter.

Avant de prendre congé, elle demande :

— Ainsi vous ne vous intéressez qu'aux églises fermées ?

— Je sais que vous préférez que je les imagine. J'ai retenu l'idée. On ne sait jamais. En désespoir de cause...

— Vous le savez, confie-t-elle, il y a d'autres endroits invisibles à Venise comme vous les aimez.

— Je le suppose, mais j'ai mon compte. Je n'ai plus envie de m'imposer de nouvelles contraintes.

— Je voulais vous dire que je travaille sur une autre peinture. Elle est entreposée dans un endroit qui sans doute vous plaira.

Elle marque une pause. Et ajoute malicieusement :

— Oui, il est fermé.

— Fermé, ça ne suffit pas. Qu'a-t-il de particulier ?

— Il est situé du côté du campo de l'Abazia.

Pour le coup, c'est une information.

— Vous voulez parler de l'église de la Misericordia ? Depuis le temps que j'essaie d'y entrer !

— Ça, c'est une autre affaire, dit-elle mystérieusement.

Elle inscrit une adresse sur mon carnet.

Nous convenons d'un rendez-vous dans une semaine.

32

Toute la bonne société de Venise – du moins ce qu'il en reste – se retrouve en cette fin d'après-midi d'hiver dans la salle des Anges pour le concert de Noël. L'auditorium vaste et lumineux fait partie de la Scuola Grande de San Marco, devenue hôpital civil de Venise. L'orchestre interprète des œuvres de Respighi, Quantz, Tchaïkovski et Stamitz devant une peinture néoclassique représentant *La Fuite en Égypte*. Le brio du flûtiste fait vibrer l'assistance.

Pendant la pause, je suis présenté à l'un des grands pontes de l'hôpital dont m'avait parlé Alma. Aussitôt je devine l'homme d'action, sociable et concret, cherchant à résoudre dans l'immédiat les problèmes qui se présentent sans se perdre dans le méandre de ces mesquineries qu'autorise le pouvoir. On lui a vaguement raconté mon histoire. Il ne tergiverse pas. Sans poser de questions, il donne aussitôt son autorisation pour la visite de Santa Maria del Pianto, le sanctuaire mystérieux au milieu d'un jardin, permission accordée très rarement, me précisera sa collaboratrice qui se révèle tout aussi avenante. Rendu méfiant par les atermoiements du Cerf noir, je me

permets d'arrêter le grand responsable au moment
où il regagne sa place :

— Je vous suis extrêmement reconnaissant, monsieur. Mais, pardonnez mon insistance : à quelle date
pourrai-je visiter l'église ?

— Voyez avec ma collaboratrice, réagit-il sans
impatience. Elle organise tout.

Soudain, il revient sur ses pas, la mine souriante et
mystérieuse, comme quelqu'un qui s'apprête à faire
une blague.

— Vous doutez, je vois. Tenez, si ça peut vous
rassurer, ma collaboratrice est en mesure de vous
faire visiter aussi San Lazzaro dei Mendicanti après
le concert. C'est tout à côté, dans l'hôpital.

— Est-ce une église fermée ?

— Oui et non, hésite-t-il. Elle n'est ouverte que
pour les enterrements. Officiellement, elle est accessible. Dans les faits, elle est pratiquement fermée.
Mais ça peut changer. Voyez-vous, ce sont les subti-
lités vénitiennes… Il faut s'y faire.

Ces raffinements en tout cas contredisent la sentence d'Alfred de Musset selon laquelle « il faut
qu'une porte soit ouverte ou fermée ». Dans cette
République fondée sur le compromis, la négociation,
et qui a duré grâce à son génie de l'ambiguïté, j'en
viens à me demander si les portes fonctionnent
comme partout ailleurs. Dehors et dedans. « La netteté tranchante de la dialectique du oui et du non qui
décide de tout », dont parle Gaston Bachelard[1], n'a
justement pas cours à Venise. Les portes ont ici le
chic d'être entrebâillées ou à moitié fermées, comme

1. *La Poétique de l'espace*, PUF, première édition 1957.

dans le monument funéraire des Frari consacré au sculpteur Canova. Typiquement vénitien, ce mausolée. J'ai pu constater que les visiteurs ne sont fascinés ni par les personnages ni par la pyramide – l'ensemble est froid et plutôt kitsch – mais par la porte noire entrouverte. Ils s'approchent au plus près sans réussir à connaître sa véritable nature car le cénotaphe est protégé. Il est supposé donner sur un escalier permettant d'accéder à la sépulture – en fait, Canova est enterré ailleurs. La porte sonne-t-elle creux ou plein? Ni l'un ni l'autre. Elle est factice et ne débouche que sur la pierre.

Je ne me lasse pas d'observer ce passage qui n'arrive à rien et surtout le manège des touristes. Cette incertitude les intrigue.

Et voilà qu'entre Tchaïkovski et Stamitz, un homme m'annonce sans ambages qu'il m'ouvre deux églises fermées. C'est inespéré. Oui, je devrais sauter de joie, et pourtant une sensation bizarre s'insinue en moi. Elle ressemble presque à une frustration, une impression de trop grande facilité qui provoque un malaise. La vérité est que je suis pris au dépourvu. Cette offre inopinée bouscule mes plans. C'est triste à dire, mais j'ai besoin de la difficulté. Les complications me stimulent. Il me faut être empêché pour que je m'accomplisse – enfin, jusqu'à un certain point, je ne suis pas masochiste. Ce feu vert survenu à l'improviste me prend de court. Une telle visite ne nécessitait-elle pas une préparation, un apprentissage, une procédure d'approche?

Je passe régulièrement devant San Lazzaro dei Mendicanti au cours de mes promenades. Jamais elle n'a fait partie de mes priorités. Trois statues surmontent la splendide façade baroque de l'édifice en pierre d'Istrie. Je m'arrête à chaque fois intrigué par le San Lazzaro mitré, encadré par deux femmes. Depuis cinq siècles ces personnages aériens se balancent dans le vide. Avec leurs poses invraisemblables, comment font-ils pour ne pas tomber ? En fait, ils sont solidement amarrés à l'aide de fourches en métal qui les harponnent dans le dos. On ne peut pas tout cacher à Venise. Il faut laisser voir l'arrière-décor du théâtre et ne pas chercher à dissimuler les subterfuges.

Mais c'est l'ambiguïté de Venise. Quand elle ne peut plus dissimuler, elle tombe dans l'autre excès, l'exhibition. Le spectacle des statues détériorées à l'extérieur de la Salute est à cet égard édifiant. Visages, bras, jambes, draperies de tous les saints en pierre d'Istrie sont maculés de coulées noirâtres. Les sillons, les fissures, les stigmates, les éclaboussures font de ces sculptures les rescapés d'un naufrage. Les anges ont l'œil au beurre noir, les prophètes répandent de grosses larmes couleur de bitume, les quatre évangélistes fondent à vue d'œil, la face cendreuse des sibylles, abrasée par le temps, est monstrueuse. Qu'importe, tous ces éclopés sont des survivants et fiers de l'être. Ils offrent glorieusement leur blessure à notre vue.

L'église des Mendicanti a la particularité de posséder à l'intérieur une autre façade. Le grand ponte l'a très bien formulé tout à l'heure : l'édifice est ouvert mais, en réalité, il est fermé. Pour une fois, cette ambiguïté ne fait pas mon affaire. Ma cible, ce sont les sanctuaires inflexibles, les inapprochables,

les impossibles, les coriaces, non les arrangeants, ni la catégorie des à-moitié.

La vérité, je l'apprendrai plus tard : les Mendicanti entrent dans une catégorie à part. C'est une église difficile, inclassable. Elle appartient au cérémonial de la mort, au deuil, à l'impensable. Le domaine de l'entre-deux. Après s'être éteints dans un lieu enchanteur construit sous la Renaissance, transformé au XIXe siècle en hôpital, et avant d'être enterrés, les défunts peuvent se dire qu'ils ont de la chance. Ils ont droit aux honneurs funèbres dans la plus splendide antichambre de l'immortalité.

Je me demande si Lacan n'a pas tambouriné sur la porte des Mendicanti pour se faire ouvrir. À condition qu'il ait eu connaissance de sa fonction funèbre, l'édifice ne pouvait que l'intéresser, lui qui affirmait que le mort, c'est l'autre. San Lazzaro est le lieu idéal pour exorciser non pas la mort, mais celui qui s'en va. Le mort est bien vivant. On ne s'en débarrasse pas si facilement. Il est parmi nous et en nous, il continue d'exister et ne cesse, affirme Lacan, de s'adresser à nous en tant que futurs morts. Voilà ce que nous signifie ce lieu.

La double entrée de l'édifice, sa valeur rituelle, l'architecture baroque ne pouvaient qu'attirer Lacan. Passer par les Mendicanti avant de regagner en face l'île des morts, c'est certainement la meilleure façon de prendre le large. Tout cela, je l'ignore alors. Je sais seulement qu'une occasion m'est donnée. Elle ne suscite guère mon enthousiasme, mais il ne faut pas la laisser filer.

Pendant la dernière partie de la séance musicale je ne perds pas des yeux l'adjointe. Elle s'est assise à plusieurs rangs derrière moi. Ma crainte est de ne pas la retrouver après le concert. En ce cas, mon fiasco serait total. Au moment des applaudissements, je me tourne dans sa direction : elle n'est plus là. L'assistance s'est levée comme un seul homme. Elle ovationne l'orchestre et le flûtiste virtuose. Je commence à paniquer. L'adjointe surgit derrière moi, le visage amusé par mon désarroi :

— Venez, dit-elle simplement.

Nos pas retentissent bruyamment dans les couloirs déserts de l'hôpital ornés de bustes et de bas-reliefs. Les lieux majestueux ressemblent plus à un palais qu'à un établissement qui soigne les malades. Cela sent la lessive parfumée au pin, mêlée à une odeur de vieille pierre humide, libérée de l'empreinte de désinfectant typique des centres hospitaliers. Nous croisons un patient sur un chariot poussé par un infirmier qui prend son temps. Peut-être le malade n'en a-t-il plus pour longtemps. Il est agité de spasmes et de tiraillements. Les roues mal caout-choutées du chariot diffusent un curieux chuinte-ment, comme un petit son plaintif.

Muni d'un trousseau de clés, un homme vêtu d'un anorak matelassé nous attend au bout d'un long corridor. Comme tous les gardiens, il s'amuse à faire tinter machinalement le métal. Pinçant entre le pouce et l'index l'anneau, il élève l'ensemble au-dessus de lui pour le faire résonner, à moins que ce ne soit une façon de signifier que c'est lui qui détient le pouvoir matériel effectif d'ouvrir cette église mi-fermée.

C'est alors que je découvre dans un immense vestibule la seconde façade des Mendicanti garnie de quatre colonnes corinthiennes surmontées par deux anges. La porte s'ouvre sur le sanctuaire plongé dans la pénombre. On n'y voit rien. Le gardien tâtonne et allume les lampes.

D'emblée, je reçois en pleine figure – il n'y a pas d'autre mot – comme un projectile, une forme lancée d'un autel latéral. La force balistique émane d'un tableau. Elle ne provient pas des couleurs, comme dans le *Saint Jérôme ermite*, mais de l'architecture des volumes. La catapulte est l'un des chefs-d'œuvre du Tintoret, *Sainte Ursule et les 11 000 vierges*. On ne voit qu'elles. Elles sont en procession, accompagnées du pape Cyriaque, et viennent de débarquer d'un bateau ; dans quelques instants, elles seront massacrées par les Huns.

Il règne dans le sanctuaire un froid noir qui convient bien à son atmosphère ténébreuse. Tout, c'est vrai, y est sombre, mais comme dans un coffret où l'on range les bijoux : les miroitements varient en fonction de la manière dont se déplace le regard. L'arc monumental en marbre blanc à la gloire de Lazzaro Mocenigo, vêtu de l'uniforme de capitaine de la marine, brasille dans la nuit de même qu'un tableau du Guerchin représentant sainte Hélène.

J'aperçois Palma le Jeune, ce vieux complice. Il est là avec un *Saint Sébastien* mais comme une lumière fixe et, avouons-le, moins ardente que les autres.

Nous sommes là tous les trois piétinant la dalle usée du sanctuaire pour nous réchauffer, moi ne sachant où donner de la tête, égaré par tous ces chefs-d'œuvre, conscient que le temps dans ce sanctuaire m'est compté. Si le gardien et l'adjointe ne donnent aucun signe d'impatience, je comprends qu'il ne faut pas abuser de la situation. Ce sont eux qui en principe m'ouvriront Santa Maria del Pianto – le rendez-vous me sera communiqué par SMS – et cette fois je me promets de prendre tout mon temps.

Il est tard. Il fait froid. Et, comment dire ? Certes je suis touché par le spectacle de toutes ces merveilles, mais surtout désorienté. La vérité, la voici. Elle est difficile à avouer : les Mendicanti ressemblent à toutes les églises de Venise que j'ai explorées. Aussi belle, aussi luxueuse, aussi profuse en œuvres d'art, avec cette touche d'élégance et de raffinement, cet effet théâtral libéré de toute emphase qui n'appartient qu'à cette ville. Elle remplit parfaitement son rôle d'église. Il n'y manque rien.

Le manque, tout est là. Elle ne me prive pas de quelque chose. Ce quelque chose, c'est l'imprévisible, l'absence, l'odeur de croupi, ce climat étrange de dépose et d'abandon entrevu à San Lorenzo.

Nous sortons. La *bora*, ce vent froid du nord, s'est introduit et rugit dans les couloirs avec de brusques rafales ressemblant à des détonations. Aucune impression pourtant de désolation. Rien ne saurait atteindre dans la nuit la splendide sérénité de ces galeries décorées de colonnes, de trophées, d'entablements datant de la Renaissance.

Un coup pour rien ? Pas tout à fait. Je reconnais que, par bêtise, je suis passé à côté de ce haut lieu de la musique vénitienne, ancêtre des conservatoires modernes, célèbre dans l'Europe du XVIIIe siècle pour la qualité de son chœur composé de soixante-quinze musiciennes choisies parmi les orphelines et les jeunes filles pauvres.

Que serait-il arrivé si j'avais eu connaissance de son passé et même de son présent ? Je l'ignore. J'attache peut-être une importance excessive aux sensations olfactives. Pour moi elles ne trompent pas. On sent bien que l'air entre facilement aux Mendicanti. Trop facilement. L'édifice dégage cette odeur saline, pointue, vivante de jours ouvrables ainsi que ce parfum votif de cire chaude particulier aux sanctuaires où l'on peut accéder.

Rien ne se passe comme prévu. L'inattendu que je réclame, je l'ai finalement obtenu aux Mendicanti. À l'envers !

33

À force d'avoir été raccommodée et renforcée aux pliures à l'aide de ruban adhésif, ma Global Map de Venise, qui m'a servi pendant des mois à m'orienter, est entièrement plastifiée. Pas un espace de la carte originelle qui ne soit à présent couvert de bandes de scotch. Elle est devenue indestructible. Je la consulte moins depuis quelques semaines. J'en viens à regretter l'époque où je m'égarais dans les calle et campi, un bonheur à Venise parmi tant d'autres.

Peut-être ai-je perdu un peu de mon innocence vis-à-vis de cette ville. Le temps en serait-il la cause ? Il m'avait jusqu'alors laissé en paix. Sans me harceler, il se rappelle insensiblement à moi comme quelqu'un qui a beau vous effleurer la manche en s'excusant, n'empêche qu'il l'a touchée et le contact aussi léger soit-il ressemble à une prise de contrôle. Depuis plusieurs jours, cette sollicitation insidieuse me porte à un souci d'efficacité qui me surprend moi-même. L'efficacité, je m'en embarrassais peu au début et, pour tout dire, je m'en méfiais. La fameuse imprégnation, la méthode d'investigation chère au commissaire Maigret, l'inscription qui en flânant se fait jour en vous inconsciemment. J'y croyais dur comme fer. Cela m'avait presque toujours réussi. Cette fois, la formule n'a rien donné. Ce n'est pas en baguenaudant dans Venise que je vais me faire ouvrir ses églises fermées. Le temps va me demander des comptes, réclamer des résultats. Méditer sur sa fuite devant l'antique horloge de San Geremia qui fait un bruit de casserole, exalter mon âme en me disant que je finirai toujours par le rattraper, ce temps, n'est-ce pas précisément le perdre ? Sartre dit que Venise est la seule ville où l'on voit le Temps.

Le passé me harcèle, c'est entendu. Mais le présent exige sa rançon : une obligation de marquer des points, d'obtenir un score, si minuscule soit-il. Je ne sais plus à quel saint me vouer.

Le Grand Vicaire a donné enfin de ses nouvelles, mais pour me faire savoir qu'il était « débordé » en cette période de Noël. Comme à son habitude, il n'oppose pas un refus formel et suggère un rendez-vous après les fêtes – quand je pense qu'il y a trois églises à visiter, on ne les fera certainement pas dans la même journée, à chaque fois ce sera le même cirque. Je ne connais pas encore la date exacte de mon départ. Je me rends compte aujourd'hui que j'ai eu tort de lui indiquer une échéance au cours de notre entrevue. Retors comme il est, ne va-t-il pas, comme par hasard, vouloir se rendre disponible une fois qu'il aura la certitude que je serai parti ? Alma plaide sa cause : « Peut-être n'a-t-il pas senti l'urgence d'honorer sa promesse ? »

Je n'ai pas dit mon dernier mot. Il ne sait pas que, dans ce cas, je n'hésiterai pas à prolonger mon séjour. À ce jeu, j'espère le coincer, mais c'est lui qui est en position de force. Cette aptitude à faire naître l'espoir puis à rabattre toute prétention n'est pas exempte de machiavélisme. Mon exaspération amuse Alma. Malgré son mordant, elle garde son sang-froid en toutes circonstances : « C'est toujours enrageant de devoir admettre que quelqu'un détient un pouvoir que nous n'avons pas », dit-elle pour tempérer mon impatience.

Cette femme est un curieux mélange : à la fois confiante et irréductible. Pour survivre, les églises doivent-elles changer d'affectation ? Invariablement, elle répond : « Pourquoi pas un McDo ! Mieux vaut qu'elles disparaissent. » Elle a conscience que ce métier de guide qui la fait vivre se dégrade : « Je suis dans la gueule du loup », dit-elle plaisamment.

Elle s'exprime d'une façon royale : goût de la précision, perfection de la syntaxe. Sa détermination ne dévie jamais. Ce langage sans faiblesse pourrait tourner à la préciosité ou à la raideur s'il n'existait chez elle une réjouissante franchise et un sens de la dérision dans lesquels s'exprime son indépendance d'esprit. Ainsi, elle déplore que les touristes visitent les églises comme s'ils entraient dans un moulin, sortant leur portable, faisant fi du caractère sacré de l'édifice. « Je ne suis pas sûre que Venise convienne à notre époque. Il faut avoir un rapport au temps et au silence pour pouvoir la savourer : être un dégustateur. » Elle est très attentive envers ses clients le temps de la visite, mais tient à garder la distance. Elle refuse ensuite toute invitation : « Ils veulent prolonger. Il se produit un curieux phénomène, pour eux, j'incarne Venise, vous trouverez cela prétentieux mais c'est ainsi : ils voient Venise à travers moi. Je dois mettre le holà. »

Un jour, je l'ai surprise place Saint-Marc, sa chevelure rousse flottant au vent, avec un groupe de touristes, sans qu'elle m'aperçoive. N'ayant nulle intention de l'espionner, je lui avais fait un signe pour indiquer ma présence. Toute à son exposé, elle ne m'avait pas vu. Sa troupe non plus ne m'avait pas remarqué. Une vingtaine de personnes, dociles, bouches bées, captivées par les propos. J'avais été fasciné à mon tour par le flux limpide où la connaissance et la mise en perspective, l'humour et l'argumentation, l'élégance et l'émotion cohabitaient pour valoriser le moindre détail architectural et raconter une péripétie de l'histoire vénitienne. Un membre du groupe ayant déclaré d'un clocheton gothique en mauvais état qu'il était vieux, elle avait rectifié doucement : « Ce n'est pas vieux, mais ancien. » Quand je lui ai raconté plus tard la scène, elle a souri.

— Vous ne me croirez pas. Je donne l'impression d'être parfaitement à l'aise alors que c'est tout le contraire. Je manque d'assurance. Je monte sur scène et je fais mon numéro. Une façon de vaincre ma timidité. Si vous débitez machinalement votre discours, les gens s'en aperçoivent aussitôt. C'est comme au théâtre, le texte a beau être toujours le même, l'interprète se doit à chaque fois de le renouveler. Vous ne pouvez faire semblant. La sincérité, le public n'a pas son pareil pour la percevoir. Nommer, indiquer n'est pas suffisant, il faut donner un sens au moindre détail. J'ai beau déplorer que cette ville subisse un viol, je l'aime profondément. Je dois rendre contagieux mon enthousiasme.

248

Le plus curieux est que son enthousiasme n'est pas apparent, il est tempéré par un art de la litote que chacun est libre d'interpréter à sa façon, une sorte de verve à sang-froid. Visiblement, ce style séduit l'assistance. La fille du feu déclare : « Si votre discours n'est pas inspiré, mieux vaut changer de métier. »

Par bribes, j'ai pu reconstituer son passé. Elle est venue ici il y a vingt-cinq ans pour préparer une thèse de doctorat sur les rapports entre l'art et la politique dans la Vénétie du XVe siècle. « Je menais une vie sobre : pain sec, eau et pâtes, en totale harmonie avec mon sujet. Pour m'aider à vivre, je faisais des traductions. Mais il vient un jour où les bourses se tarissent. On ne peut plus continuer. » Dans Nerval, Sylvie, une des filles du feu, déclare : « Il faut songer au solide. » Alma utilise pour sa part une formule plaisante pour caractériser son changement de vie : « Un moment, il faut laisser les pinceaux et prendre le tournevis. » J'en suis là, moi aussi aujourd'hui. Le tournevis, c'est de cet outil que j'ai besoin. L'ère des pinceaux et des petites touches est terminée. Mais j'ai beau chercher, je ne trouve rien pour dévisser les portes obturées.

Pour Santa Maria Maggiore, je suis sans nouvelles. Le mail que j'ai envoyé à la Soprintendenza est resté sans réponse. Ce n'est pas alarmant, mais l'expérience avec le Grand Vicaire me rend soupçonneux. Alma a établi un contact avec une certaine Agata B., conservatrice des archives de l'IRE. C'est elle qui possède les clés des Zitelle, de l'Ospedaletto et des Penitenti. Les deux premières sont actuellement interdites à la visite – mais cela peut changer –, la troisième est rigoureusement close depuis des lustres.

On m'objectera une fois de plus : que possède de plus une église fermée ? En quoi son inaccessibilité la désigne-t-elle comme supérieure à un bâtiment religieux ouvert ? Supérieure, on sait que cela ne veut rien dire. Différente à coup sûr, la fermeture change tout. Elle confère au sanctuaire une intériorité secrète qui n'est pas comparable aux autres. Une qualité de silence qui grandit l'espace. L'intégrité, qu'elle a gardée en même temps que la permanence d'un manque : ainsi se distingue-t-elle. Une pure présence *celée* qu'il importe de *déceler*. Je l'ai perçue à San Lorenzo, dans cette église désaffectée qui s'est ouverte à moi quelques minutes : une présence en creux qu'accompagnait, je m'en rends compte maintenant, un trouble qui peut se confondre avec un sentiment d'angoisse. Crainte banale sans doute d'être découvert d'un instant à l'autre dans un lieu interdit, mais par-dessus tout appréhension de déranger l'ordonnance d'un monde en lui-même, souterrain, absolument inconnu, comme si dans la pénombre se dissimulait sous ces voûtes et derrière ces colonnes la présence d'un hôte insaisissable. Et toujours cette injonction qui ressemble presque à une menace : *Noli me tangere.* Ne me touche pas ! Ne m'effleure même pas.

Dans son goût pour l'ésotérisme, son penchant pour les mystères qui doivent le rester, Hugo Pratt l'avait rappelé pendant notre parcours de la ville, il y a une trentaine d'années. Il disait à peu près : ces espaces fermés sont les pages d'un grand livre à déchiffrer mais tout ne doit pas être pénétré ; ces lieux ont droit à une part de secret qu'il faut respecter.

J'aurais dû lui demander alors : quelle est cette part de secret ? Où se situe-t-elle exactement ?

Le savait-il lui-même ? Déjà le tourisme exigeait la transparence absolue : tout nous montrer, tout nous dire. Peut-être Pratt voulait-il indiquer que face à ces temples silencieux, épargnés par la multitude, il fallait renoncer à avoir le dernier mot ? Le mot invisible qui fait défaut, la clé d'accès qui permet d'encoder : se détourner de cette part intime. Ce mot impossible, je n'aurai pas la prétention de l'avoir trouvé. J'en ai imaginé un. Sans doute en existe-t-il d'autres, plus appropriés. Qui sait ? Rêvons un peu. Si ma quête finissait par se révéler fructueuse, il n'est pas impossible de le capturer, ce mot manquant. En attendant, le voici.

Ce nom est *exécration*.

En quoi un terme aussi violent exprimant la haine et la malédiction peut-il constituer le chiffre secret de ces édifices ? Exécration, un mot dont l'origine est religieuse. C'est la perte de la qualité de sacré. Accessoirement, une forme d'anathème religieux. Sant'Anna est *exécrée*. Le silence d'une église fermée est particulier. Quelque chose ou quelqu'un ne répond plus. Est-ce le silence de Dieu ?

Je ne pense pas qu'Hugo Pratt avait en vue un tel mot. Il songeait à une forme d'inviolabilité, un pas à ne pas franchir. S'arrêter au seuil.

Dans *Fable de Venise*, Corto Maltese est lui aussi à la recherche d'une clé, une émeraude appelée «Clavicule de Salomon». Elle circule de main en main, depuis la première femme d'Adam, Lilith, à

251

saint Marc en passant par Simon le Magicien. Clavicule veut dire petite clé, car cet os a la particularité de tourner sur lui-même comme une clé lorsque le bras est en mouvement. Salomon parce que cette émeraude qui contient un message crypté était l'une des pierres précieuses ornant son pectoral.

Ce qui passionnait Pratt, c'était la ruelle étroite cachant un passage secret, la porte dérobée derrière une colonne, le signe cabalistique au-dessus d'une entrée ou sur un puits, détails absolument *visibles* par tous, évidents, mais que personne ne voit faute de curiosité, de sens poétique.

Fable de Venise raconte un épisode où Corto s'engouffre dans la basilique San Pietro di Castello pour examiner un objet, en fait un trône. Cette curiosité est longtemps passée inaperçue. Elle figure à présent dans tous les guides. Pratt y est pour beaucoup. Une croyance prétend que ce serait le siège de saint Pierre lorsqu'il était à Antioche. En réalité, cette pièce surprenante n'est rien d'autre qu'un réemploi, une reconstitution à partir d'une stèle funéraire musulmane sur laquelle sont gravées les sourates III et XXIII. Le recyclage, la récupération, *il reimpiego* : la grande spécialité de la ville prédatrice. Donner une seconde, voire une troisième vie aux rapines ou aux trophées prélevés en Grèce ou ailleurs. Ce n'est pas propre à Venise, mais nul n'a su aussi bien détourner pour *se réapproprier* – un exemple parmi d'autres : les deux gros piliers de la façade sud de San Marco ont été volés à Constantinople lors de la quatrième croisade.

Pour Hugo Pratt, cette histoire de pierre tombale islamique ne suffisait pas, il la rendit encore plus piquante en prétendant que c'est Ibn Battûta, le grand voyageur originaire de Tanger, qui en avait gravé le texte. Et pour corser un peu plus le tout, il a ajouté une autre fable : la stèle était, selon lui, d'origine juive. Puis elle fut inscrite de caractères nabatéens. On s'y perd, mais chez Pratt, c'est le but recherché.

Nul besoin d'aller forcer des espaces interdits, ces lieux à la portée de tous sont remplis de merveilles indécelables, quasiment inépuisables.

J'aurais dû retenir la leçon. Trop tard ! Je dois aller jusqu'au fond sec de ma recherche, au plus profond de ce qui est devenu un puits aride, insondable.

34

Je m'accroche. *In bocca chiusa non entrò mai mosca*, disent les Italiens (Dans une bouche close n'entrent pas mouches). Pour obtenir il faut demander.

Ainsi, me conformant à la technique de l'enveloppement chère à Alma, j'ai essayé de pénétrer une deuxième fois aux Penitenti par l'ancien couvent transformé en maison de retraite. Un espace ouvert. Tout avait bien commencé. J'avais trompé la surveillance du vigile puis, une fois entré, je me suis perdu dans un labyrinthe de cours, de cloîtres, de péristyles, d'oratoires reliés par de longs corridors. Je crois avoir localisé dans une sorte d'atrium un des accès au sanctuaire. La porte était tout simplement fermée. La troisième tentative sera peut-être la bonne.

La Fondamenta di Cannaregio, où sont situées les Penitenti, est un de mes lieux de promenade favoris. Je m'y rends presque chaque jour. Depuis la Giudecca, le vaporetto de la ligne 4.2 me dépose tout près de l'église. C'est direct. La ligne de flottaison plus basse de ces bateaux de petite taille leur donne une allure pataude. Dans la cabine, les passagers du 4.2 se connaissent, s'interpellent familièrement d'une place à l'autre. Après Sacca Fisola, à la pointe de la Giudecca, on a soudain l'impression grisante d'être en pleine mer, puis le vaporetto s'engouffre dans un canal, près de la gare maritime, où se cache l'église Santa Marta transformée en théâtre. La porte est toujours fermée et je n'y ai jamais vu de représentations. Poursuivant sa route, le bateau s'arrête non loin d'une autre église close, Sant'Andrea della Zirada.

Lors de mon arrivée à Venise, à la fin de l'été, je l'avais repérée depuis le sommet du parking aérien où j'avais garé mon véhicule. Le clocher émergeait au milieu des toits rouges brûlés par le soleil. L'édifice s'offrait à la vue, comme une promesse. J'étais alors tellement confiant. Plus qu'une promesse, cette entrée en matière m'apparaissait presque comme une simple formalité à remplir. Je ne le mesurais pas, la suite allait être très compliquée. Plus tard, j'apprendrai que Sant'Andrea della Zirada relevait du Grand Vicaire. Lors de notre rencontre, j'avais tenté de négocier la visite du bâtiment dont la lunette à l'entrée représentant *La Vocation des apôtres Pierre et André* est si délicate. John Ruskin la mentionne dans son livre et insiste sur les détails comme les rochers au loin et l'aviron de la gondole.

Alma m'avait conseillé de laisser tomber. Ce serait déjà bien de visiter les trois églises qu'il proposait.

Elle m'assure que nous pourrons visiter bientôt les Penitenti. Je me garde de manifester mon scepticisme. La fille du feu y croit dur comme fer. C'est sa façon d'être. Je l'observe, toujours de bonne humeur et positive, disposition assombrie par une trop grande clairvoyance sur l'existence et la nature humaine. Elle se maîtrise, mais n'en pense pas moins. Elle a préservé en elle la faculté d'émerveillement sans se retenir d'une appréhension, voire d'une absence d'illusion face aux forces de destruction. Selon elle, ces atteintes risquent un jour d'emporter Venise. Nulle résignation, elle pratique auprès des groupes qui l'écoutent une forme de « gai savoir ». Cette conduite aurait plu, j'imagine, à Lacan. Le gai savoir, selon lui, consiste à « jouir du déchiffrage ».

— Santa Maria del Pianto, on peut presque dire que c'est bouclé, sourit-elle. Dans mon for intérieur, je trouve son intonation forcée.

Selon elle, tout le travail d'approche, toutes ces démarches qui paraissent inutiles incubent. Elles travaillent dans l'ombre. Elle est persuadée que nous entrons dans la dernière phase :

— Tout va s'ouvrir d'un seul coup… Vous verrez, vous n'allez pas savoir où donner de la tête.

35

J'ai failli tomber nez à nez avec le Grand Vicaire, cela s'est joué à un quart d'heure près. J'étais sur le point d'entrer au musée diocésain quand j'ai demandé négligemment à l'étudiant préposé aux billets si le Grand Vicaire fréquentait les lieux : « Mais il est le directeur », s'est-il offusqué en ajoutant : « Il vient juste de partir. Il est très occupé. » Heureux de l'apprendre ! L'aurais-je croisé, de toute façon, cela n'aurait rien changé.

Je l'imagine avec son polo couleur pétrole, le front méditatif et ce nez busqué dont l'arête vibre sous le coup d'émotions. Depuis longtemps il a appris à les contrôler ; la commissure tendue de ses lèvres, son sourire congelé expriment davantage l'inquiétude que le contentement. Pour un tel homme, la vie est certainement un combat incessant. Il est persuadé que celui-ci dépasse sa personne. S'imagine-t-il en état de siège permanent ? Il a effectué, je suppose, sa visite d'inspection pour rassurer sa nature soucieuse. Je présume que toute atteinte à l'intégrité de son pouvoir doit le bouleverser même s'il est convaincu que la possibilité d'agir, conférée par le patriarche, n'obéit à aucune ambition personnelle mais à des fins infiniment plus nobles. Il fait tout cela pour le seul bien de la curie vénitienne, dans l'intérêt de la « pastorale » qui lui tient tant à cœur.

À sa manière, il est attendrissant dans sa façon jalouse de tout vouloir dominer et maîtriser : les églises crient misère au moment où les catholiques sont devenus minoritaires dans une société largement sécularisée. Il tient à son message : l'expression de la beauté peut aider à rencontrer le divin. Son arme : l'apostolat au moyen de l'art. Peut-être pense-t-il vain de consacrer toute l'énergie à enrayer le déclin, à colmater. Sauver un héritage en péril, tel est à présent le ressort de l'Église. Elle se donne un mal de chien à rafistoler. Est-ce la bonne méthode ? Le Grand Vicaire semble en avoir une autre : annoncer l'Évangile au moins à ceux qui le cherchent, c'est déjà ça.

Alma a raison : je fais une fixation sur lui. Cette obsession peut parfois ressembler à de l'animosité. J'essaie de m'en défendre, mais il est certain que ses palinodies m'exaspèrent. Selon moi, ce patrimoine qu'il protège de manière possessive ne doit pas être la propriété exclusive des prêtres et du pouvoir religieux. Cet héritage nous est commun.

En tout cas, rien à redire sur son musée, il est parfait. Installé dans le cloître de Sant'Apollonia, le seul édifice vénitien de style roman, il est tapi derrière le Palais ducal, loin de l'agitation du pont des Soupirs pourtant situé à quelques mètres – le puits au centre, magnifiquement ciselé, le rehausse comme une gemme solitaire. Un musée comme je les aime. Signalétique, éclairage, agencement de l'espace, tout est sobre, exempt de cette arrogance muséographique qui, par l'abondance de moyens, écrase les œuvres sous une esthétique pseudo-pimpante.

Pas un chat. Cet ancien couvent bénédictin est la cave aux trésors. Les peintures ne proviennent peut-être pas de la production d'artistes de premier plan, encore que certaines toiles de Luca Giordano soient saisissantes, comme *Le Massacre des innocents* et un *Christ chassant les marchands du Temple*, deux sujets religieux qui se trouvaient à Sant'Aponal, aujourd'hui fermée. Beaucoup d'œuvres proviennent des Terese (fermés), comme le *San Lorenzo Giustiniani* de Pordenone, un peintre de la Renaissance, ou de Sant'Andrea della Zirada comme une *Dernière Cène* et un *Christ mort* dus à Domenico Tintoretto, un fils du grand peintre. Sans compter une toile de Palma le Jeune (*Histoire de San Saba*). Il fallait qu'il soit là. Son absence eût été suspecte. Par sa présence, il légitime l'existence d'un tel lieu. Et ma démarche par la même occasion ! Palma, c'est ma bonne étoile. Palma, Alma, en fait j'en ai deux. Je ne suis pas certain que le peintre me guide mais il est là, en tout cas, pour me dire de ne pas me décourager. Certes, comme il est à peu près partout à Venise, les signes qu'il multiplie à mon endroit se banalisent à la longue. Plus que ses collègues, Palma est un peintre qui croit aux miracles. Il n'a cessé d'en représenter (*Miracle de la relique de la croix*, *Multiplication des pains*, etc.). Je me suis mis sous sa protection.

À présent, je comprends la passion du Grand Vicaire pour cet ancien couvent. C'est dans cet antre qu'il a accumulé son butin. Sa collection privée, en quelque sorte. Des trésors que tout le monde peut voir, mais, comme souvent à Venise, délaissés au profit des fameux «incontournables» dictés par les guides touristiques. Sont rassemblées là les épaves de ce qui ressemble finalement à un naufrage. C'est émouvant. Sans me mettre à la place du Cerf noir (ce qu'à Dieu ne plaise), j'imagine qu'une église fermée est pour lui pareille à un navire qui a sombré. On ne pourra jamais le renflouer. C'est le message qu'il nous délivre à travers ce musée diocésain. Certes, celui-ci existait avant lui – c'est une idée du patriarche Roncalli avant qu'il ne devienne le pape Jean XXIII –, mais le sauveteur, c'est lui. Les divers objets rejetés sur le rivage ont été recueillis par ses soins. Il leur a trouvé ce refuge. Ils y sont bien, c'est indéniable. Les a-t-il investis d'une nouvelle existence ? C'est une autre affaire. Plus encore qu'au musée de l'Accademia, où la plupart des œuvres proviennent d'églises ou de couvents vénitiens, les peintures du musée diocésain sont vraiment orphelines, elles ont perdu leur biotope. Elles sont *desserties*, on leur a enlevé leur élément principal, la monture : l'autel ou la chapelle où elles vivaient.

C'est curieux, le seul peintre qui n'a pas l'air de souffrir de cette perte est Palma le Jeune. Celui-là est bien partout, toujours dans son élément. On peut dire que c'est une bonne nature. Même dans les sujets dramatiques, il montre son esprit solide, technicien, positif. Non pas forcément terre à terre, mais pratique. Peindre est pour lui résoudre dans l'immédiat les difficultés concrètes que présente un sujet puis passer à un autre.

Cette visite me laisse songeur. Une partie de ce que je cherche a atterri dans ce couvent. La frustration que j'éprouvais au spectacle des cartouches fixés à l'entrée des églises fermées se justifie-t-elle encore? Ces peintures, ces sculptures dont la présence était proclamée sans qu'on puisse les voir sont visibles depuis longtemps dans ce musée d'art sacré, la vitrine du pouvoir que détient le Grand Vicaire. C'est sans conteste une avancée et le Cerf blanc avait raison de m'en conseiller la visite. Le Cerf noir n'est pas seulement grand portier, il est organisateur culturel, galeriste, occupant l'espace artistique vénitien, programmant de nombreuses expositions temporaires. Demeure toujours le problème de l'origine de ces œuvres. Ces noms, Terese, Sant'Andrea della Zirada, Sant'Aponal, n'ont fait qu'attiser mon désir.

« Il n'y a pas de chance que le désir soit satisfait, on ne peut satisfaire que la demande[1] », assure Lacan. Dois-je comprendre que je m'achemine tout naturellement vers l'insatisfaction et l'échec?

J'ai constaté que l'église la mieux représentée au musée est celle des Terese. Lors de ma rencontre avec le Grand Vicaire, elle faisait partie des deux édifices, avec Sant'Andrea, que je souhaitais visiter.

Je fréquente régulièrement le musée Correr non seulement pour son café – beaucoup plus plaisant que le Florian – mais aussi pour ses collections. À chaque fois, je m'arrête devant la vue à vol d'oiseau de Jacopo de' Barbari. Le musée conserve les matrices en bois de ce plan original. J'ai réussi à identifier la plupart des églises sur les six planches gravées. Elles forment un ensemble de plus d'un mètre de haut sur près de trois

---

1. *Séminaire V*, mai 1958.

mètres de long. La manière dont l'artiste a su rendre le moindre détail à la façon d'une vue aérienne est un mystère pour moi. Les lois de la perspective ne suffisent pas à expliquer une telle ingéniosité et une telle précision – longtemps on a cru que Dürer en était l'auteur. Ce plan, qui fixe la structure presque définitive de la ville, détient un tel pouvoir d'ensorcellement qu'il est devenu aujourd'hui un symbole, sans doute moins connu, mais tout aussi éloquent, que le lion de Saint-Marc. L'estampe est la représentation concrète de son essence exceptionnelle, signe de ralliement, emblème de la cité proclamant sa nature miraculeuse et la maîtrise sur un milieu inhospitalier.

Lors de ma dernière visite à Correr, je suis tombé sur une exposition consacrée à un artiste contemporain, Roger de Montebello, dont j'ignorais jusqu'alors l'existence. J'ai aimé ses scènes de corrida, mais c'est sa série sur la porte des Terese qui a retenu mon attention.

Peu de touristes s'arrêtent devant cette église située dans la partie la plus paisible de Dorsoduro, en face d'un autre sanctuaire, San Nicolò dei Mendicoli. On ne soupçonne même pas que derrière un mur blanc se cache un édifice religieux faisant partie autrefois d'un immense ensemble conventuel. Seule la porte de style baroque avec son arc brisé et son mascaron est intrigante, elle détonne avec la nudité du lieu. Au-dessus du cintre, on peut apercevoir une fenêtre thermale murée reconnaissable à ses deux barres verticales. Ce qui surprend, c'est la blancheur immaculée de la maçonnerie. Elle est aveuglante lorsqu'elle reçoit le soleil. Roger de Montebello en a parfaitement saisi la pureté inaltérée. Il l'a représentée dans une sorte de rayonnement onirique, avec un tremblé pareil à une vibration qui confère à cette porte un pouvoir d'illumination, comme si à travers ce « flou de bougé », comme on l'appelle en photographie, une présence invisible allait tout à coup surgir sous une forme visible. Une apparition...

Cette porte, Montebello l'a à la fois ouverte et fermée. On ne sait pas très bien ; c'est déjà un exploit, on ne distingue qu'un bleu profond, littéralement impénétrable, et cette ambiguïté fascinante ajoute au mystère. L'entrée fait entrevoir un territoire inconnu, un passage étroit et silencieux. Peut-être cette porte dont on ne sait si elle est hermétique ou fissurée nous fait-elle pressentir d'autres sujets possibles. En tout cas, nous quittons le monde profane, sur le point de basculer de *l'autre côté*, retenu pourtant par cette imminence stoppée net sur le seuil. « Et s'il n'y avait rien derrière la porte », se demande Montebello. On en revient toujours à l'entrée du mausolée de Canova qui n'a aucune matérialité.

J'ai pu voir d'autres tableaux de Montebello sur Venise. Sa peinture ne prétend pas innover dans la forme, elle vise plutôt à voir différemment la beauté de la ville amphibie et d'en chercher le contenu secret. C'est une Venise déserte, sans touristes, qu'il reproduit. Elle ne porte aucune marque de notre époque. Est-ce cette intuition de l'intemporel qui l'a attiré aux Terese ? De toutes les églises fermées que je connais, cet ancien sanctuaire carmélite est certainement le plus *étranger*. Étranger à aujourd'hui, au quartier. Il n'est articulé à rien. Indécelable. Absolument seul. Sans pour autant apparaître abandonné.

Au contraire, de l'extérieur son aspect lisse, minéral, semble le rendre indestructible.

Le couvent fut fermé en 1810 – la marque de Napoléon, il va de soi –, transformé en orphelinat avant de faire place à un asile destiné aux sans-abri. Au début des années 70, l'église a fermé ses portes. Déjà les signes de sa ruine semblaient inéluctables si l'on en croit un rapport de l'Unesco publié en 1971, à la suite de la submersion de 1966. Ce diagnostic fit à l'époque beaucoup de bruit. Le sanctuaire y apparaît comme le symbole même de la décadence de la ville frappée par la maladie de la pierre : « Le marbre y tombe en poussière, les incrustations de lapis-lazuli du maître-autel se détachent, les stucs sont ravinés. [...] Partout les formes s'abolissent dans une indifférenciation farineuse. »

L'humidité ascendante a toujours été une hantise à Venise ; c'est un mal inévitable, à condition qu'il reste circonscrit à des limites acceptables. Aux Terese, il atteint les trois mètres. Le problème du sanctuaire, comme celui d'ailleurs de tous les édifices fermés, est le manque d'aération. Le confinement accentue le phénomène de condensation. Pour ne pas mourir, un bâtiment religieux réclame de l'air, il lui faut le va-et-vient des fidèles. Le rapport l'affirme sans détour : « Les beautés qui sont nées dans la foi ne peuvent s'en passer pour durer. » Et de conclure : « La pierre a besoin du réchauffement des âmes. » Ça, c'est une vraie trouvaille !

Le livre de Franzoi-Di Stefano[1] paru en 1976 publie deux photos des Terese. L'extérieur apparaît

1. *Le Chiese di Venezia*, Alfieri, *op. cit.*

en piètre état et montre à nu l'appareillage de brique rouge, mais c'est l'intérieur qui est le plus impressionnant. On devine une décoration encore fastueuse même si elle commence à se faner – plusieurs plafonds sont dégarnis. Le plus intrigant est la présence de quatre ou cinq personnes assises. Impossible de savoir si elles prient ou participent à un office religieux. En tout cas, elles regardent dans la même direction.

On dirait que ces personnages sont installés là depuis des lustres, *intemporels* eux aussi.

36

On la voit dans le plan de Jacopo de' Barbari. Six siècles plus tard, la maison à encorbellement n'a guère changé. Des étendards flottent sur la façade aux couleurs de la France et de l'Italie avec la bannière de Venise frappée du lion de Saint-Marc.

Je sonne en bas. Une porte s'ouvre. L'escalier est abrupt, comme souvent à Venise. Dans le cycle arthurien, l'apparition du Cerf blanc annonce un changement dans l'ordre des choses, la fin des obstacles.

Il se présente sur le palier, impassible, et me salue sans sourire. L'appartement est vaste et bien distribué. Les murs sont ornés de gravures de Venise qu'on a peu l'habitude de voir. Des originaux, je suppose. Les livres, les estampes, une frugalité du décor : toute une atmosphère silencieuse de culture et de bien-être. Il m'invite à passer dans son bureau. Sa documentation est méticuleusement rangée et archivée dans des classeurs à levier.

— Que désirez-vous savoir ? demande-t-il de son ton détaché.

Il parle notre langue avec beaucoup de clarté

quoique avec une certaine nonchalance. Il ne dit jamais «oui», mais «exact». J'explique à nouveau l'état de mes recherches. Il écoute très attentivement et, pour la première fois, esquisse un sourire qui m'apparaît compatissant :

— On dirait que vous prenez un malin plaisir à enregistrer toutes les difficultés que vous avez rencontrées et à glorifier vos échecs.

Je ne relève pas. Il m'a bien percé. En un rien de temps. Peut-être ne suis-je pas de force. Comme dirait Lacan : «On ne franchit jamais qu'une porte à sa taille.»

Je mentionne au passage ma vision de Sant'Anna, la chaîne relâchée, un état d'abandon proche de la sauvagerie.

— Sant'Anna ! J'y suis entré pour la première fois en 2014. Elle est en triste état.

Il se lève et s'empare d'un classeur. Il en tire un dossier. Je le feuillette. Il contient sept pages.

— Voici tous les éléments que j'ai pu recueillir sur cette église.

Je parcours le document : c'est un inventaire complet du sanctuaire. Tout y est. Description, chronologie, architecture, sculptures, tableaux, sépultures, bibliographie. Rien ne manque, pas même l'origine des reliques. Un travail immense et de longue haleine. On sent l'œuvre d'érudition de toute une vie.

J'évoque le cas de San Lorenzo. Il extrait d'un autre classeur, lentement, comme d'une boîte magique, une chemise encore plus épaisse. Sur la moindre sculpture, le moindre retable ayant disparu sans laisser de trace, il a mené une recherche méthodique, retrouvant parfois après de longues années l'objet volatilisé. Ses investigations l'ont mené non seulement dans toute l'Italie mais aussi en Croatie, France, Allemagne, Angleterre, Russie, Ukraine, aux États-Unis. Il y a une dizaine d'années, à Potsdam, dans la chapelle du château de Sans-Souci, il a retrouvé une mosaïque byzantine provenant d'un monastère de Murano détruit au XIXe siècle ainsi que le mausolée du doge Lorenzo Celsi provenant de l'église Santa Maria della Celestia.

Je commence à deviner chez le Cerf noir les raisons de son mutisme à l'égard du Cerf blanc. Comme je le connais, il ne tient pas à avoir sur le dos un tel zèbre qui, sans pour autant demander de comptes, est probablement au courant mieux que lui de la véritable situation du patrimoine religieux. Il en connaît surtout l'état exact et ressent plus que personne la fragilité et la caducité de ces édifices.

— C'est toujours la faute du temps, déclare-t-il de cette voix qui marque une pause entre chaque phrase. Mais ce n'est pas le temps qui cause le plus de dégâts. C'est l'homme qui n'a plus voulu les entretenir.

En le regardant, je me prends à rêver. Cette histoire de villes invisibles racontées par un témoin qui, lui, est supposé les avoir vues trotte de nouveau dans ma tête. Convoquer les églises imaginaires, comme Claudia se plaisait à les appeler. Je crois qu'il a visité tous les sanctuaires vénitiens. Même ceux qui ont disparu, comme la Celestia, fermée en 1810 par Napoléon puis détruite au milieu du XIXe siècle. Détruite ? Tout le monde en était persuadé. Supprimée, c'est vrai, mais pas tout à fait. À la vénitienne.

— Alors détruite ou pas détruite ? Je m'y perds, fais-je, intrigué.

Il s'amuse à peine de ma question qui doit lui paraître ingénue. Son regard aigu d'hidalgo me fixe avec une certaine sévérité. L'emplacement de la Celestia n'est connu que de quelques Vénitiens. Située sur le campo du même nom, non loin de l'Arsenal, c'est une de ces places solitaires de Venise, agrémentée de deux tilleuls, paradis des chats, délaissée par les touristes, bordée notamment par une habitation sociale de l'époque mussolinienne dont la couleur ocre s'écaille. Sur l'esplanade, les enfants jouent au ballon sous le regard de quelques vieilles dames assises sur les bancs. Ces campi déserts dégagent à Venise un influx magnétique dont on a du mal à reconnaître l'origine. Peut-être leur extrême dépouillement qui confine à l'austérité. Ils sont nus, secs jusqu'à l'os, faisant parade de leur essence minérale, presque stériles dans leur aridité. Rien ne vient les encombrer. « La ville contre-nature » est immunisée à jamais contre la jungle urbaine avec le spectacle des chaînes antivol qui n'attachent plus rien, des épaves de trottinettes, des scooters ou des vélos désossés. Rien de tel à Venise. C'est pratique, il n'y a rien à sécuriser.

Le cloître du monastère de la Celestia, qui accueille aujourd'hui les archives communales, existe bien, mais l'église, elle, n'est plus qu'un souvenir. Un souvenir qui a su se rappeler à notre hidalgo au regard ferme.

— Rien ne s'efface complètement, déclare-t-il avec cette inflexion inimitable qui tient à distance. Il faut savoir se laisser conduire par la trace.

De tels propos ont beau être prononcés avec froideur, ils me vont droit au cœur. Dans ce bureau silencieux, tapissé de cartons à documents et de casiers, je prends soudain conscience que j'ai trouvé un complice. Il ne le soupçonne pas. Comment pourrait-il s'identifier à ce Français malchanceux qui prend devant lui des notes avec fébrilité ? Pourtant, tout en semblant indifférent à ses propres considérations – parfois on dirait qu'il parle de l'Olympe, lointain, nullement condescendant, mais ailleurs –, il m'observe du coin de l'œil.

Il raconte qu'un jour de septembre il se promenait dans la calle delle Muneghe lorsque se dévoila comme une apparition le mur gauche et une partie du transept de l'église de la Celestia avec la fenêtre thermale parfaitement visible. Elle n'était donc pas totalement détruite. Peu de temps après, pour en avoir le cœur net, je me suis rendu sur les lieux. Certes, la fenêtre en demi-cercle peut se remarquer de la rue, mais à condition d'avoir été bien briefé auparavant. Pour le reste, peu d'éléments indiquent les vestiges d'une église transformée en immeuble d'habitation populaire et en bureaux universitaires.

J'ignore si d'autres érudits vénitiens connaissent l'existence de cet ultime témoignage. Il est probablement le seul, nanti de sa rudesse tranquille, à traquer encore les signes infimes, intouchables, désormais hors de portée. Il laisse œuvrer la trace, il attend son heure. Le temps, c'est son secret, son moyen d'authentification. Ainsi peut-il se déplacer furtivement et accéder à l'empreinte suprême, la fameuse « chambre centrale » dans laquelle je ne suis pas parvenu à entrer. C'est sa force, la patience. Il sait qu'un jour la trace va se montrer.

Impossible de savoir ce qu'il pense exactement. « Pour la beauté et l'honneur de la ville », la vieille formule qui accompagnait chaque arrêté du pouvoir vénitien, peut-être l'applique-t-il à son action. Je m'interroge sur cet homme. Son visage si impénétrable et immobile pourrait laisser croire qu'il porte un masque. Je ne pense pas que ce soit pour se dissimuler, mais plutôt pour se mettre en réserve de son interlocuteur, une façon de ne pas entrer dans les simagrées d'autrui. Dans sa façon de s'imprégner des lieux, il y a chez lui du Maigret. Comme le commissaire, c'est un adepte de la communication silencieuse. Comptable austère de la mémoire, il collecte, inventorie, mais n'interprète pas. Raconter le passé n'est pas son affaire.

Au collectionneur d'estampes, je demande ce qu'il pense de la vue de Jacopo de' Barbari. Lui aussi est fasciné par son travail. Comment a-t-il fait ? Quel est le secret d'un plan qui parvient à représenter Venise dans les moindres détails ? Il pense qu'il montait au sommet des campaniles, mais cela n'explique pas tout.

J'essaie de lui faire raconter quelques églises fermées où il s'est introduit, décrire les sensations qu'il a éprouvées. Mais mettre en scène ses émotions n'est pas son genre. Il ne se soucie que des faits, des sources, des inscriptions. Il n'est pas le Marco Polo des *Villes invisibles* et, à l'évidence, je ne suis pas l'empereur de Chine.

Puisqu'il s'est fait ouvrir les Terese, je lui demande

de me raconter sa visite. Il réfléchit longuement et se lève pour aller fouiller dans un de ses classeurs.

— Tout est là, s'excuse-t-il en me tendant un dossier présenté sous la même forme que les précédents, aussi précis et complet.

Mais ce n'est pas cette description que j'ai réclamée, et il le sait. Me vient alors l'idée de savoir *comment* il a pu pénétrer aux Terese. Il répond qu'il a obtenu la permission grâce au curé de l'église voisine, San Nicolò dei Mendicoli, « un homme excellent ». Il fait partie de ces personnes qui, une fois qu'elles ont répondu avec exactitude, ne cherchent pas à meubler et laissent un blanc après s'être exprimées. Pour la première fois, afin de dissiper l'embarras, il donne quelques détails :

— C'était une journée grise et pluvieuse de mars. Néanmoins, l'église recevait des fenêtres une belle lumière égale.

Il n'en dira pas plus. Je ne sais ce qui me prend à cet instant. À brûle-pourpoint, au risque de l'effaroucher, je lui demande :

— Pensez-vous que le curé de San Nicolò me donnerait la permission d'y entrer ?

Il ménage un très long temps de pause. Pour le coup, j'ai l'impression qu'un ange passe.

— Je vais lui demander. Je pense que c'est possible.

37

Mauvaise nouvelle. Pour Santa Maria Maggiore, l'église qui relève de la Soprintendenza, c'est non ! Je m'en doutais. Depuis plusieurs jours, mes appels et courriels restaient sans réponse. Ma rencontre avec la responsable au Palais ducal m'avait laissé, il est vrai, une impression mitigée. J'avais raison de me méfier de son ton patelin. Il m'apparaît à présent comme l'indice de sa duplicité. Dans un courriel, elle évoque des raisons de sécurité, comme si les voûtes de l'église étaient destinées à me tomber dessus. Je ne réponds pas. À quoi bon ?

Pour Santa Maria del Pianto, je suis toujours dans l'attente d'un texto qui me donne le feu vert. Je me garde bien de harceler le boss de l'hôpital, de peur de l'indisposer. Il m'a paru sincère et désireux de m'aider. C'est un homme certainement accablé par mille tâches. M'aurait-il oublié ?

Alma, qui traite presque quotidiennement avec le secrétariat du Grand Vicaire, vient de me donner les dernières nouvelles. Désastreuses ! Le portier suprême a fait savoir que la visite des trois églises n'était pas possible. Il se défile en sous-entendant qu'il n'a pas fait de promesse formelle. Sa secrétaire allègue un «planning de folie» pour les fêtes de Noël. Et après Noël? a demandé Alma. Silence embarrassé au bout du fil. *Sua Grandezza* a, semble-t-il, tourné la page. Je ne dirais pas que je m'y attendais. Avec une certaine candeur, l'ancien enfant de chœur faisait confiance à la parole de l'homme d'Église. C'est un coup dur. À quelques semaines du départ dont je n'ai pas encore fixé la date, force est de constater que le chasseur que je suis ne dispose plus que de deux hypothétiques cartouches (Santa Maria del Pianto et les Terese). Je suis sur le point de revenir bredouille. Il y a bien ce lieu mystérieux tout près de Santa Maria della Misericordia dont Claudia a inscrit l'adresse sur mon carnet. Est-ce l'église en question, en principe désaffectée, transformée en mosquée lors de la Biennale de 2015? Elle a refusé de m'en dire plus.

Aujourd'hui, c'est dimanche. Pour me consoler, je me paie une église ouverte. Rien de tel qu'un concert des Élévations musicales aux Gesuati pour se remonter le moral. En plus, c'est en face de l'appartement. Il suffit de traverser le canal de la Giudecca. Le spectacle du sanctuaire, constamment dans mon champ visuel, m'a toujours dédommagé de mes déboires. Il est illuminé pendant toute la nuit. Il faut le voir depuis l'appartement, pareil à une falaise crayeuse dominant la ligne des Zattere, pour se rendre compte combien sa présence est rassurante. Parfois, il apparaît dans une blancheur fantomatique comme les personnages diaphanes et irréels qui hantent mystérieusement certaines toiles du Tintoret.

De jour comme de nuit, le panorama depuis la

Giudecca est sans égal. Je n'en connais pas de plus beau ni de plus glorieux.

Chaque matin, après mon réveil, c'est le même rituel. Je pénètre sur la terrasse et reste une dizaine de minutes accoudé au parapet qui sert de garde-fou. Un moment de réceptivité totale avec la grande artère devant moi. De ce ballet des chalands, des bateaux-mouches, des yachts, des navettes, se dégage une incroyable gaieté dont je ne parviens pas à deviner la cause. Ce mouvement est engagé dans une dynamique qui ne cesse de grandir. Pourquoi le bruit des moteurs, qui est une nuisance ailleurs, est-il ici poétique ? C'est une sorte de catalogue de frémissements, d'ondulations, de clameurs qui s'additionnent, se réfléchissent et surtout se répondent au lieu de se neutraliser. Luigi Nono avait déjà noté l'originalité de cet univers acoustique absolument opposé au système tyrannique de transmission et d'écoute auquel nous avons été habitués depuis des siècles. Il a remis au goût du jour le mot *gibigiana*, phénomène de réverbération sonore typiquement vénitien.

Cette vue de la Giudecca me désole aussi car je n'aperçois à l'horizon que des clochers et des campaniles. Ils émergent au-dessus des toits et me rappellent ma contre-performance.

Aux Gesuati, nous ne sommes guère plus nombreux que les fois précédentes : une quinzaine de fidèles. En majorité, des femmes. L'organiste joue des pièces de Buxtehude, Corelli et Pachelbel. Son doigté est caressant, délié. Il semble filtrer lentement l'air. Le moment est magnifique et pourtant le concert, qui est aussi un office, se distingue par son caractère limité, presque confidentiel. L'ampleur et la majesté du décor XVIIIe, tout en ornement de fête, transcendent, il est vrai, la discrétion de la cérémonie. Le sanctuaire est peu illuminé. Mais le plafond de Tiepolo, les deux anges d'or de chaque côté du maître-autel, les cannelures mordorées des colonnes, le marbre, les corniches rococo, tout resplendit dans une exubérance vitale. Quel est ce Dieu capable de susciter tant de beauté ?

Nous sommes assis, Joëlle et moi, sous le regard mi-clos d'une femme splendide. Les héroïnes de Tiepolo possèdent un visage extraordinairement sensuel, des yeux intenses, presque félins, aux paupières bien dessinées. Du plafond elle nous observe, un peu en retrait, dans un déploiement d'anges et de *putti* qui donne le vertige. Philippe Sollers, qui se rend aux Gesuati deux fois par jour quand il séjourne à Venise, pense qu'on devrait béatifier Tiepolo.

Quand l'organiste s'arrête entre les morceaux, on n'entend plus que la gamme montante du vent de décembre qui gémit sous les portes. Il joue de son instrument avec tendresse, non sans une touche de mélancolie qui berce l'assemblée. Brusquement, j'ai la révélation d'un instant parfait. Tout s'ajuste admirablement : la présence de Tiepolo, l'interprétation rêveuse de l'exécutant, la lumière vacillante, la plainte du vent, le sanctuaire quasiment désert, mais surtout la singulière expressivité des statues et bas-reliefs de Morlaiter qui nous entourent. La tenue exceptionnelle des Gesuati, son élégance doivent beaucoup à ce sculpteur. Ses personnages posent indéniablement, pointant le doigt, se drapant, inclinant la tête, bombant le torse.

Nous sommes bien dans cette « exhibition de

corps » évoquant la jouissance dont parle Lacan. Les gestes, en apparence artificiels, sont si aisés, porteurs d'une telle grâce intérieure que l'on se sent en étroite familiarité avec ces figures pourtant imposantes qui représentent les prophètes et les apôtres. Il faut toujours en passer par le corps et par cette chair glorieuse, essence même du christianisme dionysiaque de Venise.

La *sprezzatura*, ce mot italien intraduisible qui indique à la fois l'élégance et la désinvolture, la dissimulation de toute trace d'effort ou d'application, alliées à une forme d'alacrité communicative et créatrice, définit parfaitement la manière d'être de ces statues. Ces héros bibliques ne sont pas des sommités lointaines et hiératiques, ils veillent affectueusement sur nous. Ce sont des complices au milieu de cet enclos sacré, si éloigné à cette heure du vacarme touristique.

Le célébrant, don Raffaele, entonne l'hymne *O Dio vieni a salvarmi*. Sa voix claire et puissante de baryton tonne dans le sanctuaire. La maigre assistance reprend d'une voix bien frêle. Don Raffaele essaie de lui insuffler un peu plus d'entrain et relance avec une intonation encore plus vibrante, mais le groupuscule parterre manque à l'évidence de répondant. Seule, derrière nous, une vieille femme au visage émacié réplique d'une voix grêle : « *Il Signore ha giurato e non si pente.* » Elle chante presque en solo, avec une inflexion troublante, comme si un feu intérieur la consumait. Un dialogue presque irréel s'établit entre le prêtre et la vieille dame. Elle n'est pas de force à se mesurer avec le célébrant. Cependant, avec cran, elle assure la riposte. Le reste de l'assistance a compris le jeu et finit par se taire. Cette voix fragile et résolue à présent nous représente face à l'aisance de don Raffaele.

Quel cérémonial ! Il me rappelle les vêpres de mon enfance en surmultiplié. Cette exaltation aussi qui me submergeait quand je chantais, plus exactement je rugissais, le *Credo in unum Deum* de la *Messe des Anges*. Il y avait notamment le passage : « *Et unam sanctam, catholicam et apostolicam Ecclesiam* » (Je crois en l'Église une, sainte, catholique et apostolique), martelé avec une énergie redoublée. Une telle ardeur devait crever le tympan à toute l'assemblée. Je retrouve ce soir le sens du rituel et la démesure esthétique que seul possède, selon moi, le catholicisme. Lacan avait raison : avec un tel pouvoir de symbolisation, sa puissance de séduction est inépuisable même si, ce soir, dans ce réduit composé de dévotes, il semble hors de la cité, retranché du monde, comme dans l'Église des premiers temps.

L'office se termine. Je reste un moment cloué sur place, mais en voyant don Raffaele s'engouffrer dans la sacristie, je ne tarde pas à refaire surface. Je dois absolument m'entretenir avec lui. Le sacristain veut m'empêcher d'entrer, mais l'homme de Dieu lève la main, en signe de paix, et doucement demande ce que je désire. J'explique que j'écris un livre sur les églises vénitiennes, j'omets non sans fausseté de mentionner que seuls m'intéressent les lieux fermés. Il me prie d'attendre tandis qu'il se débarrasse de son surplis et de sa chasuble. L'endroit sent le linge amidonné et l'odeur de cèdre que dégagent les vieilles boiseries.

Je crois de bonne politique de lui faire compliment

pour sa voix exceptionnelle, mais il garde un silence gêné, comme s'il n'était pour rien dans cette faveur que le Ciel lui a octroyée. Ce don est au service de son ministère.

Il est né à Venise mais sa famille est d'origine sicilienne. Avant les Gesuati, il était secrétaire particulier du précédent patriarche, Angelo Scola, un prélat politique et réformiste qui fut un moment le grand favori pour succéder à Benoît XVI. Sa charge de curé des Gesuati le passionne : « N'oubliez pas qu'à l'origine, c'est une église de marins. C'est un port, ici. L'eau était omniprésente. » Il montre au loin la table où est célébrée la messe : « Imaginez ! L'eau passait sous le maître-autel ! » Il a conscience d'assister à une diminution de la pratique religieuse mais se refuse à baisser les bras : « Nous devons rendre les laïcs responsables. Ils sont les nouveaux missionnaires. »

Dans cette conversation décousue, je prononce le nom de Napoléon, évoquant les réformes qu'il a apportées. Il me coupe rudement : « Des réformes ! Il n'avait qu'une seule idée : détruire Venise, détruire le lien qu'elle avait avec l'Église. »

Napoléon, le grand désaffecteur des églises ! Je me garde bien d'entamer une polémique avec don Raffaele. À la chute de la République, qui avait asséché les caisses de l'État et ruiné les familles patriciennes, personne n'était plus à même d'assurer l'entretien de tous ces édifices, dont beaucoup appartenaient à des communautés religieuses moribondes. Face à cet appauvrissement, le décret du 28 juillet 1806 ordonna la suppression de quinze monastères d'hommes et de dix-neuf de femmes dans Venise. Neuf églises paroissiales furent fermées. Une nouvelle disposition impériale prise le 23 avril 1810 acheva la liquidation des ordres religieux. À cette date, on pouvait recenser la fermeture de quarante-sept églises dépendant d'autant de couvents. La plupart des objets d'art qu'elles renfermaient furent bradés[1].

— Votre Napoléon a fait démolir à côté une église splendide, San Vio[2]. Croyez-moi, cet homme était un vandale.

---

1. À titre d'exemple, un inventaire établi en 1807 à l'église Santa Croce à la Giudecca fait état de la dispersion de deux cent vingt-six tableaux et de cinquante et une sculptures.
2. Une chapelle, aujourd'hui propriété d'un particulier, a été édifiée à l'emplacement de cette église détruite en 1813.

38

Nous revenons à la Giudecca par le vaporetto n° 2. La traversée, que je passe sur le pont, dure à peine trois minutes. Nous sommes bien sur la mer. Une forte houle agite le bateau. Il ne fait jamais route directement vers la station Palanca, située en face. Il navigue vent debout, semble s'éloigner du prochain arrêt puis se met légèrement à dériver, effectuant comme d'habitude un S parfait.

Avant de regagner l'appartement, nous effectuons notre promenade vespérale. Il est 19 heures. Nous traversons le campo Santi Cosma e Damiano. Les herbes folles ont tellement envahi l'esplanade que celle-ci ressemble à présent à une prairie.

À ma grande stupéfaction, une porte à proximité de l'église que j'ai toujours vue fermée est entre-bâillée. Nous nous engageons dans une ruelle conduisant à un ensemble d'habitations longeant le mur du sanctuaire et, nouvelle surprise, sur ce même mur une porte donnant accès à l'église est ouverte. Le battant frappe au vent. Allons-nous entrer ? Quelqu'un, en ce dimanche soir, s'est introduit dans l'édifice. Il n'a pas verrouillé derrière lui. Qu'est-il venu faire à une telle heure ?

Nous pénétrons à l'intérieur du sanctuaire faiblement éclairé par une lumière provenant de ce que je crois être le narthex. En considérant de plus près la lueur, je remarque qu'elle émane d'un bureau. L'église est désaffectée et divisée en deux. Une partie a été aménagée en espace de travail sur plusieurs niveaux avec cloison transparente et équipement contemporain tandis que l'autre partie, correspondant au maître-autel et au chœur, est vide. Des pierres tombales, des pavements sont scellés à un mur de brique. Tout le mobilier d'église a disparu. Seules la coupole et les lunettes de l'abside et des chapelles sont décorées de fresques magnifiques quoique passablement défraîchies.

J'apprendrai plus tard que l'auteur de ces peintures est un certain Girolamo Pellegrini – à ne pas confondre avec Giantonio Pellegrini, peintre rococo de renom. L'endroit sent la craie humide et cette odeur de clou de girofle caractéristique du bois de mélèze vieilli. La lampe de bureau est soumise à des baisses de tension. Par moments, elle illumine intensément et réveille des visages de femmes. Je parviendrai par la suite à identifier un de ces personnages comme étant la Sibylle de Cumes – c'est elle qui sert de guide à Énée pendant sa descente aux Enfers. La chapelle de droite a été transformée en salle de réunion avec chaises coque plastique empilables.

Je me dis en moi-même que nous ne devons pas nous attarder dans ce lieu. Ce n'est plus une église, même si elle garde des traces de son passé religieux. Le silence rompu par les brèves déflagrations de la bourrasque est pesant. Et la lumière qui n'éclaire qu'une partie de l'ancien sanctuaire a je ne sais quoi d'inquiétant. Elle indique une présence que l'on pressent, mais impossible à identifier. Quelqu'un fourrage du côté des bureaux. Puis le bruit s'arrête. J'ai l'impression qu'on nous observe.

Alors que nous nous dirigeons vers la sortie, une voix grave nous interpelle :

— *Cosa ci fai qui*[1] ?

Je me retourne. Le jeune homme qui nous apostrophe porte la *bauta*, tenue composée d'une cape et d'un tricorne noir aux bords galonnés avec une collerette blanche. Il tient à la main un masque blanc. Il s'avance à pas comptés vers nous. Ses souliers résonnent sur les dalles. Je me dis que je déraille : un homme en habit du XVIIIe marche vers moi et veut me barrer le passage.

J'explique en français que nous sommes des touristes. L'église était ouverte. Nous sommes entrés. Il écoute avec une moue ironique et aperçoit mon carnet de notes. Cela ne cadre pas avec les explications que je donne. Qui suis-je donc ? semble-t-il se demander avec une mimique de plus en plus méfiante. Je lui montre les fresques. Il plaque alors le masque au long nez sur son visage pour regarder comme s'il chaussait des lunettes puis l'enlève, l'air de dire : « Et alors ? »

Nous nous observons un long moment. Ses petits yeux noirs aux paupières tombantes sont interrogatifs. Il ne sait pas trop quel parti adopter. Retentit soudain une sonnerie de téléphone diffusant un

---

1. Que faites-vous ici ?

morceau de musique tonitruant – l'ouverture de *Guillaume Tell* de Rossini. L'homme sort un iPhone d'une poche gousset.

J'imagine qu'avant de se rendre à une fête costumée, il est passé en coup de vent à son bureau, laissant la porte ouverte. Il interrompt sa conversation au téléphone et plaque l'appareil sur sa poitrine :

— Espace privé… Vous comprenez ?

Oui, bien sûr nous avons compris. Amadoué, il montre les bureaux :

— *Incubatore aziendale*[1] !

Je serais curieux de savoir ce que le Grand Vicaire pense d'une telle métamorphose. Satisfait, probablement. L'innovation, la modernité, un lieu de passage et de rendez-vous pour les jeunes créateurs d'entreprises ! La start-up installée au rez-de-chaussée se nomme SerenDPT. La sérendipité : l'art de trouver ce que l'on ne cherchait pas.

En sortant du sanctuaire, un sentiment de tristesse m'accable. Sans doute Santi Cosma e Damiano a-t-elle été réduite à un usage profane qui n'est pas «inconvenant», selon le terme employé par le droit canon. Les apparences sont sauves. Cependant ce statut de relégation me chagrine. On l'a fait passer à un niveau vraiment inférieur. L'Église a beau proclamer qu'un sanctuaire n'est jamais désacralisé, qu'il garde un caractère intouchable impossible à effacer, cet édifice donne le sentiment d'avoir été maltraité, à la façon d'une beauté qu'on aurait non pas transformée en souillon, mais en une personne neutre, insignifiante. Les fresques qui furent somptueuses se

1. Incubateur de start-up.

délavent et vont finir par disparaître. «Un espace *mort* entre des murs», Sartre recourt à cette formule pour caractériser la perte de sacré de l'église vénitienne.

Dans la nuit, alors que nous regagnons l'appartement, je reste sous l'emprise de la vision: les formes qui dansaient encore sous la lumière papillotante; les anges, la Vierge sous le dôme essayant d'animer un ciel de plus en plus décoloré. Un dépôt mort. La représentation d'une Venise à laquelle je préfère ne pas être confronté.

Depuis leur bureau, les jeunes entrepreneurs de start-up ont ces peintures dans leur champ visuel. Les regardent-ils? Connaissent-ils leur signification?

— Il n'y a pas de raison de penser qu'ils sont indifférents ou incapables d'admirer un tel spectacle, déclare Joëlle.

Elle a raison. Le jeune masque de tout à l'heure avait apporté une réelle élégance à son travestissement. Nous le surprenons sur le quai, montant dans un bateau-taxi.

Il nous fait un signe gracieux de sa main gantée.

39

L'adresse que Claudia a inscrite sur mon carnet lorsque je visitais son atelier se situe Fondamenta dell'Abbazia, tout près de l'église Santa Maria della Misericordia. Aurait-elle trouvé un moyen pour m'introduire dans le sanctuaire désaffecté ? Elle a été très évasive sur le sujet. Qu'importe ! Au point où j'en suis, il serait déplacé de jouer les difficiles.

Depuis toujours, cette église sent le soufre. Le 9 juin 1611, le prieur Girolamo Savina y fut empoisonné alors qu'il célébrait la messe. Un moine avait versé une substance toxique dans le vin de communion. L'église apparaît sous un jour démoniaque dans le film *Nosferatu à Venise* de Cozzi et Caminito.

Un artiste suisse, Christoph Büchel, l'avait transformée en mosquée lors de la Biennale de 2015. On s'y serait cru. Tapis de prière, candélabres, versets du Coran et mihrab orienté vers La Mecque. L'installation était parfaite. Les visiteurs étaient même priés de retirer leurs chaussures à l'entrée. Dès l'ouverture, des musulmans accoururent pour prier dans le sanctuaire, semble-t-il en toute bonne foi. Ce fut un tollé. On ne manqua pas d'imaginer une situation semblable dans un pays comme l'Arabie saoudite : une mosquée transformée en église ! L'artiste aurait-il eu la tête tranchée ? Face au scandale, l'ancienne église fut fermée au bout de quelques jours.

Dans cette affaire, le Grand Vicaire n'avait pas été en reste : « Pourquoi dans une église ? » s'était-il offusqué. À cette occasion, le Patriarcat s'était fendu d'une mise au point à caractère technique. Sur le statut des églises désaffectées, il précisait que « pour un usage autre que le culte catholique [tout utilisateur] doit demander la permission de l'autorité ecclésiastique, quel qu'il soit. » Il ne manquait pas d'indiquer que « l'autorisation pour ce site en particulier n'avait jamais été demandée ni accordée. Bien qu'appartenant à des particuliers, l'église n'a jamais été officiellement désaffectée ». Le dernier point semble contestable car de telles cérémonies pour une déconsécration ne se pratiquent plus depuis longtemps – exception faite au Québec, où l'on procède parfois à ce rituel.

Je suis en avance et m'arrête sur la place devant le puits en pierre d'Istrie qui semblait intriguer Hugo Pratt. L'influence arabe à Venise l'obsédait. Il inventait toutes sortes d'histoires autour de sculptures de personnages maures, nombreuses dans le quartier. Y croyait-il ? Certains de ses scénarios sont confus et bâclés. Parfois il se prend les pieds dans le tapis de son érudition, qui se veut borgésienne. C'était un conteur incomparable, très pince-sans-rire. Il avait tout pigé de la comédie humaine et n'avait pas son pareil pour satisfaire l'attente des journalistes avides d'une biographie fabuleuse.

Je le revois arpentant ce campo... Il était de petite

taille et assez corpulent mais très agile. Et quelle tête ! Elle exprimait une force expansive et goguenarde. Une gueule d'acteur américain, des yeux clairs, un menton d'un bel ovale. Son visage n'était pas sans ressembler à celui d'Orson Welles. Presque aussi grand comédien que lui. Il n'était pas dupe des affabulations qu'il inventait sur sa propre vie et l'ironie était une composante de son personnage. D'ailleurs Corto Maltese n'est-il pas un être profondément ironique, très second degré ? L'exploit de Pratt est d'avoir su rendre vivant un héros finalement assez peu incarné. Corto est une construction abstraite, il reproduit les lectures et les choix esthétiques de son auteur. Au départ, c'est un individu sceptique qui ne cesse de s'observer et d'observer les autres. Cette dérision aurait pu saper le fondement du personnage. Il ne cesse de se déclarer en retrait ; heureusement son comportement contredit son discours. Notre marin ne peut s'empêcher de voler au secours de la veuve et de l'orphelin.

Qu'eût pensé Hugo Pratt de son héros mis à présent à toutes les sauces ? Corto Maltese est devenu un produit marketing, présent partout dans les boutiques à souvenirs, aussi insistant à Venise que *Les Quatre Saisons* ou la *bauta*, le masque vénitien – pourquoi pas un nouvel aéroport à son nom ? Je ne suis même pas sûr qu'une telle récupération l'aurait indigné. Sensible comme il l'était à la dérision, il aurait sans doute ricané.

« Comment peut-on entrer dans une autre histoire ? » demande Corto Maltese à la fin de *Fable de Venise*. Voilà la question.

Pour moi, ce n'est plus possible, je suis engagé

vis-à-vis de cette aventure. Je m'y suis enfermé. Je ne puis en sortir.

L'adresse est située le long du canal sous des arcades ornées de pilastres. Je sonne, la porte s'ouvre automatiquement. Je suis introduit dans un vestibule où se tient un gardien. Il me faut laisser une pièce d'identité.

Une jeune femme, sans doute l'assistante de Claudia, me prie de l'accompagner. Dans l'air silencieux, nous traversons des couloirs sombres, des pièces en enfilade mal éclairées. Dans une salle voûtée, une lumière éblouissante venue d'une fenêtre haute découpe en oblique un faisceau qui fait penser à un tissu de soie immaculé posé sur le dallage. L'endroit paraît immense. Je ne pense pas que ce soit une église.

— Où sommes-nous ?

Ma question semble l'étonner.

— On ne vous l'a pas dit ? Vous êtes dans l'ancienne Scuola della Misericordia. L'un des plus beaux bâtiments gothiques de Venise, mais on ne le visite pas, c'est un laboratoire. Quinzième siècle ! dit-elle fièrement.

Je réalise soudain que je me trouve dans l'édifice dont la façade en brique donne sur le campo de l'Abazia. L'une des plus anciennes des sept *scuole grandi* de la ville, institutions typiquement vénitiennes, confréries laïques vouées à la fois à la dévotion et à la bienfaisance.

Un rayon de lumière pailleté de poussières éclaire une sorte de vestibule meublé de quelques étagères et d'une console. Serait-ce la pièce que j'ai aperçue à travers la serrure au début de mon séjour ? J'ai tant rêvé devant cette façade, observé la pression du temps sur l'appareillage… On eût dit que la maçonnerie était sur le point de céder. Je suis resté des heures pour tenter d'en déchiffrer les sigles, les failles, les bosses. Une page remplie de caractères qu'on épelle tout bas faute de pouvoir en saisir le sens.

Nous montons à l'étage noble. Claudia attend en haut de l'escalier, la main droite plongée, comme il se doit, dans la poche de sa blouse blanche.

Une salle aux proportions démesurées s'étend devant nous. Le pavement à la vénitienne, lisse et léger, trampoline sous l'effet de chaque pas. La charpente déploie un appareillage compliqué de solives et de poutres colossales.

Je suis soufflé par l'extraordinaire atmosphère du lieu.

J'ai beau être dans le présent, regarder Claudia vêtue de sa blouse blanche, quelque chose s'est renversé instantanément lorsque je suis entré dans le clair-obscur de cette salle. Elle a gardé intacte l'empreinte gothique. Qu'a-t-il bien pu se produire ? Le passage à un ordre inverse, un changement de direction.

Affirmer que le passé est là, immobile, qu'il n'a pas bougé, n'a aucun sens. Que pourrais-je bien savoir, moi, de ce passé ? Rien. Aucune résurrection n'est possible. L'image absente qu'il faut combler, aucune totalité ne la recréera. Ce sera toujours un subterfuge, la falsification ne sera jamais loin. On peut tout de même essayer, organiser l'illusion.

L'imagination aime le bricolage. Subsistera toujours le côté approximatif.

J'ai conscience qu'à cet instant je me monte la tête. Pourtant je n'ai pas eu à me forcer. Cette salle haute au pavement lisse et élastique, qui miroite faiblement, appartient à un autre monde par la paix absolue qu'elle renferme. Neuve, inentamée. Le temps semble n'avoir pas corrodé l'immense galerie. Une odeur légèrement acide de grenier à grain flotte dans l'atmosphère. On ne doit pas souvent ouvrir les fenêtres. Cela se *sent*. Un chauffage à air pulsé envoie doucement des bouffées tièdes sur l'immense surface.

J'essaie d'expliquer à Claudia l'étrange sensation que dégage ce lieu. Je ne la connais pas assez pour lui faire part de mes divagations sur les ravages de l'imagination.

— C'est normal, répond-elle d'une voix suave. C'est ici même que le Tintoret a peint le *Paradis*.

— Évidemment, ai-je failli répondre. Mais je n'ai pas envie de faire le malin. La révélation de Claudia me trouble au plus haut point. Le Tintoret, dans cet espace, aux prises avec son *Paradis*, cela saute aux yeux bien sûr. Dans quel autre atelier aurait-il pu peindre! Claudia explique que la toile de vingt-quatre mètres de long, réputée pour être le plus grand tableau du monde, était composée en fait de trois bandes qu'il a fallu ensuite coudre. Domenico, le fils du peintre, dirigeait le chantier sous l'œil de son père, Jacopo. Le Tintoret gagnera le concours par défaut. Véronèse, qui était mort, l'avait emporté. Bassano avait concouru. Palma le Jeune aussi – le projet de ce dernier ne manquait ni de souffle ni d'éclat, cette fois il avait pris la chose au sérieux.

Le Paradis qu'on voit au Palais des doges, dans la salle du Grand Conseil, a été achevé par Domenico. Il ne correspond pas tout à fait à la dernière esquisse du Tintoret. Je ne puis m'empêcher de penser que sa lumière cernée d'ombres étranges imprègne encore la salle du chapitre. Cette lumière ne vit plus, c'est sûr, mais il me plaît d'imaginer que cette stagnation crépusculaire a laissé des traces dans ce lieu. Il flotte dans l'air une intériorité spirituelle, quelque chose de songeur, une tension maîtrisée. C'est peut-être dû, après tout, à la présence de Claudia.

Je pense au texte que Sartre a écrit sur le Tintoret, *Le Séquestré de Venise*[1]. Philippe Sollers a raison de dire que c'est un des grands textes de l'écrivain, « très inspiré, très politique, et encore très fou ».

Je ne connais pas assez la vie du Tintoret pour affirmer que Sartre a inventé un personnage qui n'a rien à voir avec la réalité. Mais quelle verve, quelle énergie, quelle foi immodérée dans les pouvoirs de la théorie ! On sent chez lui la tension qui produit images et métaphores à tour de bras, le côté excité – il marchait beaucoup alors à la corydrane. Comme avec Flaubert, il s'est reconnu, et même identifié à ce peintre plébéien et rebelle, décrit par lui comme « l'ouvrier suprême ». Dans cette pièce, le Tintoret a livré son dernier combat. Quand Sartre écrit que « le malheur a voué Jacopo à se faire sans le savoir le témoin d'une époque qui refuse de se connaître », il est probable qu'il pense à lui. De même, quand il note

1. *Situations IV*, Gallimard, 1957.

292

que Venise n'a jamais aimé le Tintoret, ce « traître », préférant le Titien, on ne peut s'empêcher de penser à Camus. Le Tintoret, dans sa rugosité, trahissait les aspirations toutes vénitiennes de langueur, de suavité, d'indolence. La thèse de Sartre sur le peintre est probablement fausse mais l'écriture qui la porte est éblouissante.

Peut-on l'imaginer visitant cette salle à la recherche de son héros ? La poursuite de la trace invisible, les pratiques antiquaires, les signes dormants qu'il faut réveiller ne faisaient pas spécialement partie de ses préoccupations, même s'il est allé examiner la dalle nue où repose le Tintoret à l'église Madonna dell'Orto, opposant cette sépulture à « la montagne de saindoux » sous laquelle le Titien est enseveli aux Frari.

Sartre a profondément aimé cette ville, c'est une certitude. Il a adoré sa « vie populaire » qui faisait de Venise « l'une des plus gaies, une des seules gaies d'Italie. » Peut-on affirmer aujourd'hui que Venise soit gaie ? Elle procure une sensation euphorique certainement, un état de surexcitation qui peut aller jusqu'à l'exaltation, mais gaie, disposition plus naturelle, plus simple, moins émotionnelle, je ne crois pas. On a assez souligné le caractère ouvert de la ville, sans mur d'enceinte ni forteresse. C'est unique en Europe. Ouverte mais pas si extravertie que cela, portée certes à la fête à condition qu'elle soit masquée. Sartre se pose d'ailleurs lui-même la question : « D'où vient qu'on n'y puisse tenir ses joies au sec ? »

Je suis stupéfié par le destin d'un livre comme *La Reine Albemarle*, ouvrage posthume publié en 1991. Au départ, son projet est ambitieux, Sartre veut écrire « un récit de voyage se détruisant lui-même ».

Il s'y donne à fond, généreusement, comme d'habitude, puis un jour il laisse tout en plan et passe à autre chose. De nombreux chapitres se terminent par des phrases inachevées. Soudain, cela cesse de l'intéresser. Les pages pourtant sont superbes. Il est si désintéressé qu'il ignore même où est passé le manuscrit : « Je ne sais plus où c'est, ça a disparu », dira-t-il longtemps après.

Je m'interroge au sujet de Morand (je sais, c'est un peu facile de le jouer contre Sartre !) : pourquoi le charme de *Venises* n'opère-t-il plus chez moi ? Les images sont saisissantes, les trouvailles stylistiques crépitent à chaque phrase. La déconvenue vient peut-être de là. Parfois j'ai envie de dire « pouce ! ». Un côté trop plein, un brio systématique. À la longue, un sentiment de lassitude se fait jour, un je ne sais quoi d'inépuisable qui n'accroche plus.

Je n'ai cessé de relire Morand. Si, à chaque lecture, il m'enchantait, c'est peut-être que j'avais tout oublié de la précédente. Il y a des écrivains comme cela : nous les admirons, mais nous n'en gardons aucun souvenir. Aucune image ne s'est agrippée à notre mémoire. La seule impression que nous en avons retenue est cette virtuosité, sans qu'il soit possible d'en donner un traître exemple. Une preuve ! Il est vrai que ce n'est pas donné à tout le monde. Un livre, s'il ne nous reste que la surprise d'une image, une fragile présence au monde, un trait inédit chez un personnage, c'est déjà gagné. Il suffit de peu, d'un signe, d'un rien – une misère ! – pour qu'une œuvre nous interpelle, s'imprime et fasse événement. Une telle expérience est bien plus rare qu'on ne le pense. Que de livres dont nous sortons indemnes ! Ils ne créent chez nous aucun dommage. Nous passons au suivant. Mais le chef-d'œuvre complet, absolu, qui déstabilise, emporte l'adhésion sans restriction et métamorphose une vie... Ces livres-là se comptent sur les doigts d'une main.

Les écrivains italiens ont beaucoup compté pour moi. À la moindre occasion, au temps du *Matin de Paris*, je me rendais en Italie pour les rencontrer : Alberto Moravia, qui prenait très au sérieux son statut d'écrivain engagé ; Italo Calvino, qui était ailleurs mais qui voyait tout.

Mon préféré était Leonardo Sciascia. J'étais allé le voir à la Noce, sa maison de campagne près de Palerme. Il m'avait montré son petit bureau, où il travaillait. Auparavant, à Lausanne, je venais de rencontrer Georges Simenon. Je lui avais demandé de dédicacer un Maigret pour l'écrivain sicilien. Il n'en avait jamais entendu parler. Sa dernière compagne, Teresa, une Italienne, lui avait dit : « Écris-lui quelque chose de bien, c'est un de nos plus grands auteurs. » Pour l'occasion, Simenon s'était fendu d'un hommage particulièrement dithyrambique à Sciascia. D'ordinaire réservé, celui-ci en avait été bouleversé. Maigret était un de ses héros préférés.

À chacun de ses passages à Paris, nous déjeunions ensemble. Sciascia adorait cette ville et voulait que je l'aide à y trouver un appartement. Il n'était pas bavard. Nous n'avions pas besoin de parler pour échanger intensément. J'aimais dans ses livres, construits comme des romans policiers, leur froide ironie et leur sens parodique, la recherche anxieuse d'une vérité cachée ayant souvent l'apparence du mensonge.

J'appréciais surtout chez ces écrivains qu'ils me permettaient de me rendre en Italie.

40

— Venez, dit Claudia.

Dans la pénombre, elle indique une toile d'au moins cinq mètres de haut posée sur des tréteaux.

— Palma le Jeune, indique-t-elle laconiquement.

Je n'entends plus que le ventilateur à air pulsé. Sa confortable respiration est si basse et si amortie qu'on ne sent que le souffle de son haleine tiède.

Là encore, j'aurais pu rompre le silence en répondant évidemment. Palma l'accompagnateur. Celui-là ne me quitte pas d'une semelle. Là, c'est sûr, il me fait plus qu'un clin d'œil, il veut m'embobiner. Claudia mentionne en effet que le tableau qu'elle restaure provient des Gesuiti, l'église que ne manquait pas de visiter Lacan à chacun de ses séjours pour contempler le *Saint Laurent* du Titien. Les Gesuiti, elle dit cela en passant… Je lui demande de répéter.

— Oui, la première chapelle à droite en entrant.

Elle me regarde, étonnée :

— Qu'y a-t-il ? Cela vous étonne ? Elle avait besoin d'être nettoyée et restaurée. Beaucoup de saletés, de moisissures. La partie inférieure est pourrie. L'humidité, comme souvent à Venise, est remontée.

Voilà où était passé le retable absent lorsque cet ami et moi avions marché sur les pas de Lacan. J'avais été frappé par les deux morceaux de bois en forme de X barrant l'emplacement. C'était comme si on avait condamné la chapelle. Rayée d'un seul coup. L'espace réservé à la peinture avait été remplacé par un affreux contreplaqué.

— La peinture reviendra aux Gesuiti ?

— Voyons ! Bien sûr, répond Claudia sur un ton de reproche. Dans au moins un an. Il y a eu auparavant deux restaurations malheureuses. L'une à la fin du XVIIIe, l'autre au XIXe siècle. On n'hésitait pas à refaire la physionomie d'un personnage. Il faut enlever les vernis, la colle, et procéder à de nombreux essais pour avoir le bon solvant.

— D'accord, dis-je en la taquinant, mais dans un siècle on pourrait vous faire le même reproche.

Elle éclate de rire :

— Quel reproche ?

— D'en avoir trop fait. Ou pas assez.

— Les choses ont changé. Non seulement la restauration se fait à présent dans le respect absolu du travail original de l'artiste, mais elle doit aussi permettre dans le futur d'éventuelles remises en état.

La peinture de Palma le Jeune, qui représente un ange gardien et d'autres anges accompagnant les âmes, n'a pas la beauté luxueuse et foudroyante du Véronèse qui trônait dans son atelier. Elle est plutôt dans un registre aimable, avec des nuances fraîches et lumineuses, de délicats nuages nacrés surmontés d'un ciel gris-bleu. Les anges aux visages enjoués montrent leurs bras et peinent à garder leur sérieux.

Au fond du tableau, à gauche, on voit un ange discutant avec un jeune homme tenant à la main un poisson, accompagnés d'un chien. La scène ne correspond absolument pas au sujet du tableau, qui traite des âmes transportées au ciel par des anges. C'est en fait l'histoire de Tobie et de l'ange Raphaël au moment où un poisson capturé dans le Tigre va permettre au père de Tobie de guérir. Tobie, un de mes livres préférés de la Bible, justement parce qu'il ne cesse de faire sens pour aller vers un dévoilement final. Mais c'est un sens que Tobie n'aperçoit pas sur le coup. L'histoire repose sur une série de hasards qui en réalité n'en sont pas, en fonction d'un secret qui ne sera révélé que dans les dernières lignes.

Palma le Jeune montre une fois de plus son heureux tempérament, son aisance non dénuée d'une certaine complaisance. Je demande à Claudia son opinion sur le peintre. Elle croise les bras comme un enfant sage et réfléchi. Elle vante « son efficacité ». Pour le coup, je la trouve un peu langue de bois. Néanmoins je finis par comprendre les raisons de sa bienveillance. Cette mansuétude est un acte de loyauté à l'égard de ses peintres disparus avec lesquels elle a instauré une complicité. Elle les considère comme des personnes vivantes et des amis. Qu'on ne compte pas sur elle pour les critiquer, ce serait les trahir. Elle trouve peut-être blessante mon attitude à l'égard de Palma. Je suis injuste. N'a-t-il pas achevé ce que je considère comme le tableau le plus bouleversant de l'Accademia, la *Pietà* du Titien, avec cette Marie-Madeleine égarée, ce Christ affreusement désarticulé soutenu par sa mère, et ces horribles figures de lions ? Cette toile a un côté jeté, sensoriel, presque impressionniste. Il y a apporté sa touche finale, ce n'est pas rien ! Mon ami le peintre Édouard Trémeau assure que, sans évidemment les égaler, Palma résume parfaitement les trois « grands », Véronèse, Titien et Tintoret. Pour lui, Palma est « l'élève définitif » de l'école vénitienne.

J'envie Claudia. Elle ne vit pourtant pas dans un monde imaginaire. N'affronte-t-elle pas la matière, l'usure du temps ? Elle essaie de retarder le dénouement de ces toiles qui finiront en poussière, elle se bat contre le vieillissement naturel à l'aide de sondages et de radiographies, avec ses solvants et ses mastics. Athéna est l'emblème de la patience qui domine la force. Comme elle, Claudia n'habite pas un monde fictif mais légendaire. Certes, elle bouche, nettoie, refixe, retouche, mais elle est ailleurs. Elle séjourne dans l'empyrée, au cœur même de ciels lumineux et de paysages édéniques, surveillant ses anges comme si c'étaient ses enfants, décrassant leur tunique, soignant gerçures et rides. Elle s'est installée à l'intérieur même des scènes bibliques, au cœur d'un roman étourdissant peuplé de prophètes, de saints, de vierges, de Christs souffrants ou ressuscités. Je comprends qu'elle éprouve de la difficulté à s'en séparer une fois son travail terminé. Ne leur at-elle pas donné une nouvelle vie ? Elle les a remis en lumière. Alma dit souvent que *restaurer* participe du même effort que *rouvrir*.

À présent il faut se séparer. Un déchirement pour Claudia.

Elle tient à me montrer le jardin du cloître ceint de

murailles, protégé par de vieux bâtiments. Il est vaste mais si intime qu'on dirait un jardin d'hiver. Il est prolongé par une pépinière, la seule de Venise, un de ces îlots préservés dont la ville est peu avare. La brume fait briller les brins d'herbe des pelouses parfaitement entretenues. Solitaire, le campanile se tient à l'écart de l'église Santa Maria della Misericordia. Je me tourne vers Claudia.

— N'y a-t-il pas un moyen de pénétrer dans cette église par ces jardins ?

Je ne lui dis pas que je suis venu pour cela, ce serait d'ailleurs inexact, le cours des événements a joué cette fois en ma faveur même s'il m'a dévié de mon but.

— Oh ! vous n'y pensez pas ! dit-elle comme si elle réprimandait un adolescent effronté.

D'un ton patient, elle me réplique que l'église appartient à un particulier. À son regard navré, pareil à celui du médecin qui constate une rechute, elle doit se dire : « Il n'est donc pas guéri. »

41

Après le dîner, alors que je déguste mon cigare comme à l'accoutumée face aux Gesuati, un texto me parvient : la visite de Santa Maria del Pianto est prévue demain à 15 heures.

Alma, qui a trouvé la personne idoine et effectué les démarches, m'accompagnera. Témoin quotidien de mes tribulations, Joëlle veut être aussi de la partie.

Je suis réveillé au milieu de la nuit par le bruit familier : le choc élastique du vaporetto N qui frappe le ponton, le couinement du caoutchouc froissant l'embarcadère. La poussée violente du moteur deux minutes plus tard pour repartir, la tubulure d'échappement sur l'eau comme un gargouillement, la propagation du son qui finit par s'évanouir… À part le doux bang du bateau sur l'appontement, aucune rumeur ne vient troubler la quiétude de l'appartement tendu de tissus. La douceur des tentures, légèrement fanées, absorbe les bruits et, dans ce décor fin de siècle, laisse glisser les fantômes légers de la nuit.

Cette fois je me rendors difficilement, excité à l'idée de pénétrer dans *ma* première église fermée.

Je me dis que Sant'Anna, San Lorenzo, San Lazzaro, Santi Cosma e Damiano ne *comptent pas*. Rencontres accidentelles, inabouties. Elles n'ont témoigné jusqu'à présent que de la médiocrité de ma quête. Je suis entré par hasard. Sans cette faille dans le dispositif, je serais revenu complètement bredouille. Les ai-je vraiment connues ? Je les ai vues à la sauvette : « Fais vite et dégage ! » m'ont-elles signifié. En fait, elles m'ont ignoré. Cette fois, l'une d'elles va m'accueillir. Me reconnaître. Témoigner en ma faveur. Attester de la légitimité de ma recherche.

Il est 15 h 10. Nous piétinons dans le froid tous les trois sur Fondamente Nove. Santa Maria del Pianto apparaît par-delà le mur, plus désirable et plus mystérieuse que jamais. Verrouillée par le gros cadenas carré, la barre de fer tout oxydée va-t-elle coulisser tout à l'heure ? Dans l'attente, le moindre détail mobilise le cerveau et fixe absurdement l'attention. Je ne puis m'ôter de la pensée que le verrou est de la marque CISA. Je m'essaie à être impassible, l'intérieur bouillonne. Et si la collaboratrice ne venait pas ? Je me garde bien de communiquer cette réflexion à Joëlle et à Alma. Elles devisent paisiblement, le dos appuyé sur le mur pour prendre le soleil, et semblent avoir pris le parti d'ignorer mes états d'âme.

15 h 20. Je me désintéresse du cadenas. Mon regard est à présent en arrêt devant les deux hippocampes qui ornent la porte d'entrée – l'hippocampe, cette partie du cerveau qui permet de convertir les

événements en souvenirs ! La porte est surmontée d'une croix autour de laquelle se déploient les attributs de la crucifixion. Mes yeux s'appliquent à fixer la lance, symbole du coup au côté que reçoit Jésus alors qu'il est déjà mort. « Aussitôt il en sortit du sang et de l'eau », témoigne l'apôtre Jean. Ce détail m'a toujours intrigué. Pourquoi les trois autres évangélistes ne le mentionnent-ils pas ? Non moins étrange est la phrase qui suit : « Celui qui a vu a rendu témoignage, et son témoignage est conforme à la vérité et d'ailleurs celui-là sait qu'il dit ce qui est vrai afin que vous aussi croyiez. » Que d'insistance ! Pourquoi protester ainsi de sa bonne foi avec une telle véhémence ? Parce que l'attestation est capitale. C'est la preuve de la mort du Christ. Indispensable pour la suite, la résurrection. La résurrection, encore une histoire de porte ! Le lieu de la sépulture, auparavant fermé par une grosse pierre, est ouvert. Stupeur de Marie de Magdala : le tombeau creusé dans le rocher est vide. Mais cela prouve-t-il la résurrection du Christ ? Tout commence ici, par cette porte qui a été roulée. Elle ouvre sur la plus belle épopée de tous les temps.

Cette affaire de lance et de résurrection a réussi à faire diversion. Sur quoi vais-je me concentrer à présent ? La fenêtre thermale, l'estampille de l'église vénitienne, la marque de Palladio, qui s'est inspiré de l'architecture romaine antique. Celle de Santa Maria del Pianto est condamnée. La baie en demi-cercle divisée par deux montants a été grossièrement bouchée. Un signe qui augure mal de l'état du sanctuaire…

— Hello !

Une voix enjouée m'interpelle.

Je ne l'ai pas vue arriver, elle et son factotum qui nous avait ouvert San Lazzaro dei Mendicoli. Il tient un gros trousseau de clés qu'il ne manque pas de faire cliqueter sous notre nez. C'est le jeu et nous sourions poliment à son manège. Il empoigne le cadenas et engage une clé rouillée dans la serrure. Ce n'est pas la bonne. Il en choisit une autre. Nous observons tous les trois ses gestes en retenant notre souffle. La clé tourne. Il tire la barre. Le bruit grinçant produit par les gonds de la porte métallique, probablement lubrifiés au siècle dernier, est le plus mélodieux que j'ai entendu depuis longtemps. Il y a dans ce frottement pourtant désagréable une telle promesse que je ferme les yeux plusieurs secondes.

Se présente alors le jardin. En triste état… En fait, il est nu, il n'existe plus. Ce n'est pas une surprise. Seul le platane à la charpente en forme de trident a encore fière allure. Je reconnais le seau de plastique jaune que j'avais entrevu au début de mon séjour. Et les migrants qui s'étaient réfugiés ici ? Ils étaient probablement terrés derrière le mur. Aucune trace, si ce n'est peut-être l'herbe piétinée, elle a mal repoussé, elle a l'air rabougrie.

La porte de l'église surmontée d'un tympan est de mauvaise qualité ! Le bois peu épais du battant est gaufré par l'humidité. Le lierre commence à envahir la façade sur laquelle un écriteau avertit qu'il y a un danger en raison des chutes de pierres – je me demande à qui s'adresse cette mise en garde vu que le lieu ne se visite pas.

L'homme pousse la porte d'un coup de pied. L'intérieur du sanctuaire apparaît.

Ce n'est pas un surgissement, plutôt une perception qui prend corps peu à peu. Car il faut que l'œil puisse prendre connaissance et s'habituer à une pareille apparition.

J'ai rarement vu un spectacle aussi *discordant*. Une vision aussi incohérente, exprimant l'élégance décavée, le faste et le dénuement. D'un côté, on pourrait dire que l'église ressemble à une ravissante salle de théâtre : plan octogonal parfait, sept autels comme autant de loges. Rien de plus accompli. Une conception à la fois très simple et très pensée. Le type même de l'architecture intime, raffinée, évoquant le salon de musique ou le boudoir cher à Philippe Sollers. La société vénitienne devait priser un tel cercle. Si l'on n'y débattait pas, du moins devait-on se sentir bien dans un tel décor, en harmonie et confidence avec la divinité.

Cette impression est celle qu'on pouvait probablement avoir en 1810, au moment où les offices religieux furent supprimés par l'Attila corse.

Elle ressemblait tellement alors à un théâtre qu'on y monta un moment des spectacles. Puis commença sa longue décadence. Peut-être redevint-elle brièvement un lieu de culte pendant la période où elle fut transformée en institut d'éducation pour orphelins. Subsistent des fresques de Sebastiano Santi, un peintre spécialisé dans les sujets religieux, en activité dans la première moitié du XIXe siècle. Les œuvres qui représentent les évangélistes et les épisodes de la vie du Christ ont gardé quelque éclat.

On y sent déjà le style émotionnel et mièvre de l'époque, mais au moins ces peintures rachètent par leur présence l'état d'abandon du lieu. La discordance est là. Que ce sanctuaire soit en ruine, ça n'a rien d'étonnant. On ne s'attend pas à autre chose. Le scandale est qu'il touche à la grâce. Un tel endroit est une faveur, un pur joyau octroyé. Non seulement les hommes ont refusé cette grâce, mais ils l'ont abîmée. Ils l'ont laissée se dégrader jusqu'à ce que l'édifice soit mis hors de service. Toujours la même histoire : le monde s'obstine à refuser la lumière, il lui préfère les ténèbres. Rien n'a changé depuis saint Jean.

Les autels dépouillés de leur retable n'offrent plus qu'un panneau grossier de contreplaqué. Notre accompagnatrice précise que *La Déposition* de Luca Giordano qui décorait le maître-autel se trouverait à présent à l'Accademia. Aux dernières nouvelles, elle serait entreposée dans les réserves du musée et n'est donc pas visible.

Elle a l'air navré. À chaque fois, j'imagine, elle doit accuser le coup. Elle n'y est pour rien, évidemment. Pas plus que l'hôpital qu'elle représente. Ce dernier a hérité de deux siècles d'abandon. Je trouve même héroïque sa façon d'empêcher la chute, de poser des étais et de sauver les apparences, alors qu'à l'évidence tout est perdu.

Au centre du sanctuaire, à l'intérieur d'une clôture mobile de chantier, sont entassés des planches disloquées et pourries et des restes de palettes. Le sol est couvert de gravats. L'édifice dégage une odeur flétrie de vieux plâtre et de moisi. La porte sous la chaire a été murée à l'aide de briques. Les infiltrations d'eau ont altéré la voûte où l'on observe des décollements et des écaillages. Une canisse en bambou, qui mérite bien son nom de brise-vue, a été posée sur le plafond pour dissimuler les dégradations. Seul le balcon d'orgue, dont la voûte est consolidée par un cintre en bois, conserve un certain apparat. La trace d'une grâce disparue. Le buffet, orné de deux colonnes dorées, pavoise même avec ses jolis rideaux cousus en godets. On dirait une scène de théâtre en miniature.

— Alors, tu es content ? interroge Joëlle.

— Oui, content et désolé. Je me doutais que ça serait en mauvais état, mais à ce point ! On voudrait sauver cette église qu'on ne le pourrait pas. La fin paraît inéluctable. Sainte-Marie des Larmes, elle mérite bien son nom.

Je me demande ce qu'en pense Alma. Occupée à examiner un par un les débris du naufrage, elle n'a rien dit jusqu'à présent. Elle est interloquée, elle aussi, et prononce le mot de désertion. C'est le terme qui convient. Nous sommes face à un abandon, mais aussi un reniement, une trahison, comme si Santa Maria del Pianto était passée à l'ennemi alors qu'elle est une victime. L'ennemi, c'est l'indifférence, la neutralité, la croyance qu'on ne saurait sauver tout le monde. La bonne conscience, appliquée comme dans un plan social : certaines églises doivent rester sur le carreau pour que les autres vivent. Le Cerf blanc avait raison, c'est trop facile d'accuser le temps. Le temps fait son travail. Il pose sa grosse patte, il serre trop fort et finit par tout abîmer. On ne peut le lui reprocher. C'est son activité normale. Le vrai responsable, l'homme qui laisse faire et regarde ailleurs, refusant de porter secours.

Noli me tangere, cette fois c'est tout le contraire. *Tange me*, touche-moi. Je n'ai plus conscience de mon corps. Mets la main sur moi, rencontre-moi, fais-moi exister, je dépéris. Telle est la prière de l'église construite sous le règne d'une Venise encore glorieuse. Un appel au secours émanant d'un être encore vivant. Il est dévêtu, épuisé. Il n'en a plus pour longtemps.

Lorsque la première pierre est posée, en 1647, Venise vient de vaincre les Turcs en Crète. Santa Maria del Pianto consacre l'une de ses ultimes victoires. Ensuite, la Vierge pourra pleurer toutes les larmes de son corps pour les siècles à venir. « Toi-même, un glaive de douleur te transpercera le cœur », annonce Siméon à Marie alors qu'elle présente l'enfant Jésus au Temple.

Cette prophétie est l'une des sept douleurs que connaîtra la mère du Christ. Étrange tout de même que pour marquer un succès on ait choisi de dédier cette église à la souffrance et aux pleurs. Je suis persuadé que l'adoption du nom doit se lire comme un acte fondateur qui induit la suite. Notre-Dame des Larmes, ou des Sept Douleurs, une telle désignation n'a cessé de peser sur elle. En plus, l'esthétique élégante et heureuse désavoue formellement la dédicace. Dès le départ, nous sommes bien dans la discordance.

Tout s'enchaîne, mais mal, jusqu'à cette proposition de la municipalité de Venise en 2001 d'utiliser Santa Maria del Pianto pour les enterrements civils. La curie vénitienne refusera, arguant que le sanctuaire était toujours consacré – encore un coup du Cerf noir ? Non, l'honnêteté m'oblige à dire qu'il n'était pas encore là. Prétexte un peu vain : l'Église ne pratique plus depuis longtemps de cérémonie de déconsécration. À mon avis, ce qui chiffonnait le

Patriarcat, c'est le service funèbre profane célébré dans un édifice religieux. En France, on n'a jamais résolu la question. On a beau faire, il manque un rituel aux obsèques civiles. En cherchant à se démarquer de l'office religieux, elles le copient finalement. Est-ce le cas en Italie? En tout cas, le projet de la municipalité impliquait d'importants travaux de restauration. Santa Maria del Pianto eût été sauvée.

Un flot de lumière venu du dehors par la porte réveille subitement l'édifice. Le dallage resplendit malgré la poussière. Nous passons de l'ombre à la lumière. D'un coup, l'air embrasé a chassé l'odeur de vieux placard humide. Le spectacle nous laisse cois. Le théâtre est en train de s'animer. Les joints, les nœuds, les veines du panneau de contreplaqué derrière le maître-autel se mettent à briller. On va frapper les trois coups.

Ce sera un seul coup. La porte claque et se ferme. Tout s'éteint. L'homme aux clés l'ouvre, mais le soleil a disparu.

Ce bref moment de grâce, nous ne cesserons ensuite d'en parler sur les Fondamente Nove. À l'image de ces enterrements, lorsqu'on revient du cimetière et que les langues se délient. Au lieu de parler du défunt et du vide laissé derrière lui, on se plaît à évoquer les moments les plus beaux et les plus émouvants des hommages, l'instant où celui qui n'est plus semblait être encore parmi nous. Pendant quelques secondes, le passé s'est rallumé comme une boule de feu qui traverse l'espace. La traînée lumineuse nous a foudroyés. Mais de manière trop fugitive.

Je taquine Alma :

— Vous dites souvent que le secret protège ces

310

églises contre l'effraction et qu'il faut les laisser tranquilles. Mais le secret, le silence peuvent aussi contribuer à les faire mourir. Ne pensez-vous pas qu'elles réclament aussi d'être vues ? Par notre présence nous avons réanimé Santa Maria del Pianto.

C'est un sujet de chamaillerie plus que de conflit entre nous. Elle soutient que Venise subit un viol. Dès lors, selon elle, ces lieux épargnés ne peuvent que nous réjouir.

— Réanimé, je veux bien, intervient Joëlle. Et après ? Tu l'as fait ouvrir. Je reconnais que nous avons été témoins d'un moment exceptionnel. Elle a beau être à l'agonie, on sent encore sa beauté, son raffinement... J'ai même eu l'impression d'entrevoir sa vie passée, la splendeur des offices... Elle a encore quelque chose de vivant. Un trésor caché qu'on ouvre uniquement pour vous, c'est toujours excitant. Tu as raison d'être satisfait. Mais pour elle, que va-t-il se passer maintenant ? Notre visite ne change rien. Elle est condamnée.

Condamnée, elle l'est, mais elle n'a rien livré non plus de son mystère. Elle nous a été ouverte mais elle reste *fermée*.

Cette certitude ne m'est pas apparue sur le moment. Curieusement, c'est lorsque nous sommes passés, après la visite, devant la porte toute proche des Gesuiti que la révélation s'est faite. La porte de l'église était ouverte, banalement ouverte, offerte à la vue, si facilement accessible, celle-là. J'ai pensé aussitôt : Santa Maria del Pianto nous a possédés, affectant de cacher ce qu'il y aurait à voir mais dissimulant ce qui ne peut être vu.

L'évidence s'est imposée à moi : elle n'a dévoilé

qu'une partie d'elle-même, son apparence ruinée. Le reste, elle l'a fermé comme on le dit d'un visage impénétrable. Toute scène de théâtre recèle un endroit invisible appelé les *dessous du théâtre*, un espace secret constitué de plusieurs niveaux permettant d'escamoter décors et comédiens. Nous n'avons vu que la scène, nous n'avons pu voir l'arrière-monde caché sous le plancher.

Je m'aperçois à présent que beaucoup d'éléments étaient masqués. La canisse de bambou sur la voûte, les grilles de parloir en petits carreaux losanges sur l'un des murs (je n'ai pas eu l'idée de regarder ce qu'il y avait derrière), le contreplaqué occultant tous les autels. En réalité, l'église n'est qu'une partie d'un ensemble beaucoup plus vaste, autrefois un monastère, qui a disparu.

Qu'eût pensé Lacan d'un tel sanctuaire ? Il n'est guère plausible qu'il ait voulu se faire ouvrir cette église pratiquement invisible, inconnue en tout cas de la plupart des visiteurs même si le mur et le jardin d'où émerge la toiture d'un temple mystérieux peuvent exciter la curiosité. Ce point de douleur et de ravissement l'aurait certainement intrigué, ne serait-ce qu'à cause de *La Déposition* de Luca Giordano. Devant le corps nu du Christ descendu de la croix que Marie-Madeleine embrasse avec effusion, ne sommes-nous pas au cœur de cette obscénité des églises vénitiennes qui subjuguait Lacan ? Tous ces peintres qui traitent des sujets religieux, il n'a cessé de les retourner pour leur donner un contenu nouveau et subversif.

Je ne cesse de citer Lacan alors qu'il m'est souvent incompréhensible. Précisément, ce que j'aime chez lui, c'est son dédain de la clarté ou plutôt de la lisibilité, son pouvoir d'errance, sa résistance farouche à l'entendement. La limpidité aurait réduit sa pensée. Comme l'a proclamé un jour Jacques-Alain Miller : « Il est très suffisamment indigeste pour qu'on ait encore longtemps à le mastiquer[1]. » Lacan parle une langue inconnue composée d'ellipses, d'homonymies, d'inversions, qui renâcle à se laisser traduire. C'est lorsqu'il fulgure qu'il me touche. L'obscurité se dissipe quelques instants, l'aphorisme resplendit. C'est non seulement limpide mais foudroyant. Puis il regagne son empyrée, nous laissant cloués au sol, pauvres humains. Ces intermittences de l'intelligibilité sont excitantes. On les attend, on sait qu'elles vont advenir, telle une apparition surgissant à la faveur d'un calembour coruscant ou d'une audace lexicale qui électrocute.

Que s'est-il passé ce jour de 1829 où fut décrochée du maître-autel la toile de Giordano pour être apportée au musée de l'Accademia ? Ce jour-là, Santa Maria del Pianto a été atteinte dans son intégrité.

Une fois de plus, je me trouve aux prises avec la présence invisible déjà entrevue à San Lorenzo, une vérité qui va se dévoiler, mais à quelles conditions ?

« Si tu me cherches de tout ton cœur, tu finiras par me trouver », affirme le prophète Jérémie[2].

---

1. *Libération*, 13 avril 2001.
2. Jérémie, 29, 13-14.

42

Visite à Lautrec dans son île de Sant'Erasmo au milieu de la lagune. Rien de plus dépaysant que cette étendue grise et immobile.

Depuis des siècles, la terre fournit le marché de Venise en légumes frais. Ses artichauts violets, les *castraure*, sont réputés dans toute l'Italie pour leur moelleux et leur saveur de noisette. Sur son vignoble, Lautrec a remis en fonction l'antique système de drainage. Il possède à présent le privilège d'ouvrir et de fermer les écluses de l'île. Sa vigne est franc de pied, elle n'a pas été greffée sur des pieds américains.

Des morceaux de terre boueuse, des îlots limoneux, des archipels de vase, des dos sablonneux, tout un monde de marécages plus ou moins liquides et stagnants apparaît à la surface de l'eau. Il faut imaginer ainsi la Venise des tout premiers temps, des paquets de terre bourbeux posés fragilement sur l'eau, consolidés au moyen de joncs tressés. Par de continuels travaux de comblement et d'assèchement, on a fini par les réunir – la Venise historique est composée d'un ensemble de cent dix-huit îles et îlots !

Lautrec affiche sa mine sombre et mutique. L'entrée en matière est toujours pareille avec lui. Il semble mal luné, il lui faut un peu de temps pour que le mécanisme régissant sa sociabilité se dégrippe. Il a souvent l'air mécontent de lui-même. Une seule chose fait exception, son vin qui connaît un succès grandissant, proposé, par exemple, à la carte des restaurants d'Alain Ducasse. Mais il ne sait plus où donner de la tête. On veut le voir en chair et en os, on veut visiter son vignoble.

— C'est normal, lui dis-je. Tu sais bien qu'un vin aujourd'hui a besoin d'être incarné.

— Ça me prend trop de temps, rechigne-t-il. Et puis, moi, les ronds de jambe…

Je souris en moi-même : la notoriété dont il avait éprouvé la vanité, lui le créateur de Planète et de Canal Jimmy, revient en boomerang. Il me fait goûter son dernier millésime. Le vin, composé d'anciens cépages italiens dont la malvoisie d'Istrie, ne ressemble à aucun autre. Élégance, densité, fruit intense, bouche vigoureuse et gourmande : « Tu as tapé dans le mille », dis-je. Il sourit, un vrai sourire, confiant, presque enfantin. Il n'y a finalement que son vin qui le déride.

Il fume clope sur clope. Une gamberge en continu jointe à sa nature volcanique, qu'il s'efforce de contrôler, semble le brûler intérieurement. Tout en lui, la capacité d'imaginer et d'innover, rumine et bouillonne comme par le passé, mais attachée désormais à cette terre de Sant'Erasmo et non plus à la mégalomanie télévisuelle. Est-il pour autant apaisé ? Il a des accès d'enthousiasme. En fait c'est un passionné, il n'est pas revenu de tout. Le devenir de Venise pourrait exciter sa verve ravageuse, il aime la ville, mais, comme le reste, il savoure à distance.

— Tu sais, les gens sont idiots. À 19 heures ils sont enfermés dans leurs hôtels et n'en sortent plus. Venise alors est déserte. Les éclairages deviennent doux. C'est à ce moment-là que la ville se donne.

— Tu trouves qu'il y a trop de touristes ?

— Non, tout le monde a droit à Venise. Pourquoi la foule en serait-elle privée ? Tous ces intellos insupportés par la plèbe !

Il se tait soudain, devient songeur et se rappelle :

— Au fait, et le Grand Vicaire ? Tu n'en parles plus.

Oui, c'est vrai. Je ne lui en parle plus. Cependant sa présence invisible ne cesse de se rappeler à moi. C'est inévitable. Il est constamment là sans y être. L'absence toujours participante. Le témoin qui est là, mais qui fait défaut. À l'image des églises qu'il détient. Il en possède les clés et refuse de les introduire dans la serrure. Nous sommes bien au cœur de la dialectique du dedans et du dehors. Gaston Bachelard nous dit que cette opposition se teinte toujours d'« agressivité ».

Lorsque Alma a contacté le périodique *Gente Veneta*, un hebdomadaire religieux qui dépend du Patriarcat, le journaliste, spécialiste de la curie, a voulu décliner en prétextant que le Grand Vicaire était bien plus compétent que lui. Il aurait pu ajouter aussi qu'il dépendait de lui. Alma a précisé que nous l'avions déjà vu sans préciser que les choses, fâcheusement, en étaient restées là.

J'ai souvent remarqué que les journalistes n'aiment pas trop être interrogés par un des leurs. Ils savent trop bien comment se confectionne le ragoût : les propos tenus dépendent pour une large part de l'orientation que l'intervieweur veut leur donner. Finalement, c'est de bonne grâce que Giorgio Malavasi nous reçoit, Alma et moi, dans les bureaux du journal à Mestre.

C'est un être avenant et bien intentionné, très catho. Il vit sa foi avec enthousiasme. Cela ne saurait étonner chez un homme qui se sent d'abord engagé auprès de l'Église.

Les églises ferment, selon lui, parce que Venise se dépeuple. Moins de Vénitiens, moins de fidèles. On ne peut rien contre cette arithmétique-là ! S'ajoutent à cela un vieillissement du clergé et une crise des vocations, phénomène qui n'est d'ailleurs pas propre à l'Italie :

— La curie vénitienne doit assurer l'entretien des églises, c'est très coûteux, alors qu'au temps de la République la mission en incombait aux riches familles praticiennes. Aujourd'hui trente-huit paroisses composent le centre historique pour une quarantaine de prêtres.

Ce qui est bien avec lui, c'est qu'il ne se lamente pas. Il a compris que c'était perdre son temps et surtout son énergie que de chercher des moyens pour ralentir la crise. L'Église s'épuise à radouber le vieux navire, il reste en cale sèche au lieu d'appareiller.

— Trente millions de touristes à Venise ! Eh bien, profitons-en. Tout le monde nous regarde. Le monde entier vient à Venise et non l'inverse. C'est un énorme privilège. Utilisons-le. Nous savons bien que ces

317

voyageurs ne sont pas là pour des raisons religieuses. La plupart ne sont pas des croyants. Raison de plus pour faire passer un message.

— Mais ont-ils vraiment envie d'entendre un message ? dis-je.

Il ménage un silence et réplique :

— La vraie question est « pourquoi » et non « comment ».

— C'est-à-dire ?

— Pourquoi ces œuvres d'art ont-elles été peintes ? « Comment » : les guides répondent très bien à cette question. À la question « pourquoi », une réponse est possible, celle de l'Évangile.

Je suis moins optimiste que lui. Comment s'adresser à des gens qui ont cessé de croire et n'éprouvent aucun besoin d'être sauvés ? Il répond :

— Créer une dimension d'espérance. C'est déjà cela. Semer l'idée d'une nature humaine ouverte à une destinée surnaturelle. Si cela chemine en eux, c'est gagné.

Au sujet des églises fermées, il convient qu'un édifice sans fonction ni utilisation est irrémédiablement voué à la ruine. Les rouvrir au culte n'étant plus possible, il faut envisager d'autres destinations tout en sachant qu'une église reste à jamais une église. Là, il est plus embarrassé.

— Qu'au moins dans sa nouvelle utilisation elle garde un écho de sa fonction de culte. Le souvenir de la prière, mais surtout celui de la communauté. L'église est le rassemblement de tous : une salle pour des congrès, c'est très bien.

L'exemple de Santa Margherita devenue un amphithéâtre de l'université le satisfait. En revanche, l'église Santa Maria del Soccorso, aujourd'hui l'atelier d'un décorateur d'intérieur – que j'essaie de contacter –, lui plaît moins.

— La pire solution est de ne rien faire. La démolition est une défaite, mais le pire du pire est de la laisser s'écrouler. L'archipel doit être maintenu.

Il n'est pas le seul journaliste à évoquer le problème des églises fermées. De temps à autre, la presse vénitienne s'en fait l'écho. Curieusement, elle utilise toujours la même image, *l'archipel*. L'archipel des églises fermées, comme si ces sanctuaires épars formaient finalement un tout qui doit demeurer intact.

Comme notre interlocuteur est doté du sens de l'humour, le thème du déclin ne le perturbe nullement. Il cite l'exemple du marché du Rialto.

— Bientôt, il sera mort car il n'y aura plus de Vénitiens. Que feront alors les derniers habitants ? Ils construiront un nouveau marché, factice celui-là. Ainsi vont les choses : quand viendra le jour où ne subsisteront plus qu'une poignée d'habitants, on les munira d'une plaque « Vrai Vénitien ». Les touristes pourront faire des selfies.

43

Plusieurs circonstances ou péripéties bousculent mes plans. Je ne sais quel parti adopter. Chaque matin je quitte la Giudecca pour explorer la ville. C'est une habitude presque quotidienne. À présent, je ne m'y perds plus. C'est à ce moment-là, dit-on, qu'il faut quitter Venise. Je comprends cette nécessité. S'égarer ici est un jeu. Si l'on ne retrouve pas son chemin, on finit toujours par savoir où l'on est. Au hasard de mes visites, j'ai fini par identifier presque tous les lieux *invisibles*. Palais, jardins, monuments, *scuole*. Je reconnais à présent tout ce qui ne se visite pas mais je ne gaspille pas mon temps à y entrer, j'ai déjà bien à faire avec ces sanctuaires qui me donnent tant de fil à retordre.

Ce matin, je me promène du côté de San Marcuola – une église ouverte, celle-là, à condition de bien connaître les horaires. Je ne manque pas de m'arrêter sur le campo devant un bâtiment qui m'intrigue depuis des mois. La porte d'entrée, immuablement close, est surmontée d'une inscription indiquant l'existence de la Scuola del Santissimo Crocifisso.

Au-dessus du liston, un crucifix de pierre repose sur un crâne.

J'ai un faible pour les *scuole*, ces riches sociétés de bienfaisance aujourd'hui disparues. Elles ont dépensé sans compter. La beauté de Venise leur doit beaucoup et leur visite réserve souvent des surprises. Les comités privés, comme Venitian Heritage[1], qui œuvrent à la restauration de la ville continuent cette tradition. Je me suis renseigné sur cette *scuola* à tête de mort. Elle était vouée au repêchage des noyés sans identité trouvés dans les canaux et se chargeait de leur assurer une sépulture décente. L'édifice en pierre d'Istrie est orné d'attributs funèbres noircis par les siècles et les intempéries. Longtemps, à cause de ses belles proportions et de la hauteur des murs, je l'ai pris pour une église.

Ce matin, la porte est ouverte. Quand je suis témoin d'un tel phénomène, je ne réfléchis même plus, j'entre. Ça tombe bien. L'accès est libre et même encouragé.

Je viens de m'introduire dans une vente de charité organisée par la paroisse. L'ancienne *scuola* n'ouvre que pour cette occasion. Une vraie caverne d'Ali Baba. Un entassement d'objets hétéroclites comme on en voit chez nous dans les vide-greniers : verres dépareillés, vêtements, livres, armes, mais aussi fourrures, ustensiles de cuisine. La salle, éclairée, est extraordinairement pittoresque. On se croirait dans un de ces intérieurs clairs-obscurs de la peinture hollandaise. Cuivres, faïences, carreaux chatoient

---

1. La restauration du *Saint Jérôme ermite* a été financée en partie par cette organisation internationale à but non lucratif.

sobrement sur un fond de boiseries sombres, bien cirées. À l'extrémité de la salle est accroché un magnifique Christ en bois. D'énormes chandeliers en bronze sont bradés. J'en achèterais bien un, mais comment l'emporter dans ma voiture? Elle va être encombrée, au retour. La femme qui s'occupe de la vente veut visiblement s'en débarrasser et me propose un prix ridicule (10 euros chacun). Elle ne comprend pas mon refus. Pour me faire pardonner, j'acquiers deux flûtes à champagne (ou à prosecco). Elles sont en verre de Murano, pour une fois de forme très pure et peu ouvragée.

Je suis troublé. De manière presque inexplicable, des portes que je ne sollicitais pas s'ouvrent miraculeusement. Je trouve ce que je ne cherche pas. Voilà à présent où j'en suis. Faut-il invoquer le hasard? Ce qui m'arrive est peut-être programmé.

Qu'est-ce qui a compté, au fond, dans cette chasse au trésor? L'heure n'est-elle pas venue de me poser honnêtement la question? Ce qui m'a excité, je l'avoue, c'est la joie de l'affût, l'attente, l'occasion à saisir, la poursuite, mais aussi l'imprévu, les impasses, les fausses routes, les bifurcations qui vous emmènent parfois à braconner. De cette vie intense, on ne revient jamais bredouille. On attrape autre chose. Depuis toujours, j'ai préféré le combat à la victoire. Il y a une telle tristesse dans l'accomplissement de ce que l'on désire. La constatation que le but est atteint. Il n'y aura plus rien après. Une part d'inachevé, voilà qui donne à la réussite sa vraie mesure.

Échec, réussite. Ces mots ne veulent rien dire pour l'un de mes héros favoris, Lancelot du Lac, chevalier errant. Il a le chic au cours de ses aventures pour jouer à qui perd gagne. Constatant que ses entreprises aboutissent rarement, il finit par comprendre que tout n'est pas accessible à son entendement. S'impose à lui l'idée que la quête est préférable à la conquête. Lorsqu'un jour, chevauchant dans la forêt, il aperçoit un *cerf blanc* conduit par quatre lions, il est conscient d'avoir été témoin d'un spectacle extraordinaire, porteur d'un sens caché. Le mystérieux cortège passe devant lui sans lui faire de mal et poursuit son chemin. C'est fini. Un message lui a été envoyé, il n'en trouvera jamais la signification. Néanmoins il a obtenu une victoire sur lui-même en ayant accepté que demeure l'insondable mystère des choses.

Dans son inachèvement *La Reine Albemarle* a finalement acquis une existence à part entière. Si le mot a encore une signification, on peut lui accoler la qualité de chef-d'œuvre. Sartre s'est fait une spécialité non seulement de perdre ses manuscrits, mais de ne pas finir nombre d'écrits, comme s'il avait choisi de laisser en chantier une partie de son œuvre, de la maintenir ouverte, *en marche*, pour qu'elle reste vivante. Avec délectation, on peut se faufiler et circuler dans les interstices de *La Reine Albemarle*, texte morcelé à l'extrême, constamment recommencé, refondu, envoûtant même dans ses répétitions.

Depuis le début, je ne cesse de rencontrer des amis et des connaissances. Est-ce le hasard ? Venise est

une destination très prisée des Français, son périmètre restreint. Difficile d'y passer inaperçu. Je ne
conseille pas aux couples qui recherchent la clandes-
tinité de choisir « la ville des amoureux ». L'autre
jour, du côté de San Maurizio, j'ai croisé non sans
surprise un homme et une femme serrés l'un contre
l'autre. Je les connais bien : en France, ils ne sont pas
ensemble. En m'apercevant, ils ont relâché légèrement leur étreinte et fait semblant de ne pas me voir
– j'ai agi de même.

Dans une ruelle de la Giudecca, nous venons de
retrouver une amie de ma femme, Maria. Elle nous
complimente d'avoir choisi cette île qui lui est fami-
lière depuis l'enfance. Sous un soleil d'hiver resplendissant, nous dégustons une bouteille de prosecco
sur notre terrasse. Dans la conversation, j'évoque le
mystérieux jardin d'Eden sur lequel je bute à chacune de mes promenades.

— J'y ai passé plusieurs étés, dit Maria. Je
connaissais le propriétaire, le peintre Hundertwasser,
un ami de mes parents. Pourquoi ? Tu veux le visiter ?

— Je crains que ce ne soit pas possible. Depuis la
mort du peintre, on ne peut plus y pénétrer. Il est
gardé, paraît-il, par un cerbère. Les gens ici disent
que le lieu est à l'abandon.

— Elvio, un cerbère ! Si c'est lui, cela ne posera
aucun problème. Il m'a connue enfant.

Il va s'avérer que les choses ne sont pas si simples.
Quelques jours plus tard, Maria m'annonce la néces-
sité d'avoir l'accord du président de la fondation
Hundertwasser, un certain Joram Harel.

Impossible de mettre la main sur cet Harel. Pour
Maria, c'est devenu une affaire personnelle. Elle

finit par retrouver sa trace à Tel-Aviv. Joint par téléphone, il est enchanté de faire plaisir à Maria.

À mon marchand de fruits dont l'étal est en bas, sur le quai, j'explique que je vais visiter le jardin d'Eden.

— C'est impossible, s'exclame-t-il incrédule. On ne s'introduit plus dans ce jardin. Impossible, répète-t-il, c'est fini. D'ailleurs on ne peut plus y accéder à cause de la végétation.

À l'heure dite, nous attendons à l'entrée du pont qui a tant excité ma curiosité. Je ne parviens à deviner l'état du jardin de l'autre côté, dissimulé par un énorme cyprès. La porte-grille vient de s'ouvrir automatiquement. À l'entrée, Elvio, élégante veste sans manches, nous accueille avec effusion comme de vieux amis.

Le jardin s'étend jusqu'à la mer. Il n'est nullement abandonné, comme on le prétend. Simplement la nature, tout en étant surveillée, y a pleinement ses droits sans qu'un arbre, un ornement, un carré, un parterre y empiète sur l'autre. Nous sommes au cœur de l'hiver et pourtant le jardin est verdoyant, les oiseaux s'en donnent à cœur joie. Des niches sont aménagées un peu partout au creux des arbres.

C'est bête à dire, mais le jardin d'Eden mérite vraiment son nom, symbole de beauté, d'abondance mais aussi de sagesse. Le parc de l'éternel printemps. Cyprès, cèdres, arbousiers, chênes verts, ifs, lauriers, magnolias : seulement des essences à feuilles persistantes. Tout est fait pour l'agrément. Tonnelles, belvédères, fontaines, bassins, jeux d'eau, frises servant de bancs. On sent partout l'empreinte de ce personnage singulier, le peintre Hundertwasser. Néanmoins ce n'est pas une réserve naturelle qu'il a créée au cœur de la Giudecca. Cet arboretum, ce jardin existaient avant lui, mais il l'a sanctuarisé pour en faire un domaine séparé et inviolable. Cette étendue qu'il a modelée n'appartient pas à Venise. Paysage idéal, rêve d'harmonie entre l'homme et la nature, fermé aux regards, destiné à des créatures privilégiées avant la Chute, il exprime une sorte d'âge d'or décrit par la Genèse.

Hundertwasser avait peut-être fini par se persuader qu'il était un homme d'avant le péché originel. Il n'avait pas d'atelier, peignait sur son bateau. Il cousait lui-même ses habits, travaillait sur des matériaux de récupération. C'était un artiste, un pionnier de l'écologie. Il était convaincu que la nature nous protège. Très tôt, il avait pris conscience que nous n'arriverions plus à en assurer la maintenance. Architecte, il fut l'un des premiers à créer des immeubles aux toits et aux murs végétalisés. Il prônait une société sans déchets et partait en voyage muni de ses toilettes sèches, une lessiveuse. Influencée par Klimt et Schiele, sa peinture abandonne la ligne droite, « un danger créé par l'homme » – selon lui la ligne droite était « athée et immorale » –, au profit des formes irrégulières et sinueuses.

Nous visitons la pièce où il vivait, restée en l'état. La cellule d'un moine : un poêle en briques d'argile, un vieux moulin à café, un casse-noix, quelques tubes, un lit-banquette. Maria est émue. Elle l'adorait : « Je n'ai jamais connu un être aussi gentil et généreux. » Il est mort à bord du *Queen Elizabeth 2* en 2000 alors qu'il regagnait son domaine en Nouvelle-Zélande. Il y est enterré, nu, sans cercueil, au pied d'un tulipier de sa propriété.

Maria ignore pourquoi ce jardin reste interdit à la visite. Depuis sa création par Frederick Eden, à la fin du XIXe siècle, il l'a toujours été, enclos privé, image d'un monde idéal dont n'a pu jouir qu'un cercle de privilégiés.

> *Ne suis-je l'ombre de moi-même*
> *Si l'autre étant ce que je suis*
> *Dans un labyrinthe de buis*
> *Voulait rejoindre son emblème,*

a écrit énigmatiquement Cocteau sur ce lieu auquel il avait déjà consacré un autre poème : « Jardin exquisément fatal ! » Bois sacré des dieux, presque immatériel, loin du monde, si éloigné des valises en polycarbonate qui grondent sourdement dans le centre historique.

Un sanctuaire, ce jardin. Fermé lui aussi…

44

Vision vertigineuse de Venise. Sur une plate-forme suspendue dans le vide qui ne cesse de tanguer, la cité marcienne exulte. Elle se déploie sous mes pieds à perte de vue, pareille à une plaine couleur brun orangé d'où émergent, dans leur force de vie, une forêt de campaniles et de cheminées à cloche. Rares sont les canaux qui se révèlent à cette hauteur, seules quelques lignes vertes sont visibles.

Je me trouve sur le toit de l'église San Lorenzo et m'apprête à pénétrer sous les combles avec le Dr Mario Massimo Cherido. Avec l'aide d'Alma, j'ai enfin retrouvé l'homme qui conduisait la visite lorsque, il y a quelques mois, je me suis introduit en catimini dans le sanctuaire. Les travaux venaient alors à peine de commencer. Je n'étais resté qu'un très court instant, suffisamment néanmoins pour entrevoir la beauté et la majesté de cet édifice dont la construction fut achevée en 1602. Un certain nombre de palais et d'églises portent l'empreinte du Dr Cherido, encore qu'il réprouve ce mot. Selon lui, un restaurateur digne de ce nom doit s'effacer le plus possible devant l'œuvre et ne pas laisser de traces.

Rien de plus admirable que la charpente d'une église. Dans ma vie, j'en ai exploré deux : la cathédrale Saint-Étienne de Bourges et l'église Saint-Sulpice de Paris. C'est dans les combles que bat le cœur de ces immenses constructions. Leur principe de vie. On y entend nettement le pouls, cette circulation de soufflerie continue et régulière qui s'insinue entre poutres et solives. La charpente de Bourges ressemble à un vaisseau renversé en cours d'assemblage. Avec ses dômes de plâtre semblables à des fours à chaux, Saint-Sulpice tient du squelette de baleine.

San Lorenzo, c'est autre chose. En bas, le bâtiment était sur le point de mourir, l'agonie a été interrompue – sous nos pieds retentissent les bruits de réanimation. En haut, sous l'ossature de pièces de bois, on voit bien que la pulsation n'a jamais cessé. Le rythme cardiaque produit par la douce ventilation, qui anime piliers, chevrons et étais, est régulier. L'agent de survie de San Lorenzo est bien cette respiration aisée qui circule sous les toits. Elle n'a jamais cessé de fonctionner.

À pas comptés, nous parcourons les travées cernées par la futaie de bois aseptisée. Le vent murmure à travers des soupiraux grillagés. Nous avançons avec précaution alors que le plancher est ferme. Bizarre, cette façon de tâter le terrain, comme si nous étions sur nos gardes. Je m'interroge : pourquoi le Dr Cherido, pourtant familier des lieux, foule-t-il comme moi le sol avec ménagements ? C'est que nous nous sommes insinués dans la vraie intimité de l'église, dans son être le plus profond. Cette nudité a été rarement transgressée. Le chœur, la nef ont beau être inaccessibles, ils ont été parfois ouverts, comme à l'occasion de *Prometeo* ou de la Biennale. Brièvement sans doute, mais en état d'exhibition tout de même, alors que ce cœur en altitude, siège de son for intérieur, n'a jamais subi d'atteinte. L'espace du dedans, impénétrable à l'observation externe, nous sommes en train de le fouler.

Je m'arrête soudain, médusé par le spectacle d'une imposante roue en étoile qui ressemble à un instrument de torture. À mesure que j'avance dans ce décor étrange fait d'enfourchements, de madriers qui se croisent et faussent la perspective, de poutres claires ou charbonnées – on dirait des touches de piano –, je me sens frissonner malgré l'air tiède.

Le plus étonnant est la propreté de ces combles. Je ne crois pas qu'on les ait nettoyés récemment. C'est un état naturel dû peut-être à cet air brassé qui souffle suavement en permanence. Pas d'odeur de poussière ni de dépôt. Cette netteté a quelque chose d'inquiétant.

J'ai le sentiment non pas d'être enfermé mais de pénétrer par effraction dans un espace silencieux dont je ne dois pas m'occuper.

Le Dr Cherido m'invite à descendre d'un étage pour nous poser sur un autre échafaudage. Il me demande mes impressions.

— J'ai cru me trouver dans le monde de Piranèse. Ces effets d'eau-forte, ce jeu du blanc et du noir, cet enchevêtrement, ces plates-formes. Et la roue, un peu angoissant, non !

— La roue, c'est pour régler le grand lustre de la nef, s'amuse-t-il.

Il évolue dans le chantier avec cette élégance

raffinée et cette souplesse qui m'avaient frappé la première fois, quand il dirigeait le groupe d'experts. Malgré sa haute taille, il s'insinue partout avec aisance, la mise parfaite, charmeur et patient, tout en étant absorbé dans ses pensées.

Je lui parle des jambes de force qui soutiennent le toit :

— On dirait un clavier, vous ne trouvez pas ?

— Ça n'a rien d'étonnant pour un sanctuaire consacré à la musique. Vous savez, San Lorenzo reste marquée par *Prometeo*.

Décidément, on en revient toujours à *Prometeo*, œuvre de rupture. Que l'un des plus grands événements musicaux du XXᵉ siècle ait eu lieu à San Lorenzo n'a rien de surprenant. Il flotte dans cette construction une atmosphère d'élévation, de grandeur, mais aussi de sédition. Je l'interroge à nouveau :

— L'édifice pourrait-il conserver l'empreinte d'un tel événement ?

C'est visiblement un homme courtois. Il en a vu d'autres et ne paraît pas trop s'étonner de ma question.

— Pourquoi pas ! répond-il avec un ton conciliant.

Tout en donnant le spectacle d'un homme qui ne cesse de cogiter et de préméditer le coup d'après pour son travail, on le sent habité par la passion d'expliquer. Visiblement, il a l'habitude de partir des obsessions de l'interlocuteur pour le convaincre.

J'entreprends de lui raconter l'histoire d'Olga Neuwirth, musicienne autrichienne qui récemment a voulu reconstruire l'espace acoustique de San

Lorenzo. Des logiciels ont permis de capturer cette signature sonore et de la délivrer au moyen d'une nuée de haut-parleurs. On entend notamment un bruit gigantesque de porte qu'on referme. Je lui cite un propos du compositeur : « Si l'église doit disparaître, qu'au moins on puisse conserver son identité acoustique. »

— Mais l'église ne va pas disparaître, raille-t-il, l'air de signifier : « Je m'y emploie. »

Il ajoute sur le ton de la confidence :

— Figurez-vous que j'étais présent à San Lorenzo le jour de *Prometeo*. Mais dehors… Impossible de rentrer. Les gens avaient conscience ce jour-là de vivre un moment exceptionnel.

— Vous savez sans doute que le librettiste Massimo Cacciari voulait « faire rentrer le diable dans l'église ». Ce sont ses mots.

— Un retour du fantôme est toujours possible, blague-t-il.

J'ai oublié de préciser qu'il s'exprime très bien dans notre langue.

La trace, l'indice, il est troublé de me voir revenir sur ce sujet, composante essentielle de son métier de restaurateur.

Apparaît tout en bas le sanctuaire avec le double autel, plus majestueux que jamais, autour duquel voltigent les anges. Sur un mur de l'église, il a retrouvé des notes crayonnées qu'il pense être de Renzo Piano, l'architecte qui a conçu la fameuse nacelle de *Prometeo*.

De son index, il désigne au loin la nef et l'emplacement de la tranchée que j'avais entrevue lors de ma brève visite. J'avais pensé à des sondages destinés à retrouver le tombeau de Marco Polo. Je constate que tout a disparu.

— Ce ne fut pas sans mal, commente-t-il. Ce trou, nous l'avons comblé soigneusement. Les fouilles sont protégées avec des cailloux et des couches de sable. Les vestiges byzantins sont entourés de tissus. Vous voyez, nous pensons à l'avenir. Dans un siècle, peut-être y aura-t-il une nouvelle campagne archéologique. La réversibilité, c'est capital ! Aucune de nos interventions ne doit être définitive.

La vue en surplomb change tout. Un univers de treuils, de poulies, d'échafaudages, l'espace est démesuré. Toujours ce contraste violent d'eau-forte entre les masses solides et les trouées de lumière à la Piranèse. Et les bruits ! Ils n'ont pas la même consistance, la même réverbération qu'ailleurs. Luigi Nono avait constaté l'étrangeté de cette acoustique : « Occuper l'espace et le silence de San Lorenzo, se laisser occuper par eux. » Se laisser occuper par le silence ! Tout est là. Le silence qui s'impose ici n'est pas absence de bruits. Il n'est pas vide mais, au contraire, plein, condensé, déchirant. Nono affirmait que le vrai silence intervient toujours dans ce qu'il y a de plus bruyant.

La phase de consolidation et de mise en sûreté de l'édifice est sur le point de se terminer.

— Au départ, nous avons eu quelques frayeurs. On pensait que la voûte allait s'effondrer.

Olga Neuwirth n'avait pas tout à fait tort : San Lorenzo aurait pu disparaître. Il y a du miracle dans ce sauvetage de dernière minute.

Il a beau être disponible, montrer un certain stoïcisme à mon endroit, son temps est compté. Il devient soudain soucieux. Sans ambages, il me propose de poursuivre la conversation et de l'accompagner sur un autre chantier place Saint-Marc. Et pas n'importe lequel, les Nouvelles Procuraties, édifice commencé par Vincenzo Scamozzi en 1582 et achevé par Longhena en 1640. Depuis des mois, Lares, sa société, restaure moulures, entablements, médaillons et sculptures.

— Vous verrez, promet-il, des choses qu'on n'a pas l'habitude de voir.

Pour accéder aux échafaudages qui s'étagent jusqu'au sommet, il faut s'introduire dans un enclos métallique fermé par un cadenas. Oh, ces cadenas vénitiens, comme je les connais bien à présent ! La chaîne qui tombe, la porte grillagée qui grince en s'ouvrant, mais surtout ce bruit prodigieusement envoûtant : un chuintement lourd d'anneaux et de maillons dont le Dr Cherido recueille le poids dans sa paume avec son chic inimitable d'esthète.

Nous grimpons jusqu'au sommet. Les restaurateurs saluent le Dr Cherido avec déférence.

— Toutes ces coulures et ces croûtes noires sur la pierre, dis-je, j'imagine que c'est l'action de la pluie.

— Non, c'est le contraire, répond-il. On commet souvent cette erreur. Quand les gens voient ces salissures noires sur la pierre d'Istrie, ils sont persuadés que c'est à cause de l'eau. En fait, un dépôt ne peut se fixer sur les surfaces lavées par l'acidité de la pluie.

— Donc les zones noires se situent là où il n'y a ni pluie ni ruissellement.

— Exactement. Il faut dire que la pierre d'Istrie est une roche remarquable. La splendeur de Venise lui doit beaucoup. Si elle est de bonne qualité, elle défie les âges, elle est indifférente à tout.

— Pourquoi ? Sa qualité a baissé ?

— Oui, dès le XVIᵉ siècle. Il faut dire que Palladio a utilisé les meilleurs filons. Le prix alors importait peu. J'ai restauré plusieurs de ses églises. Palladio est vraiment le plus fort. Tout s'ajuste à merveille. Au millimètre près. Après lui, l'impératif économique commence à se faire sentir. On est devenu plus parcimonieux. Longhena, par exemple, a dû se débrouiller avec une pierre d'Istrie qui n'était plus de premier ordre.

Je repense souvent à ce mot de l'architecte rencontré au Fondaco del Tedeschi au début de mon séjour : « La pierre d'Istrie, c'est l'inconscient de Venise. » Qu'avait-il voulu signifier ? N'était-ce qu'une pirouette ? Je m'en veux d'avoir perdu sa trace. C'est certain, l'histoire de Venise s'inscrit dans cette pierre aux propriétés miraculeuses. Elle est dotée d'un principe spirituel propre. Quand on l'extrait des carrières d'Istrie, elle est presque rouge et blanchit au contact de l'air et du sel en gardant une tonalité indéfinissable d'or blanc. L'inconscient istrien, je pourrais lancer le Dr Cherido sur le sujet, mais j'ai déjà mis sa patience à rude épreuve.

Il existe nombre d'églises comme San Lorenzo ou San Marcuola où, sur la façade, la pierre d'Istrie fait défaut. L'absence de l'habillement lumineux donne à ces édifices un aspect inachevé. Ne subsiste que la brique, très présente elle aussi à Venise, même si ses effets chromatiques sont moins spectaculaires. La pierre d'Istrie ne saurait exister sans la brique, elle a besoin de la terre cuite pour régner. Si ce vieux corps de pierre saute aux yeux, c'est grâce au calcaire d'Istrie qui recouvre la nudité de cette brique inerte tel le manteau de Noé. Elle assure aussi la cohésion de la ville. Cette pierre provenant d'un pays qui n'appartient plus à Venise ne nous dit pas vraiment ce qu'elle est. Un fard, un masque, une ornementation, une tenue, une technique défensive ? Fil conducteur de l'histoire de la cité, la pierre d'Istrie est partout. On la voit sans la regarder. Dit-elle autre chose que ce que l'on croit voir ? Elle est extérieure, mais quel est son principe d'intériorité ?

Sur la passerelle défilent atlantes et mascarons représentant des figures de femmes, des têtes de lions, de guerriers antiques impossibles à voir depuis la place. À cette hauteur, ces sculptures sont superbement offertes dans le moindre détail. Un élan irrésistible les anime, une force de vie jubilatoire les électrise. J'ai l'impression que mon rythme cardiaque augmente. Sans doute l'effet de l'altitude, mais surtout l'intuition d'une proximité unique avec les masques de pierre soudain réveillés.

Je désigne une tête de déesse enturbannée qui n'est pas encore nettoyée. Une partie du visage est noircie tandis que le front est blanc. Le contraste est si saisissant qu'il donne à la physionomie une expression hallucinée. Il rectifie :

— Le travail est terminé. Nous n'y toucherons plus.

Il explique qu'une restauration a déjà eu lieu au XIXe siècle, à l'époque de l'occupation autrichienne. On a remplacé les fragments des pierres abîmées et l'on a peint en noir les parties réparées pour simuler la patine.

C'est un point qui le fait réagir avec passion. Un sujet délicat aussi qui touche à la pratique même de son métier, en prise directe avec une histoire qu'on ne peut jamais tenir pour achevée. En veine de confidence, il glisse :

— La Soprintendenza souhaitait que je noircisse à mon tour les parties restaurées. J'ai refusé. Restaurer ne consiste pas à tout blanchir. J'aime voir le passage du temps. La pierre abrasée, ce n'est pas la solution.

— C'est pourtant ce qu'on fait en France.

— Je sais. Les façades remises à neuf par Malraux, c'est très beau mais on leur a fait subir un traitement de choc. L'épiderme qui les protégeait a souffert. Vous allez avoir des problèmes.

Je me risque non sans gaucherie à poser la main sur une tête de lion. Le mufle et le front sont d'un blanc ombré alors que la crinière charbonnée est pigmentée de blanc. Le Dr Cherido m'encourage d'un air qui signifie : « Allez-y, il ne vous fera pas de mal. »

La pierre est tiède, comme si la chirurgie très douce du restaurateur l'avait réanimée. Le blanc istrien couleur d'ivoire, le voilà dans toute sa splendeur. Le travail aussi discret qu'efficace du Dr Cherido me fait penser à ce vers d'Adrian Stokes, critique et poète, spécialiste du *quattrocento* : « Les pierres sont sculptées pour fleurir. » Cherido est à l'origine d'une seconde floraison.

Il lance à son tour une tape affectueuse sur le front de l'animal, comme pour le rassurer.

Dans quelques semaines, lorsque les échafaudages

337

seront démontés, les visages de pierre tirés du sommeil et apprivoisés vont retourner dans le séjour incertain où ils sont enfermés depuis cinq siècles, à la fois évidents et invisibles.

Depuis la terrasse du café Florian, au pied du chantier, ils sont pourtant perceptibles à la vue. Qui dans ce flot ininterrompu osera s'arrêter, lever énergiquement la tête, hausser le cou pour entendre leur appel : « Nous sommes là. Regardez-nous ! »

45

Le grand jour. Ce moment, comme je l'ai attendu !
Pour moi, l'île la plus importante de l'archipel des
églises fermées. J'en ai tant rêvé que je redoute
qu'une complication de dernière minute ne vienne
tout faire échouer.

Devant l'église San Nicolò dei Mendicoli, le Cerf
blanc m'attend, figure fabuleuse et insaisissable. À le
voir toujours aussi impassible et absorbé, il me fait
penser à un messager de l'autre monde. N'est-ce pas
le séjour des ombres et de l'oubli que je vais découvrir, l'église des Terese, fermée depuis une éternité ?
Sans doute la représentation la plus achevée à Venise
de l'église exclue, dépossédée – on peut même parler
à son sujet de *forclusion*.

Le sacristain qui doit nous ouvrir n'est pas au
rendez-vous. Mon compagnon ne marque aucun
signe d'impatience. Comment s'y est-il pris pour
organiser cette visite ? Il semble au mieux avec le
curé de San Nicolò, qui possède les clés des Terese.
On ne sait plus aujourd'hui si ce sanctuaire relève du
Patriarcat ou de la municipalité.

Nous gardons le silence. Il finit par le rompre en

me demandant si le nom d'un certain Pierre Gruet
m'est connu. Comme je réponds par la négative,
il affirme que cet homme m'aurait intéressé. Je
découvre peu à peu chez mon interlocuteur non un
changement d'attitude envers moi, mais une manière
d'être qui ne veut rien laisser deviner de sa véritable
nature : le Cerf blanc est un cœur noble. Il ne cesse
de m'en administrer la preuve par une générosité qui
peut apparaître distante mais qui n'en est pas moins
efficace – ne m'a-t-il pas fait partager son territoire ! –, par sa façon taiseuse aussi d'être disponible.

Il ne parle jamais pour ne rien dire. S'il évoque ce
Pierre Gruet, c'est qu'il a une idée derrière la tête.
C'était un industriel marseillais, explique-t-il, admirateur de Casanova, animateur de la revue *Casanova
Gleanings*. Il y a une trentaine d'années, ce Pierre
Gruet avait créé à la Giudecca, dans son palais
Vendramin, un véritable salon réunissant une petite
société de casanovistes à laquelle il avait mis à disposition une riche bibliothèque consacrée à son
héros. Il avait proposé au Patriarcat de restaurer à
ses frais l'église fermée de Santa Maria degli Angeli
à Murano, en très mauvais état.

Les lecteurs de l'*Histoire de ma vie* connaissent
l'épisode où Casanova et le futur cardinal de Bernis,
alors ambassadeur à Venise, se partagent les faveurs
d'une religieuse de ce couvent. Casanova la désigne
par les seules initiales M. M. Pour cette restauration,
Gruet posait une seule condition : que le nom de
Casanova soit mentionné.

— Naturellement, fait mon compagnon d'un ton
pince-sans-rire, le Patriarcat a refusé la proposition
de Gruet.

340

Son « naturellement » résonne une fois de plus comme un reproche discret à l'égard de cette curie vénitienne qui le snobe. Néanmoins, je ne l'ai jamais entendu se plaindre à son endroit.

Casanova est lié à un épisode de ma vie que je ne désire pas raconter à mon interlocuteur malgré sa bienveillance sans bruit.

En 1988, quelques semaines après ma libération, je suis allé me réfugier dans la ville d'eaux de Karlovy Vary en Tchécoslovaquie, l'ancienne Karlsbad. J'étais insensible aux soins qui m'étaient prodigués. Cela ne manquait pas d'inquiéter mon entourage. J'étais sonné, indifférent. Je ne ressentais aucun appétit, aucune sensation. Ma seule envie était d'aller visiter le château de Duchcov où Casanova avait vécu les dernières années de sa vie comme bibliothécaire du comte de Waldstein. Ce n'était pas la porte à côté, le château se trouvait au milieu d'une contrée vitrifiée par des explorations minières. On avait pris à tort mon souhait pour un caprice. Ce n'était pas une lubie. Je me sentais perdu, je ne savais plus à quel saint me vouer. Casanova n'était pas un saint, mais certainement un homme selon mon cœur. Ce n'était pas tant le don Juan libertin qui m'importait que le « grand vivant » (Cendrars), l'homme supérieurement libre, toujours gai, dépourvu de tout sentiment de culpabilité. Sa devise, « *Sequere deum* » (Suis ton dieu), n'était pas si éloignée du « Ne pas céder sur son désir » de Lacan. Cette visite à Duchcov avec sa figure consolante m'avait redonné un peu de tonus.

J'aperçois de l'autre côté du canal la muraille immaculée desTerese et son arc brisé. Elle est à portée de main mais le sacristain n'est toujours pas là.

Comme à Santa Maria del Pianto, l'attente met mes nerfs à rude épreuve. Avec les Terese, je sais que j'ai affaire à forte partie. Le Dr Cherido m'a confié qu'il y avait travaillé naguère. À l'écouter, c'est un cas clinique désespéré, comme le laissait déjà entendre le rapport de l'Unesco des années 70. J'ai appris aussi que les ébranlements causés par les bombardements de 1944 l'ont sérieusement déstabilisée.

Cette visite est le test suprême. D'autres églises me sont fermées dans lesquelles je ne pourrai jamais pénétrer. Avec le temps, j'ai dû réduire mes ambitions. Les Terese, c'est autre chose. L'édifice symbolise pour moi la fermeture absolue. C'est donc l'épreuve décisive. Ma religion – si j'ose dire – est faite : si je rentre dans le bâtiment, je prolongerai mon séjour. Sinon…

Apparaît alors le sacristain, la mine réjouie. La jovialité se dégage de toute sa personne. Il est si cordial que je lui pardonne aussitôt son retard. Il ne tient pas à la main un trousseau de clés, mais une seule clé que j'aurais crue plus imposante. Il ne l'agite pas devant nous.

Nous traversons le petit pont de San Nicolò pour nous diriger vers l'église. Cette fois, ni cadenas ni barre de fer. Il enfonce la clé dans le canon de la serrure mais le pêne refuse de bouger. Cette péripétie a un goût de déjà-vu. Je pense en moi-même qu'il faut en passer par ce rituel d'initiation pour accéder à l'intérieur. Le visage enjoué, le sacristain se tourne vers nous et déclare : « Ça résiste. Cela fait au moins deux ans que je ne l'ai pas ouverte ! » Deux années sans voir personne, signe évident que l'édifice est vraiment abandonné.

Avec amusement, le Cerf blanc observe la scène. Il en a vu d'autres. Peut-être est-il habitué à ce manège. Il échange avec le sacristain des propos que je ne comprends pas. En tout cas, ils ont l'heur de le faire sourire.

Après chaque essai, le *custode* attend une ou deux minutes pour enclencher de nouveau, comme si cette pause allait amadouer le mécanisme. Le jeu finit par porter ses fruits. La clé enfin tourne et la porte s'ouvre. À cet instant je pense à la peinture de Roger de Montebello : « Et s'il n'y avait rien derrière la porte ? Et si le passage était simplement dans la vibration même de la porte ? »

La porte ne vibre pas. Elle grince tout simplement, comme il sied à des pentures de fer qui n'ont pas fonctionné depuis deux années. Je franchis le seuil, le passage de la frontière.

Aussitôt je perçois tout. La prison, l'odeur de confinement. Mon regard embrasse l'intérieur comportant une nef unique de forme rectangulaire. Santa Maria del Pianto faisait d'emblée l'effet d'une discordance. Rien de tel ici, encore que le spectacle tende au même constat : la chute, l'anéantissement avec tous les attributs d'avant. Un choc. J'ai beau m'attendre à un tableau de ruines, je suis confronté à une pure rencontre avec la fin. Mais une fin qui se présente comme une sorte de discrédit. Aux Terese, la beauté a tout simplement été injuriée. Elle n'a pas totalement disparu. Car on la voit, son empreinte est encore visible. Mais elle est enfouie sous les décombres.

Les décombres chers à mon ami Lautrec, nous y sommes. Un incroyable entassement de corniches, de marbre, de frises, d'entablements, de colonnes tronquées – un vrai trésor ! – posés à même le sol recouvert d'un méchant plastique semé de crottes de pigeons. On dirait un bâtiment qu'on vient de dégager grossièrement après un bombardement. La même vision de désolation. L'œil ne voit que cet ensemble confus qui donne l'impression d'avoir été rangé rapidement après la catastrophe. Et cette odeur remontante de salpêtre qui humecte l'atmosphère ! L'humidité, on ne la voit pas, on la touche, on fait plus que la renifler, elle travaille à l'intérieur des murs, elle est en suspension dans cet air où ont résonné les chants angéliques et le tonnerre de l'orgue, on la sent s'insinuer partout comme un écoulement malsain. Les sanctuaires vénitiens sont plus exposés que d'autres édifices : c'est par les tombeaux que l'eau remonte lors de l'*acqua alta*.

Bien après le choc, le regard finit par appréhender l'emmurement : le maître-autel et les six autels latéraux incrustés de gemmes resplendissant dans la lumière qui provient des hautes fenêtres.

Je crois avoir approché la plupart des autels de Venise qui rivalisent de beauté comme à la Salute ou à San Lorenzo, où le maître-autel à double face compte parmi les choses les plus magnifiques que j'ai jamais vues. Mais les autels des Terese les dépassent tous par leur marqueterie de pierre rouge de Vérone, leurs incrustations d'émaux et de marbres.

Comme à Santa Maria del Pianto, une impression presque gênante de déjà-vu. Impossible toutefois que je sois entré jadis dans ce lieu. La mémoire n'est pas fiable, j'ai peut-être vécu un moment qui, en réalité, n'est jamais advenu.

Derrière le tabernacle du maître-autel le retable a

disparu. J'interroge mon compagnon. Il a beau avoir déjà vu ce champ de ruines, je le sens blessé par cette vision.

— Il y avait là un tableau de Nicolò Renieri, *Sainte Thérèse et le sénateur Giovanni Moro*. En 1965 il était encore ici. J'ignore ce qu'il est devenu.

Nicolò Renieri ou Nicolas Regnier, né à Maubeuge à la fin du XVIᵉ siècle, est un peintre caravagesque. Il a vécu un moment à Rome et terminera sa carrière à Venise. Renieri est une figure énigmatique. Peintre mais aussi marchand d'art et collectionneur, ayant servi de rabatteur pour Mazarin, il mourut très riche. Ses quatre filles, réputées pour leur beauté, étaient toutes peintres.

Mon acolyte désigne le plafond octogonal à nu où se déployait une autre toile de Renieri représentant *Sainte Thérèse en gloire*. Elle se trouvait encore dans l'église en 1976. Malgré ses nombreuses recherches, il ne sait pas où elle est.

Serait-ce la pièce manquante ? L'église, ne l'oublions pas, était dédiée à Thérèse d'Avila. À l'évidence, le sanctuaire était splendide. Tout y témoignait de l'extase et certainement de la jouissance. Thérèse était *enlevée* par l'Aimé, son *ravisseur*. D'après Lacan, les mystiques comme Thérèse témoignent de ce qu'ils jouissent, tout en n'en sachant rien. Tout a disparu, tout s'est envolé. De l'ivresse, de la félicité ne reste plus que cette odeur de croupi et de bas-fond. Et le silence. Le silence vénitien cher à Luigi Nono, qui n'est ni soustraction ni pure opposition au son. Je l'entends. Il crisse. Il vibre dans cette humidité.

Renieri a peint d'autres tableaux pour les Terese, une *Annonciation* et un *Archange Gabriel* qui figureraient dans les réserves du musée de l'Accademia. D'après mon compagnon, une œuvre de Renieri et une autre de Jacopo Guarana sont entreposées au musée diocésain, l'établissement que dirige le Grand Vicaire.

Cette liste donne un aperçu de ce que fut la magnificence des Terese. Deux statues représentant les prophètes Élie et Élisée, attribuées à Andrea Cominelli, encadrent encore le maître-autel. Pourquoi n'ont-elles pas été enlevées ? Mystère. Leur présence au milieu de ce désordre a quelque chose d'incongru. À moins que ce ne soit l'ultime message d'espoir laissé involontairement par un catholicisme qui a toujours voulu jouer la promesse contre la chute.

La promesse, c'est-à-dire l'accomplissement, je me demande bien où elle gît dans ces ruines.

Me revient alors en mémoire le mot interdit que j'avais imaginé, *exécration*.

ÉPILOGUE

J'ai finalement prolongé mon séjour.

Par recoupements, par chance, obstination aussi, beaucoup d'églises se sont ouvertes. À tel point que je me suis dis : ce n'est pas le tout d'y entrer, encore faut-il trouver la sortie. Je ne résiste pas au plaisir de nommer ici les sanctuaires où j'ai pu pénétrer.

Les Penitenti, les Zitelle, Ospedaletto, San Marziale, Santa Maria Mater Domini, Santa Caterina, San Giovanni Evangelista, Sant'Agnese, San Girolamo, Santa Giustina, Cappuccine, Eremite, Santa Maria della Misericordia, Santa Margherita, Catecumeni, San Gallo, Maddalena, San Gioacchino et Soccorso.

Si je prends en compte les difficultés rencontrées, je devrais être fier de moi, considérer ces captures comme des exploits. Mon objectif pourtant n'a jamais été de nature arithmétique. Il manquera toujours quelque chose. Mais quoi ? Trois de ces églises m'ont permis de soulever le voile qui recouvrait l'objet de ma quête ; une quatrième, restée fermée, m'a révélé une évidence.

Un jour de tempête, je me suis introduit dans les Penitenti. Une pluie violente s'abattait sur Venise. Alma avait réussi à convaincre Agata B., responsable des archives à l'IRE, pourtant accaparée par mille tâches, d'ouvrir le sanctuaire. Non sans difficulté, nous étions entrés par la sacristie encombrée de chaises roulantes et de lits médicalisés hors d'usage. Au début, on n'y voyait rien. Comme d'habitude. Et, soudain, l'illumination. Ce jour-là, elle m'a terrassé. Que de fois, à travers les décombres, cette lumière s'était trouvée cachée. Il fallait la chercher, elle était sur le point de s'éteindre.

Rien de tel aux Penitenti. Une nef unique, élégante. Les ornements, l'autel, le buffet d'orgue, les peintures, le tout intact, frais, excepté les murs en brique attaqués par le salpêtre. La grâce, le mouvement du baroque dans sa forme la plus accomplie. Enthousiaste, j'avais demandé à Agata : « Mais pourquoi n'ouvrez-vous pas une telle merveille ? » Elle avait simplement répondu : « C'est compliqué. Mais nous y songeons. »

Ce n'étaient pas des mots en l'air. Quelques mois plus tard, à l'occasion d'une opération portes ouvertes de l'IRE, les Penitenti avaient été déverrouillées exceptionnellement. Un dimanche, il faisait très beau. Sans qu'il y ait foule, de nombreux curieux se succédaient dans le sanctuaire, éblouis.

La porte de l'église était grande ouverte. Le soleil y entrait à profusion. Les deux anges d'or encadrant l'autel étincelaient. Empressée, Agata faisait les honneurs de son église. Tout était à sa place, net, exemplaire. Le sanctuaire renaissait. Néanmoins, ce n'était pas une réapparition. Tout y était dévoilé, mais un élément, une pièce manquait.

Alma, qui m'avait accompagné la première fois, se trouvait parmi les visiteurs. Comme moi, elle était déçue. Ce n'était plus la même église. Cette affluence d'un jour l'avait-elle banalisée et rendue méconnaissable ? « Rappelez-vous, je vous disais que ces églises ont droit au secret. Ne l'avons-nous pas violé ? »

La Misericordia avait été ouverte pendant quelques semaines à l'occasion de la Biennale. L'intérieur était aussi ténébreux que le laissait deviner l'extérieur d'une blancheur funèbre. J'avais retrouvé à l'entrée du sanctuaire la tombe du fameux prieur, Girolamo Savina, empoisonné après avoir absorbé le vin consacré. Il régnait à la Misericordia une atmosphère maléfique qui mettait mal à l'aise. L'intérieur correspondait pourtant à ces églises-salons appréciées au XVIIIe siècle par les Vénitiens. Quelque chose l'altérait. Un élément faisait défaut là aussi. Ce qui était offert au regard était en même temps retiré. Les niches où se trouvaient jadis les saints et les apôtres abritaient une *Victoire de Samothrace* couverte de peinture et des *Vénus de Milo* aux couleurs criardes.

La visite de l'église du Soccorso en compagnie du Cerf blanc, devenu un ami, avait achevé de me perturber. Le sanctuaire avait été transformé en un atelier de décorateur d'intérieur. Rien à redire. La restauration de l'église avait été effectuée de main de maître. Au lieu de faire disparaître toute trace de son ancienne affectation, l'architecte avait souligné et rafraîchi le moindre détail du sanctuaire dans des tons pastel et rose lilas. Notre hôte avait été bluffé par les informations que lui donnait le Cerf blanc sur cette salle où il travaillait. Sans malignité, mon compagnon avait inversé les rôles et faisait les honneurs du lieu à l'occupant : « Là, vous aviez une *Immaculée Conception* de Jacopo Amigoni. Ici, une peinture de Carlo Caliari. Elle se trouve à présent au musée du Verre à Murano. »

Au début, l'homme avait accueilli avec contentement cette série d'informations qu'il ignorait, puis son visage s'était rembruni, il découvrait qu'il ne contrôlait plus cet environnement qui lui était familier.

Le plus intrigant était l'autel. On avait veillé à n'y poser aucun objet. Dans cette pièce encombrée de coupons de tissus rangés sur des tables à tréteaux, quelqu'un avait mis en évidence la place vide.

À Santa Croce, j'ai enfin compris : cette histoire tournait à vide. Je ne trouverais jamais ce que je cherchais. Santa Croce est cette église de style toscan située à la Giudecca que cet ami, muni d'un pieu, avait voulu forcer. Elle a longtemps servi de réserve à une section des archives d'État. J'avais pu approcher le responsable. Il m'avait annoncé d'emblée qu'il avait peu de temps à me consacrer. J'étais parvenu à tenir près d'une demi-heure dans son bureau. Mi-amusé, mi-intrigué par ma démarche, il me posait des questions sur les églises que j'avais réussi à ouvrir. « Mais je ne peux pas vous faire entrer à Santa Croce. Trop dangereux. » Je lui avais alors proposé : « Si je ne peux y pénétrer, essayez de me dire à quoi elle ressemble. » Il avait répondu : « À rien. Elle est vide. » Je l'avais finalement convaincu de prendre lui-même des photos et de me les envoyer.

Trois jours plus tard, je recevais deux vues absolument saisissantes de l'intérieur du sanctuaire. Un édifice nu, vidé de son mobilier religieux. Tout y était révélé : le plafond, le maître-autel, les chapelles adjacentes. Il ne restait plus rien, mais la présence était là. Elle ne disparaîtrait jamais. Je la voyais comme une victoire de la vie sur la mort.

La vanité de ma quête m'apparut dans son évidence et sa dérision. J'ai compris alors que je n'avais plus besoin d'aller voir de mes propres yeux.

À la fin de mon séjour, j'ai cru avoir retrouvé la fameuse peinture qui brillait dans la pénombre lors du premier voyage. Je ne la cherchais plus, bien qu'elle fût à l'origine de mon enquête.

Ayant eu un jour le privilège de visiter le palais Labia, où sont installés les bureaux de la RAI, j'ai en effet tressailli devant *La Rencontre d'Antoine et Cléopâtre* de Tiepolo. L'objet de ma quête n'était-il pas là, sous mes yeux ? La peinture ne se trouvait nullement dans le demi-jour, comme je l'avais cru. Non pas un tableau, mais une série de fresques décorant la salle de bal du palais. On était bien loin de ce que je pensais être un sanctuaire. Mais était-ce vraiment cette toile que j'avais cherchée ?

Alma, à qui j'avais fini par confier cette histoire, n'arrivait pas à croire à cette reconnaissance fortuite.

Et si Venise n'était qu'un écho ? Une réverbération du souvenir, si fréquente dans cette ville.

Après mon séjour, pour en avoir le cœur net, je suis allé dans mon église d'Ille-et-Vilaine. Je viens lui rendre visite régulièrement. Je n'ai pas cherché bien longtemps.

Le sanctuaire comporte une seule peinture, la représentation du Dieu-Roi. Elle miroite au-dessus du maître-autel : *Je suis l'alpha et l'oméga.*

20 novembre 2018.

CARTE DE L'ÉPILOGUE

Penitenti
Cappuccine
San Girolamo

CANNAREGIO

Misericordia
San Marziale
Santa Caterina

Palais Labia
Maddalena

Gare de
Venise Santa Lucia

Santa Maria Mater Domini

SAN POLO

San Giovanni Evangelista

Pont du Rialto

Piazzale Roma

SANTA CROCE

Frari

Santa Margherita

San Gallo

DORSODURO

SAN MARCO

Soccorso

Eremite

Musée de l'Accademia

La Salute

Sant'Agnese

Catecumeni

Zattere

GIUDECCA

Église fermée

Église ouverte

Monument, musée

Cimetière
San Michele

Giovanni e Paolo

Ospedaletto

Santa Giustina

CASTELLO

Patriarcat

Musée diocésain

Basilique Saint-Marc

Palais des doges

San Pietro di Castello

Arsenal

San Gioacchino

San Giorgio Maggiore

Zitelle

ÉGLISES FERMÉES DE VENISE

Cette liste a été établie en octobre 2018. Elle ne saurait être définitive. La situation de ces églises est fluctuante quant à leur ouverture et leur affectation.

1. Églises ayant reçu une autre affectation :

Santa Maria della Carità (musée de l'Accademia).
Oratorio dei Catecumeni (« garage » à poussettes et trottinettes).
San Barnaba (exposition machines Léonard de Vinci).
San Basso (consigne basilique Saint-Marc).
Santi Cosma e Damiano (Giudecca. Incubateur de start-up).
San Gioacchino (salle de fêtes, salle de réunion, expos).
San Gregorio (en travaux, futur musée d'Art oriental).
San Leonardo (salle de fêtes, réunions).
San Maurizio (exposition d'instruments de musique).

Santa Giustina (lycée scientifique).
Santa Margherita (auditorium).
Santa Marta (espace culturel).
Soccorso (atelier, décoration d'intérieur).

2. *Églises ouvertes exceptionnellement :*

Santa Maria Maddalena (Biennale).
Sant'Andrea della Zirada (Biennale).
Sant'Antonino (Biennale).
San Biagio (Marine militaire).
San Gallo (Biennale).
San Giovanni Novo (Biennale).
San Giovanni Evangelista.
Sant'Agnese (concerts).
Santa Caterina (Biennale).
Santa Maria della Misericordia (Biennale).
Zitelle (Giudecca, sur demande).
Ospedaletto (sur demande).

3. *Églises fermées ou non accessibles :*

Convertite (Giudecca, prison pour femmes).
Santa Croce (Giudecca, future réserve, musée de
   l'Accademia).
Eremite (travaux de restauration).
Spirito Santo.
Terese.
Sant'Aponal (dépôt).
San Bartolemeo (travaux de restauration).
San Beneto ou Benedetto (ouverture prochaine,
   artisanat).
San Fantin (ouverture prochaine).

San Lorenzo (travaux de restauration, futur Centre d'études sur les océans).
San Teodoro.
San Tomà.
Sant'Anna (en ruine).
Santa Maria Maggiore (dépôt).
Santa Maria delle Penitenti.
Santa Maria del Pianto.
Santa Fosca.

4. *Églises ouvertes uniquement pour les messes :*

Cappuccine.
San Bonaventura.
San Girolamo.
San Giovanni Decollato (San Zan Degolà).
San Marziale.
Santa Croce degli Armeni (une fois par mois).
Santa Maria Mater Domini.

REMERCIEMENTS

Borina Andrieu, Umberto Branchini, Agata Brusegan, Renata Codello, Alice Derville, Véronique Deschamps, Joseph Doré, Maria Dumage, Antonio Foscari, Alessandro Gaggiato, Delphine Higonnet, Alexandre Kauffmann, Grégoire Kauffmann, Anna Keller, Anne Lefevre, Giulia Manasse, Antonio Meneguolo, Fabio Moretti, Adriana Navarro, Giovanni Palandri, Mario Pò, Bernard Poulet, Charles Puybasset, Alberto Rizzi, Corine Rocca, Pierre Rosenberg, Bergamo Rossi, Ruggero Rugolo, Lucia Rutigni, Pietro Scarpa, Antonio Senno, Michel Thoulouze, Lucia Tito, Eurigio Tonetti, Catherine Toesca, Carlo Urbani et Claudia Vittori.

Toute ma gratitude à Olivier Frébourg et à l'équipe des Équateurs.

Grâces soient rendues à Joëlle qui a vécu avec moi les péripéties de ce séjour vénitien.

DU MÊME AUTEUR

Aux Éditions de la Table Ronde

LA CHAMBRE NOIRE DE LONGWOOD. Le voyage à Sainte-Hélène, 1997 (Folio n° 3083)

LA LUTTE AVEC L'ANGE, 2001 (Folio n° 3727)

31, ALLÉES DAMOUR. Raymond Guérin, en coédition avec Berg International, coll. « La Petite Vermillon » n° 260, 2007

Aux Éditions Fayard

COURLANDE, 2009 (Livre de Poche)

REMONTER LA MARNE, 2013 (Livre de Poche)

Aux Éditions des Équateurs

VOYAGE À BORDEAUX, 2011 (Folio n° 5767, repris avec *Voyage en Champagne*)

VOYAGE EN CHAMPAGNE, 2011 (Folio n° 5767, repris avec *Voyage à Bordeaux*)

OUTRE-TERRE : LE VOYAGE À EYLAU, 2016 (Folio n° 6263)

VENISE À DOUBLE TOUR, 2019 (Folio n° 6789)

Chez d'autres éditeurs

LE BORDEAUX RETROUVÉ, *Hors commerce*, 1989

L'ARCHE DES KERGUELEN. Voyage aux îles de la Désolation, *Flammarion*, 1993 (La Petite Vermillon n° 153)

LA MORALE D'YQUEM. Entretiens avec Alexandre de Lur Saluces, coédition Mollat-Grasset, 1999

LA MAISON DU RETOUR, *Nil éditions*, 2007 (Folio n° 4733)

COLLECTION FOLIO

*Tous les papiers utilisés pour les ouvrages
des collections Folio sont certifiés
et proviennent de forêts gérées durablement.*

*Composition : IGS-CP à L'Isle-d'Espagnac (16)
Impression ❧ Grafica Veneta
à Trebaseleghe, le 15 avril 2022
Dépôt légal : avril 2022
1ᵉʳ dépôt légal dans la collection: mars 2020*

ISBN : 978-2-07-287037-8/Imprimé en Italie

541415